KARIN JOACHIM

Johannisglut

UNGESÜHNT Tatortfotografin Jana Vogt erlebt gerade einen beruflichen und privaten Neuanfang. Als Mitarbeiterin in Clemens Wielands Ermittlerteam ist sie damit beschäftigt, Fotos von ungeklärten Kriminalfällen neu zu bewerten. An einem Wochenende im Juni begleiten Jana und ihre Freundin Meike Jacob die ehemaligen Mitglieder einer universitären Theatergruppe auf einer Ahrsteig-Wanderung. Jana soll Fotos machen, während Meike die Gruppe durch das Gebirge führt. Schnell wird jedoch klar, dass die Mitglieder der Gruppe ein dunkles Geheimnis zu hüten scheinen. Vor genau 30 Jahren ist eine der Schauspielerinnen spurlos verschwunden. Haben sie in den Eifelwäldern nicht nur die Szenen eines Theaterstücks geprobt, sondern auch okkulte Riten aufleben lassen? Ungeahnt gerät Jana in einen ihrer Altfälle hinein. Kann sie die Schuldzuweisungen und Stimmen aus der Vergangenheit richtig deuten? Wandert der Mörder von damals jetzt mit ihr Seite an Seite?

Karin Joachim wurde in Bonn-Bad Godesberg geboren und lebt seit über 20 Jahren im Ahrtal. Die studierte Germanistin und Anglistin sowie ehemalige Leiterin eines archäologischen Museums ist heute als freiberufliche Autorin tätig. In ihrer Freizeit ist sie mit ihrem Border Terrier unterwegs, mit dem sie die Natur erkundet und historische Orte besichtigt.
www.karinjoachim.de
www.lovelybooks.de/autor/Karin-Joachim/

Bisherige Veröffentlichungen im Gmeiner-Verlag:
Domschattenträume (2018)
Bittertrauben (2018)
Krähenzeit (2016)

KARIN JOACHIM

Johannisglut

Jana Vogts dritter Fall

GMEINER SPANNUNG

Immer informiert

Spannung pur – mit unserem Newsletter informieren wir Sie regelmäßig über Wissenswertes aus unserer Bücherwelt.

Gefällt mir!

Facebook: @Gmeiner.Verlag
Instagram: @gmeinerverlag
Twitter: @GmeinerVerlag

Besuchen Sie uns im Internet:
www.gmeiner-verlag.de

Im Ehnried 5, 88605 Meßkirch
Telefon 07575/2095-0
info@gmeiner-verlag.de

1. Auflage 2019

Lektorat: Sven Lang
Herstellung: Mirjam Hecht
Karte: Julia Franze/Benjamin Arnold
Umschlaggestaltung: U.O.R.G. Lutz Eberle, Stuttgart
unter Verwendung der Fotos von: © Joergens.mi/Wikipedia
https://creativecommons.org/licenses/by-sa/3.0/de/legalcode
und © 758139 / pixabay.com
Druck: CPI books GmbH, Leck
Printed in Germany
ISBN 978-3-8392-2389-5

Personen und Handlung sind frei erfunden.
Ähnlichkeiten mit lebenden oder toten Personen
sind rein zufällig und nicht beabsichtigt.

KARTE AHRWEILER – AREMBERG

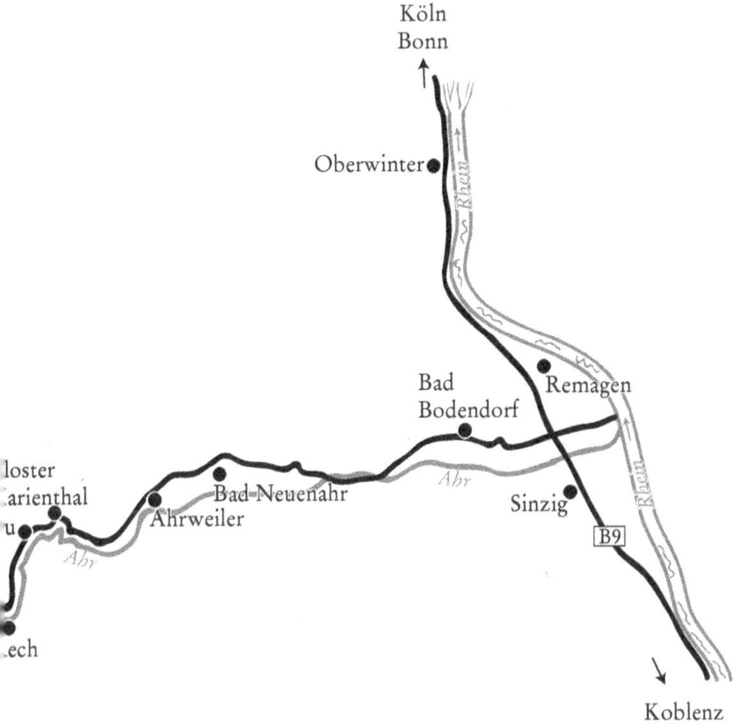

Köln
Bonn
Oberwinter
Rhein
Remagen
Bad
Bodendorf
loster
arienthal
u
Bad Neuenahr
Ahrweiler
Ahr
Sinzig
B9
ech
Koblenz

PROLOG – JOHANNISNACHT 1988

Orangefarbene Funken stoben in den dunkelblauen Abendhimmel. Jemand musste Holzscheite nachgelegt haben, denn das Feuer brannte wieder lichterloh. Der Schein erleuchtete den Turm, der als einziges Bauwerk auf dem Bergplateau die Erinnerung an vergangene Zeiten wachhielt. Auf seinen Mauern tanzten die riesenhaften Schatten zweier Menschen, die dem Feuer viel zu nahe kamen. Ein Holzscheit krachte, Funken regneten auf die beiden herab, sodass sie erschreckt flüchteten.

Einer von ihnen trug ein Bündel auf dem Arm, das er vor der Hitze des Feuers zu schützen schien. Nach einer Weile verloren sie sich in der Dunkelheit. Das Feuer loderte weiter. Die Bäume mit ihren mächtigen Kronen wirkten mit einem Mal wie gespenstische Fabelwesen. Plötzlich hallten Rufe über den Berg, die Person mit dem Bündel löste sich aus der Dunkelheit, um nur Sekunden später verfolgt von der zweiten wieder darin zu verschwinden, dabei verzweifelt rufend. Dann ein Schreckensschrei und beinahe im selben Moment klang es, als ob ein Körper auf einem steinernen Untergrund aufgeprallt wäre. Stille, Schritte, Stille, ein dumpfer Ton, ein Stöhnen. Bis auf das Knistern des Feuers, dessen Kraft allmählich schwand, war nichts zu hören, und doch … leise zwar … Erst übertönten noch die knackenden Äste es, bis man es deutlich wahrnehmen konnte: das Weinen eines kleinen Kindes.

In einiger Entfernung näherte sich ein Auto, jemand fluchte, es raschelte im Unterholz. Man hörte Schritte auf den feuchten Pflastersteinen, die zum Bergplateau führten. Eine Taschenlampe warf ihr Licht in die Dunkelheit und beleuchtete – so als habe das Licht eigenständig hierhergefunden – den am Boden liegenden Körper.

EINIGE TAGE VOR DEM JOHANNISTAG

Glutrot versank die Sonne über den Ahrbergen. In der Luft hing noch die Wärme des sommerlichen Tages. Immer länger wurden die Schatten und so verschmolzen die Weinberge an den hier so lieblichen Hängen mit den Wiesen und Wäldern ringsum. Unvorstellbar, dass nur wenige Hundert Meter weiter steile Felsen, die zur Ahr hin abfielen, ein ganz anderes Panorama schufen. Dort hatte Jana Vogts erstes Abenteuer an der Ahr begonnen. Dort hatte sie Clemens Wieland kennengelernt. Sie atmete tief ein und seufzte laut.

»Was ist los?«, fragte Meike Jacob über den Rand ihres Weinglases hinweg. Der Spätburgunder darin fing einen der letzten Sonnenstrahlen des Tages ein. Meike saß neben Jana. Beide blickten bewundert von der Terrasse des Ausflugslokals in den Weinbergen oberhalb von Walporzheim aus auf die Landschaft.

»Du weißt doch, es waren anstrengende Wochen. Meine Versetzung, der Wechsel nach Koblenz, der Umzug nach Ahrweiler …«, sagte Jana, während sie Ustis Kopf kraulte.

»Das wollte ich dich schon eine ganze Weile fragen. Warum bist du eigentlich nicht gleich nach Koblenz gezogen … oder …?«

»Du meinst, zu Clemens?«, fragte Jana.

»Hm, auch …«

»Ich brauche meine Freiheit und den Abstand zur Dienststelle. Vielleicht irgendwann einmal, aber jetzt muss ich erst einmal wieder gänzlich bei mir selbst ankommen.«

»Das kann ich verstehen. Alles zu seiner Zeit«, antwortete Meike nachdenklich.

»Auch wenn die Fahrerei manchmal schon anstrengend ist. Aber so kann ich abschalten. Und hier lebt es sich wirklich gut«, sie machte mit ihrem Arm eine ausholende Bewegung, als ob sie das Panorama einsammeln wollte.

»Ihr seht euch aber regelmäßig?«

»Du meinst, Clemens und ich?«

Meike nickte und leerte ihr Weinglas. Jana nahm ihres und trank einen Schluck. »Wir sehen uns oft in der Polizeidirektion. Auch wenn er neuerdings als Dozent für die Landespolizeischule tätig ist.«

»Das meinte ich nicht …«

»Ach, privat? Ja, er ist ziemlich oft hier bei mir.« Jana hielt inne. Sie kannte Meike zwar schon eine Weile, aber sie wollte mit ihr nicht ausführlich über ihr Privatleben sprechen. Immer noch musste Jana an ihren ersten Fall im Ahrtal denken und Meikes Rolle darin. »Schade, dass Clemens immer weniger Lust zum Wandern hat«, schob sie hinterher, damit Meike nicht merkte, was in ihr vorging.

»Und das fehlt dir?«, fragte Meike.

»Ja, schon. Ich würde gerne mal an der Oberen Ahr wandern. Neulich erst habe ich einen Bericht über den Ahrsteig im Fernsehen gesehen und muss gestehen, dass ich manche Ecken noch gar nicht kenne …«

»Das trifft sich gut. Ich habe am Wochenende eine Gruppenführung angenommen. In Aremberg soll es losgehen, mit Übernachtung in Schuld.«

»Aremberg, das ist doch dieser Berg …« Irgendwas klingelte bei Jana.

»Ja, der höchste des Ahrgebirges.«

»Aber der Ort heißt auch so, oder?«, fragte Jana, der eingefallen war, dass sie den Ortsnamen neulich erst in einem ihrer Altfälle gelesen hatte. Sie hatte sich einen Stapel von Akten kommen lassen, mit Fällen, die noch nicht aufgeklärt worden waren. Nicht, um diese Aufgabe nun zu übernehmen, sondern um die Methodik der fotografischen Erfassung von Spurenträgern vor zehn, 20 oder 30 Jahren mit den heutigen zu vergleichen. In Aremberg war etwas passiert, kein Tötungsdelikt, sofern sie sich richtig erinnerte. Sie hatte die Akte eigentlich bereits aussortiert, da nichts Verwertbares für ihre Fragestellung darin enthalten war.

»Willst du vielleicht mitkommen?«, fragte Meike.

»Häh?«

»Hast du mir nicht zugehört?«, fragte Meike lachend.

»Entschuldige, ich war in Gedanken.«

»Das habe ich gemerkt. Also, möchtest du mitwandern?«

»Du meinst, das wäre möglich? Die Gruppe möchte doch bestimmt keinen Fremden dabeihaben …«

»Ah, lass mich mal machen. Außerdem fragte Herr Großmann mich gestern erst, ob ich einen Fotografen organisieren könne, der mitkommt.«

»Wer ist dieser Herr Großmann?«, unterbrach sie Jana.

»Der Mann, der die Führung und alles Drumherum organisiert. Aber ehrlich gesagt, das macht doch kein

Fotograf, zumindest nicht für einen ganzen Tag. Ob er das Honorar bezahlen könnte, habe ich ihn gefragt …«

»Ach, daher weht der Wind«, sagte Jana und stupste Meike neckisch in die Seite.

»Nein, ich möchte dich nicht ausnutzen, er würde sogar ein gutes Honorar zahlen. Hättest du mich zu Ende reden lassen, dann hätte ich dir das schon noch erzählt.« Meike lachte.

»Oh, entschuldige. Ich bin schon ziemlich vorlaut.«

»So kenne ich dich«, entgegnete Meike. Ihre Worte klangen freundschaftlich.

Jana wusste nicht, was sie sagen sollte. Es traf zu, dass sie mitunter vorlaut und schroff war. Aber sie hatte sich schon gebessert, hoffte sie zumindest.

»Ich dachte, das wäre eine gute Möglichkeit, deine Anwesenheit zu erklären. Und du könntest noch deiner Leidenschaft nachgehen.«

»Was soll denn fotografiert werden? Ich nehme an, die Leute aus der Gruppe … Das ist eigentlich nicht so wirklich das, was ich gut kann …«

»Keine Ahnung«, entgegnete Meike.

»Was meinst du?«, fragte Jana und rechnete damit, dass Meike etwas Negatives über ihre Art zu fotografieren sagen würde.

»Er sagte nicht genau, welche Aufgabenstellung er für den Fotografen angedacht hatte. Ich weiß nur, dass es wohl ein Jubiläum ist, das sie feiern möchten.«

»Ich komme mit«, sagte Jana. Denn langsam beschlich sie die Vermutung, dass der Altfall, der Cold Case, der auf dem Stapel auf ihrem Schreibtisch lag, bald nicht mehr ganz so kalt sein würde.

1. TAG: VORMITTAG

Heute sollte die Wanderung über den Ahrsteig stattfinden. Leider hatte Jana nur einmal kurz in die Akte blicken können, an die sie bei der Nennung des Ortsnamens Aremberg denken musste. Und vor lauter Hektik am gestrigen Abend hatte sie diese auch noch in der Polizeidirektion liegen gelassen. Die wichtigsten Eckpunkte allerdings hatte sie sich gemerkt. Vermutlich war es aber auch gar nicht wichtig, was darin stand. Denn was sollte sie 30 Jahre später bei einer Wanderung herausfinden, was die Kollegen nicht bereits vor ihr hatten ermitteln können? So freute sie sich darauf, endlich einmal etwas anderes zu sehen als Akten, Fachliteratur und alte Fotografien und auch die Natur länger genießen zu können als für ein paar Kilometer, die sie sonst mit ihrem Hund Usti marschierte. Auf der »Etappe 3« des Ahrsteigs würde es über Wiesen und durch Wälder an der oberen Ahr entlanggehen. Meike hatte Jana heute in aller Früh mit ihrem Auto in Ahrweiler abgeholt. Jetzt fuhren sie zu ihrem Startpunkt. In Aremberg würden sie auf die Gruppe stoßen, die Meike als Wanderführerin engagiert hatte. Von dort aus wollten sie über Eichenbach nach Schuld laufen.

»Insul ist eigentlich der Schlusspunkt dieser Etappe«, sagte Meike. »Aber Herr Großmann, der die Führung gebucht hat, wollte unbedingt, dass die Gruppe in Schuld übernachtet. Morgen geht es dann weiter über Insul nach Altenahr.« Jana würde die Gruppe auf der heutigen Etappe begleiten, denn der Auftraggeber wollte eine Foto-Dokumentation als Erinnerung zusammenstellen. Meike hatte tatsächlich dafür gesorgt, dass Jana als Fotografin engagiert worden war, allerdings nicht unter ihrem wahren Namen. Im Laufe der vergangenen Monate waren immer wieder einzelne von Janas Fotografien in Reisemagazinen abgedruckt worden. Einladungen zu Ausstellungen hatte sie vorerst nicht mehr angenommen und im Internet firmierte sie mittlerweile unter dem Pseudonym Anna Graf. Den Lebenslauf auf ihrer Internetseite hatte sie so knapp gehalten wie möglich, und die Angaben im Impressum führten zu einer Anwaltskanzlei. Kontaktieren konnte man sie ausschließlich per Mail. Diese Vorsichtsmaßnahme hatte einen einzigen Grund: Der Prozess gegen die beiden Verbrecher, die ihr auf grausame Weise die eigene Verletzlichkeit vor Augen geführt hatten, stand unmittelbar bevor, und Jana war die Einzige, die beide identifizieren konnte. Mehr oder weniger. Die Hintermänner, die es mit Sicherheit gab, durften sie nicht finden. Janas früher so unerschöpflicher Optimismus und diese nie gekannte Sorge um die eigene Unversehrtheit hatten in der Vergangenheit so manchen Kampf miteinander ausgefochten. Manchmal musste sie sich zwingen, einen besonderen Augenblick zu genießen. Doch nicht jetzt, denn sie konnte sich an den pittoresken Orten und der abwechslungsreichen Landschaft nicht sattsehen. Immer wieder tauchte die im Morgenlicht glitzernde Ahr neben der Landstraße auf. Je weiter sie kamen, desto schmaler wurde der Fluss. Hinter jeder Kurve änderte sich das Bild, das sich ihnen bot, und zu gerne hätte sie Meike an dieser oder jener Stelle gebeten, anzuhalten, um die Eindrücke festzuhalten. Die Kamera, die sie auf ihrem Schoß hielt, war ein Geschenk von Clemens, das er ihr zum Einstand überreicht hatte. Dass sie sich entschieden hatte, Köln den Rücken zu kehren, bereute sie nicht. Ganz im Gegenteil. Beruflich ging es seitdem bergauf. Das Betriebsklima im Team der Koblenzer Kriminalpolizei war anders, sie konnte noch nicht einmal erklären, worin diese Andersartigkeit genau bestand. Simone jedenfalls fehlte ihr kein bisschen und sie hatte den Verdacht, dass ihre beste Freundin nicht ganz unschuldig an den Missstimmungen unter den Kollegen gewesen war. Manchmal musste man Freundschaften, die einem das Gefühl der persönlichen Unzulänglichkeit vermittelten, beenden. Jana hatte eine Weile mit diesem vorerst endgültigen Schritt gehadert, doch letztendlich fühlte sie sich freier, so ganz ohne die strengen Blicke der ehemals besten Freundin in ihrem Rücken. Seitdem sie den Kontakt mit Simone abgebrochen hatte – es war ihr allerdings schwergefallen, wenigstens noch für ihr Patenkind da zu sein –, ging es ihr bedeutend besser. Dazu trug ihre neue Wohnung in Ahrweiler genauso bei wie ihre neue Arbeitsstelle. Sie hätte es gar nicht besser treffen können, denn ihre aktuelle Aufgabe war ihr wie auf den Leib geschneidert. Da sie mit ungeklärten Altfällen beschäftigt war und Clemens bei seiner neuen Aufgabe als Dozent tatkräftig unterstützen durfte, war sie geistig gefordert. Das tat ihr gut. Hinzu kam, dass sie regelmäßige Arbeitszeiten hatte und an den Wochenenden kaum noch arbeiten musste. So konnte sie viel Zeit in der freien Natur verbringen, was ihr mehr als zuträglich war. Wenn nur nicht der bevorstehende Prozess wie eine schwere Last auf ihren Schultern läge und an ihren alten Wunden kratzte.

Insul, Schuld und Fuchshofen hatten sie bereits hinter sich gelassen, gerade bogen sie in Antweiler von der Landstraße ab. Gleich hinter den letzten Häusern tat sich eine atemberaubende Landschaft auf. Neugierig drehte sich Jana um und blickte durch die Rückscheibe, vorbei an den beiden Hunden, ihrem Airedale Terrier Usti und Meikes schokobrauner Labradorhündin Gini, die es sich im Kofferraum des Kombis bequem gemacht hatten. Wie schnell sie doch an Höhe gewannen! Schließlich geriet linker Hand auch die Kuppe des Arembergs in ihr Blickfeld. Als die ersten Häuser des Bergdorfes in Sichtweite kamen, lenkte Meike den Wagen auf einen Parkplatz unmittelbar neben der Kreisstraße.

»Alles aussteigen!«, rief sie. »Wir sind am Ziel. Bis zum Treffpunkt auf dem Aremberg ist es zwar noch ein Stück, aber dort finden wir keinen Parkplatz.«

Jana hatte mittlerweile die Beifahrertür aufgestoßen und atmete tief ein. Die kühle Luft, die der Wind über die Felder und Wiesen wehte, war erstaunlich würzig. Es roch nach frischem Heu. »Wow, hier kann man ja weit gucken«, sagte sie und stieg aus. »Was ist das für ein Berg?«, fragte sie, während der Auslöser ihrer Kamera summte.

»Welchen meinst du?«, fragte Meike amüsiert.

»Da hinten, der mit dem Turm.«

»Ah, das ist die Nürburg.«

»Die kann man von hier aus sehen? Unglaublich. Wie weit ist sie weg?«

»Keine Ahnung, wie viele Kilometer Luftlinie das sind,

aber mit dem Auto sind es rund 20 Kilometer bis zum Nürburgring.«

Jana drehte sich um die eigene Achse und schwärmte: »Das ist eine grandiose Landschaft hier. Alles ist so weit und frei, so lieblich. Wohin führt denn diese Allee?«, fragte sie und zeigte auf eine schnurgerade Straße, an der Lindenbäume Spalier standen.

»Zur Schutzengelkapelle«, antwortete Meike und entließ Gini aus dem Auto.

»Schutzengelkapelle? Glaubt man hier an Schutzengel?«

»Möglich«, antwortete Meike und lächelte verschmitzt. »Drinnen befindet sich ein Altar mit der Statue eines Schutzengels, der ein Kind bewacht.«

»Oh, kann man hineingehen?«

»Leider nicht, die Kapelle wird nur zu besonderen Anlässen aufgeschlossen. Sag mal, willst du nicht langsam Usti rauslassen?«

»Oh ja, natürlich«, antwortete Jana und folgte Meike zum Kofferraum. Usti blickte sie vorwurfsvoll an und schien zu fragen, warum er warten musste, während Gini schon längst den Boden beschnüffeln durfte. Das Licht der Morgensonne brachte seine dunkelbraunen Augen zum Leuchten. Jana ließ ihn von der Ladefläche hüpfen, nachdem sie ihn eilig angeleint hatte. Sie kannte ihn zu gut und einmal freigelassen, würde er sogleich über die riesige Wiesenfläche stromern, um sich auf die Suche nach Mäusen zu machen. In der letzten Zeit war sein Freiheitsdrang immer mehr gewachsen, und sie hatte zu wenig unternommen, diesem entgegenzuwirken. »Ich war viel zu sehr mit mir selbst beschäftigt«, murmelte sie.

»Was?«, fragte Meike.

Jana winkte ab.

»Wir müssen uns sputen, wenn wir noch vor der Gruppe oben auf dem Burgplateau ankommen wollen«, mahnte Meike. »Ich bin immer gerne als Erste da«, sagte sie, während sich die vier in Bewegung setzten. Ein einziges Auto überholte sie, als sie die steile Straße entlangliefen, die auf die Kirche von Aremberg zulief. Es war ein Taxi.

»Das sind bestimmt einige der Mitwanderer«, sagte Meike und forcierte ihr Tempo.

»Meinst du?«, fragte Jana irritiert, während sie versuchte, mit Meike mitzuhalten.

»Ja, Herr Großmann sagte, dass sie sich am Hotel treffen wollten.«

Endlich fiel bei Jana der Groschen. Ein Herr Großmann wurde namentlich in dem Altfall genannt. Ob das als Zufall zu werten war? »Weißt du mehr über diesen Herrn Großmann?«, fragte Jana und machte einige Fotos von der Straße.

»Hm?«, fragte Meike, die weitergelaufen war. Sie ging zu Jana zurück, die gerade das Objektiv ihrer Kamera auf den Hauseingang und den dahinter liegenden Hof richtete.

»Der Herr Großmann, weißt du was über ihn?«

»Nein, nur dass er etwas mit Politik zu tun hat. Warum willst du das wissen?«

»Nur so … schöne alte Häuser sind das hier«, murmelte Jana.

»Du interessierst dich für die Ortsgeschichte, oder? Das kann ich verstehen, aber nicht jetzt, bitte …« Sie zupfte an Janas Blusenärmel. »Komm bitte …«, sagte Meike und lief weiter. Jana folgte ihr in einigem Abstand.

»Ich sehe hier nur so gelbe Schilder mit dem Logo vom Ahrsteig. Ist der nicht eigentlich blau markiert?«, bemerkte Jana, als sie Meike eingeholt hatte.

»Das hier nennt sich Zuweg. Der Ahrsteig selbst läuft weiter südlich am Ort vorbei, ungefähr da, wo wir geparkt haben. Aber hier entlang ist es kürzer«, sagte Meike und lächelte. »Wir stoßen später unterhalb des Burgberges auf den Weg.«

»Ach so«, entgegnete Jana, während sie auf die Kirche zuliefen, die einige Meter über dem Straßenniveau lag und zu der man über eine steinerne Treppe gelangte.

»In der Kirche befinden sich übrigens einige Ausstattungsgegenstände aus dem Kloster Marienthal, die man hierhergebracht hat, nachdem es 1802 von den Franzosen aufgelöst worden war«, sagte Meike.

»*Das* Marienthal?«, fragte Jana. Sie dachte wieder an Meikes Verstrickungen in Janas ersten Kriminalfall, den sie gemeinsam mit Clemens vor einer Weile in Ahrweiler gelöst hatte.

»Ja«, entgegnete Meike kleinlaut.

Ohne weiter darauf einzugehen, blieb Jana stehen und hüpfte auf die andere Straßenseite.

»Du willst doch jetzt nicht etwa die Kirche besichtigen«, rief Meike ihr hinterher. »Dazu haben wir doch keine Zeit.«

Doch Jana winkte ab. »Bin gleich wieder zurück.« Sie hatte ohnehin nur vor, sich einen Überblick zu verschaffen. Usti folgte ihr ohne Murren, sprang mit ihr die Stufen empor und blieb beinahe ehrfürchtig vor dem Friedhof stehen, der links neben der Kirche angelegt worden war. Jana machte währenddessen einige Fotos von der Kirche sowie den umliegenden Häusern. Blickte man über den Friedhof hinweg, so öffnete sich eine weite, hügelige Landschaft. Schräg gegenüber der Kirche, auf der anderen Straßenseite, beobachtete Jana mehrere Personen, die sich vor dem Eingang der Burgschänke versammelt hatten. Ein hochgewachsener Mann mittleren Alters redete zu ihnen gestenreich. Ein paar Wortfetzen drangen an Janas Ohr. Sie nahm an, dass es sich um ihre Mitwanderer handelte, denn gerade verließ das Taxi den Hof, das zuvor an ihnen vorbeigefahren war. Jana beeilte sich, wieder zu Meike aufzuschließen, die ihre Rückkehr mit einem freundlichen Kopfschütteln quittierte. »Ich frag mal nicht nach, was du hier treibst«, sagte sie.

»Dienstlich«, entgegnete Jana.

»Das dachte ich mir schon. Und ich dachte, du bist mitgekommen, um abzuschalten.«

»Versteh mich bitte nicht falsch«, antwortete Jana und strich ihrer Freundin über den Arm.

»Schon gut«, fiel ihr Meike ins Wort. »Ich will es gar nicht wissen.«

Was hätte Jana auch erklären sollen? Noch war ohnehin alles viel zu vage: Der Name Großmann, der in den Akten des Altfalles als Zeuge aufgetaucht war, hatte gar nichts zu bedeuten. Und rechtfertigte nicht, sich näher mit dem Fall zu befassen. Allenfalls eine Namensgleichheit mit dem Mann, der diese Wanderung organisiert hatte und dessen Vornamen sie noch gar nicht kannte. Trotzdem hatte Jana die ganze Zeit Ausschau nach dem Haus gehalten, in dem die Vermisste, um die es in der Akte ging, gewohnt hatte. Noch hatte sie das Elternhaus der jungen Frau nicht gefunden. Ob man zwischenzeitlich eine Neuordnung der Hausnummern vorgenommen hatte?

Am Beginn eines besonders steilen Straßenabschnitts entdeckte Jana ein altes, scheinbar unbewohntes Haus, auf dessen Frontseite eine schwarze Platte montiert war. Sie konnte einige wappenähnliche Symbole darauf erkennen.

»Was ist das?« Jana betätigte mehrfach den Auslöser, während Usti weiterzog, um zu Gini aufzuschließen.

»Eine Takenplatte, das erklär ich dir später«, rief Meike, die bereits ein gutes Stück der Steigung zurückgelegt hatte. »Nun komm! Da oben am Junkerhaus müssen wir abbiegen.«

Jana nahm japsend den Anstieg und verfluchte in dem Moment ihren viel zu vollgepackten Rucksack.

»Bald wird es angenehmer«, sagte Meike.

Nach wenigen Schritten konnte Jana in der Tat aufatmen.

»Hier sind wir. Das ist das Junkerhaus«, sagte Meike und blieb stehen. Nicht nur das rosafarbene Gebäude, sondern auch der angrenzende Garten gefiel Jana. Er passte zu dem Haus, beides jedoch nicht zu dem heutigen Ort.

»Was ist ein Junkerhaus?«

»Heute nennt man es so. Es hatte viele Funktionen, so wie auch die Anlage auf dem Burgberg eine wechselvolle Geschichte hinter sich hat. Mal war es ein Burgmannenhaus, dann ein Forstamt und Rentamt. Das Doppelwappen aus Sandstein weist auf eine Familie Lersch hin, aus dem 18. Jahrhundert ist es«, erklärte Meike, während sie weiterging. Jana musste hinterher und so marschierten sie unter hohen Bäumen weiter. Der Weg, auf dem sie nun immer noch leicht bergan schritten, war nicht mehr asphaltiert, sondern bestand aus alten dunkelgrauen Steinquadern. An einer Stelle konnte man auf den Ort blicken. Jana nahm dies zum Anlass, anzuhalten und tief Luft zu holen. Sie sollte an ihrer Kondition arbeiten. Es ging weiter, durch einen kühlen Mischwald. Mehrmals passierten sie einige Informationstafeln, auf denen die Geschichte des Ortes ausführlich dargelegt wurde. Doch für die Lektüre fehlte die Zeit.

»Bald haben wir es geschafft«, ermunterte Meike sie, als es wieder deutlich steiler wurde. Nachdem sie einen Wegweiser passiert hatten, der die Strecke nach Eichenbach, ihrer nächsten Etappe auf dem Ahrsteig, anzeigte, betraten sie erneut gepflasterten Untergrund.

»Warum ist hier alles gepflastert?«, fragte Jana und blieb schnaufend stehen.

»So detailliert weiß ich das leider auch nicht. Ich könnte mir vorstellen, dass das Pflaster aus der Festungszeit stammt«, rief Meike von oben. An einer verwunschenen Lindenallee machte der Weg eine Rechtskurve, um dann gleich wieder nach links zu schwenken. Schließlich liefen sie geradewegs auf ein mächtiges Steingebäude zu. Zunächst hatte Jana gedacht, es handelte sich um ein Wohnhaus, doch als sie daran vorbeiliefen und auf dem Bergplateau ankamen, erkannte Jana, dass sie vor dem Turmhaus standen. Es war mit einer Holztür, zwei Fenstern und einem etwa auf halber Höhe angebrachten Wappen aus Sandstein ausgestattet. Neben dem Eingang lud eine verwitterte Holzbank zum Verweilen ein. Mit einer derartigen Weitläufigkeit des Areals hatte Jana nicht gerechnet. Durch die Baumkronen glitzerte der blaue Himmel. Mächtige Rotbuchen vermittelten Jana ein Gefühl der Sicherheit, sie schienen mit ihren ausladenden Ästen alles unter sich zu beschützen. Jana steuerte eine Sitzgruppe einige Meter weiter vom Turmgebäude entfernt an. Dort war es noch schön schattig. Ihren Rucksack stellte sie auf dem Tisch ab.

»Sag mal«, lachte Meike. »Mit deiner Kondition ist es aber auch nicht weit her.«

Jana spielte die Beleidigte, während sie aus ihrem Rucksack eine Wasserflasche hervorholte. Sie nippte daran und goss aus einer weiteren Flasche Wasser in Ustis Faltnapf, aus dem er gierig trank.

»Wie hoch sind wir hier eigentlich?«, fragte Jana nach einer Weile. Meike hatte sich mittlerweile ihr gegenüber auf die zweite Bank gesetzt und las in ihren Unterlagen.

»Der Berg ist 623 Meter hoch, vor dem letzten Anstieg, dort, wo der Weg nach Eichenbach abgeht, waren es noch 611 Meter.«

»Auf der kurzen Distanz ein solcher Höhenunterschied?«, murmelte Jana, die nun die Erklärung dafür gefunden hatte, warum sie außer Puste geraten war. Meike antwortete nicht, offensichtlich bereitete sie sich auf die Begrüßung der Wandergruppe vor. Jana nutzte die Ruhepause, um sich die Fakten, die ihr von dem Cold Case noch in Erinnerung waren, ins Gedächtnis zu rufen. Ärgerlich, dass sie im Vorbeigehen ausgerechnet die Hausnummer des Elternhauses der damals vermissten Frau nicht hatte entdecken können, aber eigentlich auch nicht weiter wichtig. Dennoch ließ Jana das Schicksal der jungen Frau nicht kalt, die offensichtlich nie wieder aufgetaucht war. Sie würde den Fall hier und jetzt nicht lösen können. So ließ sie ihren Blick über das Burgplateau schweifen. Weiter hinten lugten aus dem Dickicht die stark verfallenen Ruinen der früheren Gebäude hervor.

»Müssten die Wanderer nicht langsam mal hier auftauchen?«, fragte Jana verwundert und blickte auf ihre Armbanduhr.

»Hm, sie sind sicher bald da.« Meike suchte offensichtlich gerade etwas in ihrem Rucksack. Das Geraschel weckte Gini, die nun mit einem Auge ihr Frauchen beobachtete. Bislang hatten die beiden Hunde in der Sonne gedöst und ein friedliches Bild abgegeben.

Plötzlich erregte etwas Janas Aufmerksamkeit. Unter einer der Rotbuchen entdeckte sie, beleuchtet von einem Sonnenstrahl, eine einzelne weiße Rose. Neugierig geworden stand Jana auf. Usti folgte ihr, um zu sehen, wonach sie sich bückte. Die Blütenblätter wirkten frisch, die Rose konnte noch nicht lange hier liegen. Am Stiel hing ein kleines Papierschildchen, auf dem etwas stand: »In Erinnerung an A.«

»Weißt du, ob hier einmal ein Unfall passiert ist?«, fragte Jana, während sie sich in Meikes Richtung umdrehte.

»Hm?«, antwortete Meike, ohne von ihren Unterlagen aufzuschauen. Um sie nicht weiter zu stören, beließ es Jana bei der einen Frage und zog ihre Kamera von der Schulter. Als handele es sich um einen Spurenträger, machte sie Aufnahmen von der Rose und der Fundsituation. Ein Automatismus, der ihr in so mancher Situation in der Vergangenheit wertvolle Dienste geleistet hatte. Clemens würde sich über ihr Verhalten nicht wundern, wäre er denn heute hier. Sie vermisste ihn mit einem Mal. Nachdenklich und beinahe bedrückt kehrte Jana zu der Sitzgruppe zurück. Hatte sie die Rose so berührt oder doch nur die Sehnsucht nach Clemens? Usti schnupperte noch einmal an der Blume, bevor er ihr folgte. Dort versetzte er seiner Hundefreundin Gini, die immer noch mit einem geschlossenen Augen vor sich hin döste, mit seiner schwarzen Nase einen sanften Stups.

»Entschuldige, was hast du eben gefragt? Ob hier mal was passiert ist?«, fragte Meike und lächelte aufgrund Ustis Werben um Ginis Aufmerksamkeit.

»Ja, da vorne habe ich eine Rose entdeckt und offensichtlich liegt sie da, um an eine Person zu erinnern, deren Name mit dem Buchstaben A beginnt«, antwortete Jana.

»Tatsache.« Meike blickte halbherzig auf. »Merkwürdig. Ist kein Werbegeschenk oder so was?«, murmelte sie.

»Ne, wohl kaum. Die Rose kann noch nicht lange da liegen und für ein Werbegeschenk fehlt eindeutig der Werbeaufdruck.«

»Vielleicht ist das ja eine neue Art der Werbung«, entgegnete Meike nun aufmerksamer und schaute Jana an. »Also mir ist nichts bekannt, aber das muss nichts bedeuten. Es gibt Leute, die sich besser in dieser Gegend auskennen als ich. Interessiert es dich?«

»Was heißt *interessieren*? Aber merkwürdig ist es schon. Wer mag diese Rose da so offensichtlich hingelegt haben?«

»Komm, ich kenne dich mittlerweile ganz gut, denke ich zumindest. Arbeitest du an einem aktuellen Fall?« Sie wartete auf eine Antwort, aber Jana wiegte nur den Kopf hin und her. »Arbeitest du an einem neuen Fall und hast deshalb sofort zugesagt, als ich dich fragte, ob du mitkommen möchtest?«

»Nein … Im Moment arbeite ich an keinem aktuellen Fall. Du weißt doch, dass ich für meinen Chef …«

»Und Freund …«

»Ja«, Jana grinste. »Dass ich für Clemens arbeite, der

neuerdings eine Dozentenstelle an der Landespolizeischule hat. Es geht nur um polizeiliche Ermittlungsarbeit früher und heute, die Entwicklung der Kriminaltechnik. Also nichts Aufregendes.«

»Ach so, dann …« Meike vollendete ihren angefangenen Satz nicht, denn es waren Stimmen zu hören, die sich näherten. Sie sprang auf, drückte Jana Ginis Leine in die Hand und lief am Turmhaus vorbei. Schon nach wenigen Augenblicken war sie aus Janas Blickfeld verschwunden. Es dauerte jedoch nicht lange, bis der hochgewachsene Mann um die Ecke bog, der Jana vorhin an der Burgschänke aufgefallen war. Er führte eine kleine Gruppe an, die unterschiedlicher nicht sein konnte. Die Frauen und Männer schienen zwar etwa gleichaltrig zu sein, lebten jedoch offensichtlich ganz verschiedene Leben.

Noch immer hatte Jana keinen blassen Schimmer, mit wem sie die kommenden Stunden würde verbringen müssen und wie genau ihre Tätigkeit als Fotografin eigentlich auszusehen hatte. Wollte man nur ein paar Gruppenfotos oder sollte sie die gesamte Wanderung dokumentieren? Warum übernahm das Fotografieren eigentlich niemand aus der Gruppe? Und warum hatte man sie nur für den einen Tag engagiert, wo die Wanderung doch für zwei Tage geplant war? In der Rolle der Eventfotografin fühlte sich Jana nicht wirklich wohl. Sie überlegte, dass es eine gute Idee sei, die Gruppenmitglieder bei der Ankunft auf dem Burgplateau abzulichten. Doch dafür benötigte sie beide Hände. Kurzerhand knotete sie die Hundeleinen an der Bank fest, streichelte Gini und Usti sanft über den Kopf, kontrollierte die Kameraeinstellung und begann Fotos zu schießen. Sie fand ihren ersten Eindruck bestätigt: Die Wanderer, die Jana auf ein Alter um oder etwas jenseits der 50 schätzte, umgab eine eigenartige Befangenheit. Jana nahm an, dass sich die meisten von ihnen schon eine Weile nicht mehr gesehen hatten und heute nach vielen Jahren wieder aufeinandertrafen. Je länger sie Interaktionen und die Gestik und Mimik jedes Einzelnen beobachtete, desto mehr kam sie zu der Überzeugung, dass die Gruppe sich zwar von früher kannte, jedoch ohne dass die Beziehungen untereinander enger gewesen waren. Nur zwei oder möglicherweise drei Männer schienen sich näherzustehen als die anderen. Ein Klassentreffen schloss Jana jedenfalls aus, denn sie vermisste das fröhliche Geplapper über Schülerstreiche und jugendliche Eskapaden. Meike, die sich bei der Gruppe aufhielt, winkte Jana herbei und stellte sie als Fotografin und Wanderbegleiterin auf der ersten Tagesetappe vor. Der Mann, den sie als den Organisator des Ganzen ausgemacht hatte, streckte ihr die Hand entgegen.

»Rainer Großmann.«

»Jana Vogt.«

»Ich dachte, Sie hießen Graf?«, fragte Rainer Großmann verwundert. Jana hatte ihr eigenes Pseudonym immer noch nicht verinnerlicht. Zudem hatte sie offensichtlich völlig vergessen, dass sie Meike ausdrücklich darum gebeten hatte, für derlei Aufträge nur noch ihr Pseudonym zu verwenden.

»Mein Künstlername«, entgegnete Jana.

»Welcher denn?«, fragte Rainer Großmann lachend, wartete jedoch gar nicht erst ihre Antwort ab. »Schön, dass Sie für uns die Erinnerungsfotos machen werden.«

»Das hätten wir aber auch selbst gekonnt«, mischte sich ein anderer Mann ein, der dabei Rainer Großmann freundschaftlich auf die Schulter schlug.

»Klar hättet ihr das. Aber meistens vergisst man das dann doch, oder einer macht nur Fotos und ist selbst auf keinem drauf«, sagte Rainer Großmann. Obwohl er lachte, bemerkte Jana eine gewisse Nervosität an ihm. Der andere grummelte etwas, das Jana nicht verstand.

»Möchten Sie vielleicht ein Gruppenfoto als Erinnerung haben, vielleicht eines hier vor dem Turm?«, fragte Jana. Eigentlich hatte sie etwas ganz anderes fragen wollen, nämlich woher sie kamen und was sie miteinander verband. Aber sie würde das noch herausbekommen. Ihr Vorschlag fand Anklang und so versammelte sich die kleine Gruppe vor dem Turmhaus auf dem Aremberg. Jana entging weder wer neben wem Aufstellung nahm noch in welcher Gemütsverfassung die einzelnen Wanderer sich befanden.

»Wie ich gehört habe, haben Sie sich vor 30 Jahren einige Male in unserem schönen Ahrtal aufgehalten und auch Aremberg öfter einmal besucht …«, sagte Meike, nachdem Jana signalisiert hatte, dass sie fertig war.

Während Meike mit ihrer Begrüßungsrede fortfuhr, beobachtete Jana die Zuhörer. Eine Frau, die als Einzige Funktionskleidung trug, lauschte sehr aufmerksam Meikes Ausführungen und schien das Ganze als Freizeitveranstaltung zu sehen. Zwei Frauen, die eine mit einer unmodernen halblangen Frisur mit mehr grauen als braunen Haaren, die andere mit einem dunkelblonden, glanzlosen Pagenschnitt, wirkten gedankenversunken. Ein wenig abseits stand eine auffallend gut gekleidete Frau, deren enge Markenjeans ihr hervorragend stand. Irgendwo hatte Jana dieses Gesicht schon einmal gesehen, sie konnte sich jedoch nicht erklären, wo. Bei den Männern waren alle Typen vertreten, vom Politiker über den Lebemann und den Sportbesessenen bis zum ewigen Studenten. Jana machte noch ein paar Aufnahmen und hörte dabei Meike zu, die gerade Gottfried Kinkel zitierte, den Bonner Gelehrten aus dem 19. Jahrhundert. Er hatte, so führte Meike aus, das Ahrtal in den 1840er-Jahren durchwandert und dabei auch in Aremberg Station gemacht. Wehklagend hätten seine Bemerkungen zu dem erbärmlichen Zustand der einstigen prächtigen Burganlage geklungen. Hier musste es nach seinen Worten in besseren Zeiten sogar angelegte Gärten, eine imposante Lindenallee und mächtige Gebäude einschließlich eines Rokokosaales gegeben haben.

»Alles ist vergänglich«, sagte einer der Männer. Jana hatte nicht mitbekommen, wer es war.

Meike war offensichtlich mit ihren Erklärungen fertig und ermunterte die Anwesenden, Fragen zu stellen.

»Dieses Wappen über der Tür«, sagte die Frau in Funktionskleidung. »Können Sie das bitte näher erklären?« Sie sprach ruhig und mit warmer Stimme.

»Auf dem Sandsteinwappen kann man die drei Mispeln der Herzöge von Arenberg erkennen«, antwortete Meike.

»Ah, danke schön.«

»Und wie geht es nun weiter?«, fragte der Mann, den Jana als ewigen Studenten eingeordnet hatte. Unter seinem Poloshirt zeichnete sich ein leichtes Bäuchlein ab.

»Wir werden nun aufbrechen, vorausgesetzt, Herr Großmann hat nichts anderes vor. Vielleicht noch ein Wort zu der Beschilderung. Der Ahrsteig hat hier im oberen Ahrtal ein blaues Signet, daran sollten Sie sich orientieren. Später deckt sich der Ahrsteig mit einem Teilstück des Fürstin-Margaretha-Weges. Der erste Ort, den wir erreichen, ist Eichenbach, ein wirklich entzückender Ort. Sie werden ihn mögen. Dort ist eine kleine Rast eingeplant, wir können uns noch einmal stärken und laufen dann weiter bis Schuld. Kleine Pausen, sofern Bedarf besteht, können wir natürlich jederzeit machen. Ich hoffe, Sie haben genügend zu trinken dabei?«

Die meisten nickten – bis auf eine der Teilnehmerinnen mit blassblondem Haar, die die Chance ergriff und wissen wollte: »Wer ist denn diese Fürstin Margaretha?«

»Margaretha von der Marck war eine tiefreligiöse Frau, die im 16. Jahrhundert lebte«, antwortete Meike. Sie wollte gerade weiter ausholen, da fiel ihr der Organisator der Wanderung ins Wort: »Ihr erinnert euch, Hexenprozesse und so?«

»Ja, sie war im Hexenglauben fest verwurzelt, verordnete den Kindern ihrer Untertanen Lesen, Schreiben und Katechismusunterricht, denn für sie war der Unglaube Ursache des Hexenwesens.«

»Können wir bitte von etwas anderem reden als von Hexenprozessen?«, mischte sich die Frau mit dem Pagenschnitt ein.

»Dann hättest du vielleicht nicht mitkommen sollen, Antje. Du warst schon immer so empfindlich«, sagte einer der Männer. Er kraulte sein Kinnbärtchen und wartete auf eine Reaktion.

»Nun lass sie doch in Ruhe, Jörg. Musst du immer so auf ihr rumhacken? Das hast du damals schon«, sprang die gut gekleidete Frau, die sich bislang eher abseits gehalten hatte, Antje bei.

»Ach, die berühmte Frau Daus spielt wieder die Streitschlichterin«, sagte Jörg mit einem süffisanten Unterton. Jana vermutete, dass seine Sticheleien nicht wirklich ernst gemeint waren, sondern dass er gern provozierte und sich wichtigmachte. Der Name Daus ließ bei Jana eine Ahnung anklingen, aber sie kam nicht drauf, wen sie vor sich hatte.

»Lasst uns endlich losgehen«, sagte die Angesprochene und ließ sich nicht reizen. Ihre gesamte Körperhaltung verdeutlichte, dass sie über den Dingen stand.

Während Jana weitergrübelte, woher sie die Frau kannte, hatte Rainer Großmann die Rose entdeckt.

»Ist das ein Zeichen?«, fragte er und ging sie holen. »Schaut mal«, sagte er beim Betrachten des Schildchens. ›In Erinnerung an A.‹, steht drauf. Wer dieser oder diese ›A.‹ wohl ist? Oder war?«

Niemand schien sich für die Rose und das damit verbundene Schicksal zu interessieren, lediglich Antje blickte wie gebannt auf die Blume, dann wandte auch sie sich zum Gehen. Jana verständigte sich mit Meike darauf, dass sie beide Hunde nahm. Sie lief zur Bank, hängte ihren Rucksack um und knotete die Leinen auf. Usti und Gini ließen sich diesmal nicht zweimal bitten, sodass Jana der Gruppe direkt auf dem Fuße folgte. Gewohnheitsmäßig blickte sie sich noch einmal um. Ihr Blick streifte die Rose, die wieder an der Stelle lag, an der sie diese entdeckt hatte. Während sie den anderen nachging, hörte sie Meikes Warnung, dass alle auf dem steileren Wegstück besonders auf die eigenen Tritte zu achten hätten. Sie war gerade um die Ecke gebogen und lief auf die verwunschene Lindenallee zu, als ein Aufschrei erklang. Offensichtlich war einer der Mitwanderer auf dem Pflaster ausgerutscht. Nur wenige Meter weiter fand sie die Frau auf dem Steinpflaster kauernd vor, die als Antje angesprochen worden war. Meike stand neben ihr.

»Haben Sie sich verletzt?«, fragte Jana. Usti ließ es sich nicht nehmen, nach dem Rechten zu sehen. Vorsichtig näherte er sich der auf dem Boden sitzenden Frau, schnupperte an ihrem Handrücken und legte sich schließlich neben sie auf das Pflaster, um sie nicht aus den Augen zu lassen.

»Ich glaube nicht«, sagte sie und ergriff Meikes hingehaltene Hand. Im Aufstehen rieb sie sich die Hüfte. »Der Schreck war größer, denke ich.«

»Damit ist nicht zu spaßen«, stellte Jana fest. »Sollen wir einen Notruf absetzen?« Angesichts des nahen Ortskernes würde die Anfahrt eines Rettungswagens kein wirkliches Problem darstellen. Wenn es nicht zu schlimm war, könnte Jana vielleicht die verunfallte Person ins nächste Krankenhaus bringen, doch sie hatte kein eigenes Auto dabei. Würde Meike, die bei der Gruppe bleiben musste, Jana ihr Auto leihen?

»Das habe ich gerade auch vorgeschlagen«, gab Meike zu bedenken. »Und die Gruppe läuft einfach weiter. Ich müsste sie eigentlich einfangen, nicht dass sie noch in die falsche Richtung laufen. Ich weiß nämlich nicht, ob sie eben wirklich auf den Ahrsteig abgebogen sind.«

»Ich übernehme das hier«, sagte Jana. »Aber nimm du bitte Gini, sonst habe ich gar keine Hand frei.« Sie überlegte, wie sie die Verletzte ansprechen sollte.

»Ich bin Antje Haak«, sagte diese, so als könne sie Gedanken lesen. »Wir können uns gerne duzen.«

»Jana«, sagte sie und gab ihr die Hand. »Gerne, unter Wanderern ist das doch üblich.«

Antje nickte mit schmerzverzerrtem Gesicht. Dann lächelte sie.

»Ihr kommt ohne mich klar?«, fragte Meike.

»Ja, lauf du nur. Ich rufe dich per Handy an, falls wir hier abbrechen müssen …«

»Was, nie im Leben …«, lachte Antje.

»Ich bin in Erster Hilfe ausgebildet, wir können gerne zurück zur Burgschänke gehen und ich schaue mir deine Hüfte genauer an.«

»Das brauchst du nicht, danke, es ist wirklich nicht schlimm.«

»Sicher? Auch keine Handverletzung, weil du den Sturz abfangen musstest?«

»Ja. Ich meine, nein.« Sie ließ ihre Hände kreisen. »Nein, nichts tut weh.«

»Meinst du, du kannst weitergehen?«

Antje nickte.

»Wenn es schmerzen sollte, ich habe eine Sportsalbe dabei«, sagte Jana, die sich nicht sicher war, ob Antje sich nur tapfer gab. Sie gingen zunächst eine Weile schweigend nebeneinanderher. Am Wegweiser angekommen bogen sie nach links ab und folgten dem Ahrsteig in nördlicher Richtung. Immer wieder warf Jana einen verstohlenen Blick auf ihre Mitwanderin, um herauszufinden, ob sie nicht doch Schmerzen verspürte, aber das schien nicht der Fall zu sein. Jedenfalls verzog sie keine Miene und ein Humpeln war ebenfalls nicht zu erkennen. Der frische Laubwald, den sie durchstreiften, wirkte außerordentlich beruhigend. Vorhin hatte sie einmal kurz mit dem Gedanken gespielt, die Wanderung abzubrechen, weil ihr die Leute nicht allzu sympathisch waren und es um die Stimmung untereinander nicht zum Besten stand. Aber was ging sie das an. Außerdem hatte man sie engagiert und wie würde Meike dastehen, die sie schließlich vermittelt hatte? Sie beschloss, ein wenig mehr über den alten Fall in Erfahrung zu bringen, und empfand es als glückliche Fügung, dass sie ausgerechnet jetzt an Antjes Seite lief, die ihr als die bodenständigste Person der ganzen Gruppe erschien.

»Darf ich …?«, fragte sie.

»Bist du …?«, fragte Antje im selben Augenblick.

Jana lachte auf. Nachdem sie, bislang ohne ein Wort zu reden, gelaufen waren, fiel ihnen genau gleichzeitig eine Frage ein.

»Du zuerst«, sagte Jana schnell.

Antje zögerte, bevor sie weitersprach. »Bist du hauptberuflich Fotografin?«

Ob sie ahnte, dass Janas eigentlicher Beruf ein ganz anderer war? »Ja, schon, aber als freie Fotografin arbeite ich nur nebenbei.«

»Das dachte ich mir schon, dass du dir sonst nicht die Zeit nehmen würdest, mit uns mitzulaufen. Ich glaube nicht, dass man als Fotografin so viel Geld verdient, und ob Rainer dir einen Tagessatz bezahlt … Oh, entschuldige, das sind Geldsachen …«

Tatsächlich hatte Meike ihr etwas von einer Pauschale erzählt, aber dummerweise hatte Jana nicht nach deren Höhe gefragt. Reichlich unprofessionell. »Weißt du, ich bin mit Meike befreundet und wir sehen uns viel zu selten. Da wollte ich das Berufliche mit dem Privaten verbinden.« Alles, was sie sagte, stimmte. Sie hätte erzählen können, dass sie bei der Kripo arbeitete, aber sie ließ es sein.

»Man verdient als Freiberufler heutzutage nicht viel …«, sagte Antje nachdenklich.

»Ach, du bist auch freiberuflich tätig?«

»Ja, ich bin Logopädin und gebe neuerdings Coachings,

Seminare und Sprechtrainings. Es läuft ganz gut, aber es ist doch manchmal echt mühsam. Kunden zu akquirieren und so. Ich dachte, nach dem Studium könnte ich als Journalistin arbeiten, aber damals gab es einfach zu viele, die Germanistik und Anglistik studiert haben. Und dann habe ich eine Fortbildung als Logopädin gemacht. Ich bin zufrieden, vor allem, wenn ich jetzt höre, wie schlecht es Journalisten geht und eben auch Fotografen. Du arbeitest aber bei keiner Zeitung, oder?«

»Nein, nein … Ach, ich mag diese herrlichen Mischwälder so, man fühlt sich so … geerdet«, antwortete Jana.

»Oh ja, mit meinen Schülern gehe ich gerne in die Natur, gerade Kinder verlieren oft in dieser Umgebung ihre Hemmungen.«

»Meike sprach vorhin davon, dass ihr euch hier schon einmal vor 30 Jahren getroffen habt?« Noch während sie weitersprach, merkte Jana, dass sie Antje mit der Frage etwas überrascht hatte. Sie schien nach Worten zu suchen. Eine Logopädin, die Wortfindungsstörungen hat? Jana fand ihren eigenen Gedanken völlig deplatziert und schon beinahe böswillig.

»Ja, meine Kommilitonen und ich waren hier ein paarmal, als …« Sie sprach nicht weiter.

Kommilitonen also. Sie kannten sich von der Universität. Aber in welchem Fachbereich machte man Ausflüge in die Eifel? Antje hatte eben von Germanistik und Anglistik gesprochen. Jana hätte eher vermutet, dass Geologiestudenten eine solche Exkursion durchführten. Aber da Rainer Großmann von »Hexenprozessen« sprach, hätte Jana noch angenommen, dass sie es mit ehemaligen Geschichtsstudenten zu tun hatte. Auch sie hatte einige wenige Semester Geschichte studiert, allerdings hatte sie dann ihrem Vater zuliebe einen anderen Weg eingeschlagen.

»Von welchem Fachbereich aus wart ihr denn hier?«

»Wir waren eine Theatergruppe, dem englischen Seminar angegliedert.«

Mit einer universitären Theatergruppe hatte Jana nicht gerechnet. Und wieso Anglisten? Welche Bezüge hatte die englischsprachige Literatur zur Eifel?

»Die meisten von uns hatten Anglistik als Hauptfach, manche aber auch nur als Nebenfach. Soweit ich mich erinnere. Ist ja schon lange her«, sprach Antje weiter.

»Ihr hattet seitdem keinen Kontakt mehr, oder?«

»Nein, merkt man uns das an?«, fragte Antje und fügte hinzu: »Ich zumindest nicht.«

»Ja, man merkt's irgendwie schon. Allzu vertraut geht ihr nicht miteinander um. Höchstens einige der Männer.«

»Du meinst bestimmt Rainer und Christoph, die hingen schon damals ständig miteinander rum. Und Christoph und Jörg. Die haben heute sogar noch beruflich miteinander zu tun. Irgendwas im Eventbereich, denke ich, wenn ich die E-Mail-Adressen aus der Einladungs-Mail richtig deute.«

»Hat es einen besonderen Grund, dass ihr euch ausgerechnet jetzt wiedertrefft?«

Der Wald lichtete sich und bald schon konnten sie über das nächste Tal blicken. Am Wegesrand saß ein großer orangefarbener Falter auf einem Brombeerblatt und sonnte sich.

»Ist das Eichenbach da unten?«, fragte Antje. Janas Frage hatte sie offensichtlich überhört. Im Tal lag malerisch ein Ort mit nur wenigen Häusern, die entlang eines Baches aufgereiht waren.

»Wird es wohl, es kann nur Eichenbach sein«, entgegnete Jana. »Da unten sind auch die anderen.« Die Gruppe stand etwa hundert Meter weiter an einer Weggabelung zusammen. Usti begann, seine Nase in den Wind zu halten, vermutlich nahm er gerade Ginis Witterung auf. Als Jana und Antje näherkamen, hörten sie Meike über einen Mann mit dem merkwürdigen Namen »Bläke Fritz« reden. Jana nutzte den Halt und begann, Fotos von den Gruppenteilnehmern zu schießen. Sie musste sich später noch einmal von Rainer Großmann briefen lassen, was er überhaupt von ihr erwartete.

»Friedrich Braun war ein Eifler Original mit viel Humor, ein Kesselflicker von Beruf«, erklärte Meike. »Wer möchte, kann jetzt hier hinunter ins Tal gehen und sich die Sandsteinfigur aus der Nähe anschauen. Der Ahrsteig führt hier weiter«, sie zeigte nach links, »immer am Waldrand entlang. Wir treffen uns dann nachher im Landgasthof in der Ahrtalstraße. Dort habe ich einen Tisch für uns reserviert.«

Die Entscheidung schien den Wanderern nicht schwerzufallen. Nur die Frau, deren Gesicht Jana so bekannt vorkam, und der Typ des ewigen Studenten schlugen den Weg zur Figur des Eifler Komikers ein.

»Kannst du mir bitte auf die Sprünge helfen? Mir kommt die Frau so bekannt vor. Wer ist sie?«, fragte Jana Antje, während sie hinter den anderen herliefen.

»Das ist Ulrike Daus. Sie spielt in irgendeiner Vorabendserie im Fernsehen mit.«

Jana konnte ausschließen, dass sie sie daher kannte. Für Vorabendserien hatte sie keine Zeit. Sie schüttelte den Kopf. »Ich muss sie woanders gesehen haben.«

»Na ja, Vorabendserien spielt sie ja nicht immer, vielleicht früher mal im Theater?«

»Ja, das könnte sein. Apropos Theater: Welche Stücke habt ihr damals eigentlich gespielt?«

»Du meinst, als wir hier in Aremberg waren?«

»Ja, wieso eigentlich? Wieso hier? Ich meine englische Literatur …?«

»Das hing mit einem der Stücke zusammen, das wir vor 30 Jahren probten. Es ist so lange her. Meine Güte. Genau 30 Jahre.«

Es konnte kein Zufall sein, dass sich die Gruppe ausgerechnet jetzt hier einfand. 30 Jahre war auch der Vermisstenfall her, den Jana unter den ungelösten Fällen gefunden hatte.

»Wir haben damals ›The Crucible‹ von dem amerikanischen Autor Arthur Miller geprobt und an der Uni aufgeführt«, sagte Antje.

»Hilf mir bitte auf die Sprünge, worum geht es in dem Stück?«, fragte Jana.

»In der deutschen Übersetzung heißt es ›Hexenjagd‹, das sagt schon alles. Es handelt von falschen Verdächtigungen, Hexenwahn im 17. Jahrhundert in Massachusetts. Arthur Miller schrieb es unter Verwendung eines echten Ereignisses als Auseinandersetzung mit der Kommunistenjagd in der McCarthy-Ära.«

»Ich erinnere mich dunkel an einen Film mit Winona Ryder …«

»Ja, in den 1990ern wurde der Stoff verfilmt, das stimmt.«

»Schon gruselig alles, irgendwie. Was passieren kann, wenn man die Schuld auf andere abwälzt, nur um der Strafe zu entgehen.«

»Ja, es waren Kinder in dem Stück, und trotzdem haben sie Menschen auf dem Gewissen … Lass uns von etwas anderem reden …«

Jana hatte noch so viele Fragen. Zu gerne hätte sie gewusst, wer welche Rolle gespielt hatte, weshalb sie sich damals auf dem Aremberg getroffen hatten und ob etwas geschehen war, dass sie sich seit 30 Jahren nicht mehr gesehen hatten. Mittlerweile hatten sie Eichenbach erreicht und wurden von Meike nach links über die schmale Hauptstraße geführt, statt dem blauen Signet des Ahrsteigs weiter zu folgen. Als Jana nach rechts schaute, bemerkte sie Ulrike Daus und ihren Kommilitonen die Straße heraufkommen. Sie hatten offensichtlich nicht allzu lange an der Sandsteinfigur verweilt.

»Wer ist er?«, fragte sie Antje, die die beiden ebenfalls entdeckt hatte.

»Ich hatte ihn gar nicht auf dem Schirm, aber nun weiß ich wieder, wer er ist. Er heißt Ralf, Kuhn, glaube ich, mit Nachnamen. Jetzt erinnere ich mich, wir hatten sogar vor einigen Jahren noch einmal Kontakt. Da schrieb er mir eine E-Mail, aber ich weiß gar nicht mehr genau, worum es ging. Ich meine mich zu erinnern, dass er eine Stelle suchte.«

»Hat er auch mitgespielt?«

»Hm, den Pastor Parris hat er gespielt.«

»Das weißt du noch so genau, nach all der Zeit?«, fragte Jana.

»Ja, ich habe mir die Rollenliste vor meiner Fahrt hierher noch einmal durchgelesen. Manche Dinge hebt man erstaunlicherweise auf … Seltsam, obwohl ich nicht die besten Erinnerungen mit der Gruppe verbinde.«

»Oh.«

»Ach, nichts von Bedeutung.« Antje machte eine wegwerfende Geste. Sie gingen einige Schritte schweigend nebeneinanderher. »Irgendwie dachte ich damals, dass diese Rolle zu ihm passte, zu Ralf«, nahm sie den Faden wieder auf.

»Inwiefern?«

»Er sah einfach nur zu, wie sich alles entwickelte, also der Pastor des Stücks. Ralf war eher der passive Typ, ich dachte immer, hinter seiner zurückhaltenden Fassade verbirgt sich etwas … Blödsinn. Plötzlich kommen die Erinnerungen wieder.«

»Und der, der diese Wanderung organisiert hat?«

»Rainer?«

»Ja.«

»Der hat damals Regie geführt. Er war etwas älter als die meisten von uns …«

Sie waren am Landgasthof in Eichenbach angekommen. Jana hätte gern mit Antje weitergeplaudert. Sicherlich hätte sie mehr über die anderen Mitwanderer in Erfahrung bringen können. Die Wandergruppe versammelte sich um einen großen Holztisch auf der Terrasse vor dem Gasthof. Offensichtlich hatte man bereits auf sie gewartet, denn flugs eilte die Bedienung herbei und brachte eine große Vesperplatte, an der sich alle bedienten, und nahm die Getränkebestellung entgegen. Einige der Männer beschwerten sich offen über den ihrer Meinung nach viel zu frühen Stopp.

»Leute, ernsthaft. Nach noch nicht einmal vier Kilometern machen wir hier Pause? Wir können doch die Etappe durchwandern.«

»Halt mal die Luft an, Jörg«, sagte die Frau, die als einzige Funktionskleidung trug und die die Sportlichste von allen war. »Wir sind nicht zusammengekommen, um einen Etappenrekord aufzustellen. Oder du etwa?«

»Ach, Kordula, ich habe gehört, du bist jetzt Yogalehrerin. Da hat man es nicht so mit Leistung, nur mit om, oder?« Jörg grinste süffisant und lachte laut auf. Sein Lachen imitierend blickte Kordula in die Runde. Als sie dabei Jana ansah, konnte diese sich des Eindrucks nicht erwehren, dass sie längst nicht so abgebrüht war, wie sie gerade tat. Waren die beiden, Jörg und Kordula, früher zusammen gewesen? Je länger sie sie betrachtete, desto wahrscheinlicher erschien ihr das.

»Ich finde es schön, dass wir hier zusammensitzen«, sagte Antje und klopfte der neben ihr sitzenden Kordula freundschaftlich auf den Arm.

»Zu viel Stress ist nie gut, lieber Jörg, egal ob physisch oder psychisch. Vielleicht wirst du auch irgendwann einmal an den Punkt kommen, das zu erkennen«, schob Kordula nach. In ihren Worten schwang mehr mit als diese allgemeine Weisheit. Jana griff nach einem Käsebrötchen. Unter dem Tisch hatte Usti es sich gemütlich gemacht und wartete darauf, dass irgendetwas Essbares für ihn abfiel. Ansonsten schien er mit sich und der Welt zufrieden zu sein. Nicht so Jana, die sich wie ein Fremdkörper unter den ehemaligen Studenten fühlte. Außerdem begann sie langsam zu ahnen, dass es bei diesem Jubiläumsausflug um mehr als ein Wiederauffrischen alter Erinnerungen ging. Dafür herrschte zu wenig Herzlichkeit unter ihnen. Sie blickte von einem zum anderen. Meike war ins Gespräch mit ihrer Tischnachbarin vertieft, und Antje tuschelte mit Kordula.

»Und Sie kennen sich also noch aus der Uni?«, hörte sie sich plötzlich fragen. Die Einzelgespräche verstummten.

»Wollen wir das alberne Sie nicht lassen«, sagte Rainer und sprach dabei ganz offensichtlich Jana und Meike an. »Es wandert sich doch mit einem Du auf den Lippen gleich viel leichter, oder?«

»Gerne«, sagte Jana, während Meike nickte. Offensichtlich war ihr das gar nicht recht.

»Und du bist also Jana, eine Freundin unserer Wanderführerin?«, fragte Ulrike, die Schauspielerin. Ihre haselnussbraunen Haare glänzten im Sonnenlicht. Nicht einmal der Hauch eines Ansatzes war zu erkennen, doch Janas geschultem Auge entging nicht, dass die Haare gefärbt waren. Sie bestätigte die Frage mit einem knappen Ja, um nicht mehr von sich preisgeben zu müssen und stattdessen ihre Wissbegier über die Ereignisse der Vergangenheit zu stillen.

»Ich habe auch einige Jahre studiert, in Köln, aber wir hatten damals keine Theatergruppe an der Uni, oder ich habe vielleicht auch nicht darauf geachtet.«

»Was hast du denn studiert?«, fragte die Frau mit den grauen Strähnen in ihrem einstmals blonden Haar.

»Geschichte und Germanistik, aber nur ein paar Semester.«

»Die meisten von uns hatten Anglistik im Hauptfach«, antwortete die Frau. »Ich bin als eine der wenigen von uns dabeigeblieben, also bei meinem Fach. Ich bin bis heute Englischlehrerin an einem Gymnasium.«

»Das stimmt nicht so ganz, Dorothee«, ergriff der Typ ›ewiger Student‹ das Wort. »Ich gebe Englischkurse.«

»Merkt ihr eigentlich, dass wir kaum etwas voneinander wissen?«, sagte die Frau mit der unmodernen halblangen Frisur. »Und ich frage mich, ob hier nicht jeder insgeheim denkt, was er hier eigentlich soll.«

»Ruth bringt es auf den Punkt«, sagte Ralf, der ewige Student. »Warum hast du uns eingeladen, Rainer? Ausgerechnet nach genau 30 Jahren? Nicht nach zehn, nicht nach 20 Jahren?«

»Und wie bist du an unsere Adressen gekommen?«, fragte Ruth weiter.

Rainer wirkte sichtlich angeschlagen.

»Ihr müsst Rainer nicht so anfahren. Das habt ihr damals schon getan, wenn euch eine Regieanweisung nicht gepasst hat«, sagte Jörg, der am liebsten die Etappe ohne Pause gelaufen wäre.

»Danke, Jörg, aber ich kann schon für mich sprechen. Ich dachte einfach, weil der Johannistag in diesem Jahr auf ein Wochenende fällt und wir doch damals eine aufregende Zeit hatten. Die Proben, die Ausflüge ins Ahrtal, die Aufführungen an der Uni. Der Applaus. Wisst ihr noch, wie frenetisch der ausgefallen ist? Wir fühlten uns damals wie richtige Schauspieler.«

»Ja, in unserem alten Hörsaal, diese Atmosphäre war gigantisch«, schwärmte Ulrike.

»Du bist die Einzige, die tatsächlich Schauspielerin geworden ist«, sagte Antje anerkennend.

»Du hattest ja wirklich Talent«, pflichtete Dorothee bei. In ihren grauen Haaren verfing sich gerade ein Sonnenstrahl, der ihr die Aura einer Märchenfee verlieh, zumindest wie sich Jana eine vorstellte. »Ich war damals mit meiner Rolle ehrlich gesagt nicht so zufrieden, aber du hast ja das Glückslos gezogen mit der Abigail«, ergänzte Dorothee.

Antje wurde plötzlich ganz fahl im Gesicht.

»Geht es dir nicht gut?«, fragte Jana. »Hast du noch Schmerzen vom Sturz eben?«

»Vielleicht ein bisschen.«

»Möchtest du meine Sportsalbe nehmen?«

»Ja, ich gehe mal auf die Toilette und schaue nach, ob man was sieht.« Während Antje aufstand, kramte Jana in ihrem Rucksack und fand schließlich die Salbe, die sie Antje entgegenhielt.

»Soll ich mitkommen?«

»Nee, lass mal …« Sie fühlte sich sichtlich unwohl, so viel Aufsehen zu erregen. Doch als Jana sich die Gesichter der anderen nacheinander anschaute, fand sie ihre Befürchtung nicht bestätigt, man würde sich über das Missgeschick der ehemaligen Kommilitonin lustig machen. Ganz im Gegenteil, allen voran Rainer war anzumerken, dass er sich sorgte. Sicherlich war es für ihn unangenehm, wenn einem von ihnen etwas passierte. Immerhin war er der Organisator. Jana brachte diese Überlegung auf die vorherige Frage zurück. Wieso hatte er ausgerechnet jetzt seine Kommilitonen zusammengerufen? Und warum waren alle seiner Einladung gefolgt? Waren es überhaupt alle? Wieso hatte Rainer das Ahrtal als Ausflugsort ausgewählt und nicht ihre angestammte Studentenkneipe, mit der gewiss ebenfalls Erinnerungen an zurückliegende Zeiten verbunden gewesen wären. Janas Erfahrungen an ihr Studentenleben waren nicht sehr ausgeprägt, aber an die Diskussionen in der Mensa oder in der Studentenkneipe in der Altstadt erinnerte sie sich gerne. Würde sie jemand nach 30 Jahren einladen?

»Jana, wo bist du mit deinen Gedanken?«, hörte sie plötzlich Meikes Stimme neben sich.

Als sie aufschaute, bemerkte sie, dass ihr Antje die Sportsalbe entgegenhielt und Meike und die anderen offensichtlich gerade dabei waren aufzubrechen.

»Oh, danke … Wie geht es dir, Antje?«

»Es ist nicht so schlimm. Ich werde morgen höchstens ein paar kleinere blaue Flecken haben. Aber nichts Ernstes. Gott sei Dank bin ich nicht mehr ganz so dünn wie früher.« Sie lachte. »Fett polstert.«

»Wo hast du denn bitte Fett?«, fragte Rainer und knuffte sie im Vorbeigehen sanft am Oberarm.

»Wie ist das denn eigentlich mit der Bezahlung? Ich habe ja noch gar nicht bezahlt?«, fragte Jana.

Rainer, der ihre Frage gehört hatte, blieb stehen. »Wir haben das pauschal bezahlt, und du und Meike, ihr seid natürlich eingeladen.«

»Bevor wir gehen … Hättet ihr vielleicht Interesse daran, dass ich euch noch kurz etwas über die Eisenverhüttung erzähle?«, rief Meike, als sich einige bereits anschickten loszumarschieren. Die Männer waren plötzlich ganz Ohr, die Frauen zeigten sich bis auf Ruth eher mäßig interessiert.

»Ich will es kurz machen, denn wir haben ja noch ein gutes Stück Weges vor uns. An der Strecke werden euch einige kleinere Stollen begegnen. Das Haus Arenberg – zu dem Geschlecht gehörte auch Fürstin Margarete – war Inhaber einer Bergbaugesellschaft. Hier in Eichenbach war einer der Abbauorte. Das Erz wurde dann in Ahrhütte und Stahlhütte verarbeitet, ja, so heißen die Orte wirklich.« Meike lächelte verschmitzt, als sie in die ungläubigen Gesichter der Männer blickte. Auch Jana musste schmunzeln.

»Ich habe von Mariensteinchen gehört«, sagte Antje, die sich an Janas Seite aufhielt. »Die soll man in der Ahr finden. Haben die etwas mit dieser Eisenverhüttung zu tun?«

»Ja, das ist richtig, das sind Schlackereste. Man findet sie immer noch als blaue – mal größere, mal ganz kleine – Klumpen. Und das Blau hat ganz viele verschiedene Farbnuancen«, sagte Meike.

»Davon habe ich noch nie gehört«, sagte Rainer. »Und was stellte man aus dem Eisen her?«

»Zum Beispiel die Takenplatten«, antwortete Meike.

»Die was?«, fragte Christoph.

»Da sind Varianten der Kaminplatten. In der Reformationszeit waren darauf biblische Szenen dargestellt und man nannte die Platten dementsprechend gusseiserne Bibeln.«

»Hör mir auf mit dem Religionskram, wir haben doch erfahren, wohin das führt, also in dem Stück von Arthur Miller«, polterte Ralf plötzlich.

»Du musst es ja wissen, Pastor Samuel Parris.«

»Das war seine Rolle«, flüsterte Antje neben Jana. Sie hatte es Jana doch vorhin schon erzählt.

»Wie dem auch sei«, ließ sich Meike nicht zu einer Diskussion hinreißen. »Man findet diese Platten an mancher Hauswand als Dekoration. Nicht wahr, Jana?«

Meike hatte ihre Frage also nicht vergessen, als sie vorhin auf dem Weg zum Aremberg waren. Sie liefen auf der Dorfstraße zurück, bis sie den Ahrsteig wieder erreicht hatten, und nahmen einen Anstieg vorbei an einem alten Bergbaustollen bis zu einer kleinen Kapelle. Als Meike anhob, eine Erklärung abzugeben, winkte Ralf nur ab und lief einfach weiter. Die anderen blieben jedoch stehen.

»Das ist nun auch für eine ganze Weile die letzte Erklärung, die ich euch geben werde.«

»Das interessiert uns wirklich«, versuchte Ulrike Daus die Situation zu beruhigen.

»Mach dir keine Sorgen«, sagte Rainer. »Der war schon früher etwas kauzig.«

»Na«, schnalzte Antje.

»Ist doch wahr«, flüsterte Ruth.

»Also, das ist die Kapelle der 14 Nothelfer. Sie wurde 1937 bis 1941 erbaut.«

»Was sind denn Nothelfer?«, fragte Christoph.

»Das weiß man doch«, brummte Kordula.

»Jetzt kommt wieder was«, sagte Jörg und blickte auf sein Fitnessarmband.

Kordula verzog das Gesicht. »Nothelfer haben nichts mit Esoterik zu tun, das zu wissen gehört zur Allgemeinbildung.«

»Das ist wohl wahr«, pflichtete Rainer ihr bei. »Christophorus kennt ja wohl jeder. Das ist der Schutzpatron der Reisenden. Nicht wahr, Christoph, den kennst selbst du!«

»Herr Großmann, lassen Sie uns weiterlaufen«, sagte Christoph scherzhaft.

Jana war froh, dass sie endlich die Wanderung fortsetzten, nicht nur weil sie aufgrund des Studiums der Karte, die sie auf ihrem Smartphone aufgerufen hatte, ahnte, wie anstrengend die anstehende Wegführung noch werden würde. Und nicht nur weil die ständigen Verzögerungen Usti bereits mehrfach zu einem maulenden Grummeln veranlasst hatten, sondern auch, weil Jana die ständigen Kabbeleien der Kommilitonen einige Rätsel aufgaben. Sie wollte versuchen, in Einzelgesprächen ein wenig mehr über ihre Mitwanderer in Erfahrung zu bringen. Denn mittlerweile war sie davon überzeugt, dass zumindest der eine oder andere einige Informationen über das vermisste Mädchen aus ihrer Akte würde beisteuern können.

Denn Claudia Seiler, die in Aremberg gewohnt hatte, war im Juni 1988 als vermisst gemeldet worden. Vor exakt 30 Jahren. Und sie hatte genau zu der Zeit studiert.

1. TAG: NACHMITTAG

Nach weiteren fünf Kilometern, die sie durch den Wald gegangen waren, sahen sie im Tal etwas im Sonnenlicht glitzern. Die Ahr. An Fuchshofen, dem Ort mit dem niedlichen Namen, hatte sie die Wegführung nördlich vorbeigeleitet. Auf der Ahrbrücke von Fuchshofen, so hatte Meike den Wanderern erklärt, könnte man in einer Nische einen aus dunklem Stein gehauenen lebensgroßen Fuchs bewundern. Gleich hinter dem Ortsausgang von Eichenbach hatten sich mehrere Grüppchen gebildet, die ein unterschiedliches Tempo anschlugen, wodurch sich die gesamte Wandergruppe immer mehr aus den Augen verlor. Nicht nur die Geschwindigkeit der Einzelnen unterschied sich, sondern auch die vorherrschende Stimmung. Manche gaben sich gut gelaunt, plapperten, manche schienen in angeregte Gespräche vertieft zu sein, andere hingegen waren eher still und ließen sich von der Landschaft in den Bann ziehen. Nur Ralf lief meistens allein. Es kam Jana vor, als brüte er über etwas. Sie hatte vorhin versucht, ein Gesprächsthema mit ihm zu finden, aber seine einsilbigen Antworten verrieten ihr rasch, dass er auf eine Konversation nicht im mindesten Wert legte. Er bemühte sich noch nicht einmal, besonders höflich zu sein. Vielmehr schien sich seine Laune noch zu verschlechtern, je weiter sie vorankamen. Die anderen ließen ihn, vermutlich aufgrund früherer Erfahrungen, gleich ganz in Ruhe. Obwohl Antje immer wieder Janas Nähe suchte, war Jana dennoch bestrebt, möglichst mit jedem wenigstens ein kurzes Gespräch zu führen und sich nicht von Antje vereinnahmen zu lassen, um ihrem Ziel näherzukommen, möglichst mit jedem einzeln zu sprechen. Dass Ruth mit ihrem Leben unzufrieden war, hatte Jana bereits geahnt. Freimütig brachte sie gegenüber Jana ihren tief sitzenden Frust zum Ausdruck. Sie hatte Germanistik und Anglistik studiert, hatte Gymnasiallehrerin werden wollen, sich jedoch während des Referendariats in einen Mann verliebt und war unerwartet schwanger geworden. Da in den 90er-Jahren die Berufsaussichten für angehende Lehrer ohnehin begrenzt waren, hatte sie sich für ein Leben als Hausfrau und Mutter entschieden. Nun, da die Kinder aus dem Haus waren und der Ehemann gleich mit, hatte sie zum ersten Mal über ihr Leben reflektiert und festgestellt, dass sie kaum etwas in den Händen hielt. Sie fand eine Anstellung als Halbtagskraft im Sekretariat eines Rechtsanwalts. »Dafür habe ich studiert?«, sagte sie immer wieder. Aus ihren Äußerungen sprach tiefste Verbitterung. Kordula hingegen hatte ihr Leben aktiver gestaltet. Die Politikwissenschaftlerin mit den hervorragenden Englischkenntnissen hatte sich bei einem Bonner Großkonzern bis in die Managementebene hochgearbeitet und vor einigen Jahren nach einem Burn-out ihr Leben völlig umgekrempelt. Heute gab sie Yogastunden in ihrem Bauernhaus in der Eifel und war glücklich. Dorothee Pflüger, die Englischlehrerin, ging in ihrer Tätigkeit völlig auf. Sie ließ keine Zweifel daran, dass sie mit sich und der Welt im Reinen war. Mit Ulrike Daus hatte Jana nur einige wenige Worte gewechselt. Ulrike war offensichtlich gewohnt, Small Talk zu betreiben, ohne viel von sich preiszugeben. Wenigstens wusste Jana nun ein wenig mehr über ihre Rollen und erinnerte sich an eine Fernsehserie, die sie vor gut einem Jahrzehnt gesehen und in der Ulrike Daus die Hauptrolle gespielt hatte. Sie hätte beim Berufe-Erraten gewonnen, denn was Jörg anging, hatte sie von Anfang an den richtigen Riecher gehabt. Er war Lebenskünstler – so nannte er sich tatsächlich selbst – und Gastronom. Ihm gehörte eine der angesagten Bonner Kneipen. Nicht ohne Stolz ließ er Jana wissen, dass er in einer Band mitspielte, die seit Jahrzehnten einen gewissen Kultstatus innehatte. Christoph hatte er vor einigen Jahren wiedergetroffen, als dieser ihn und seine Band für eine Hochzeit hatte buchen wollen. Aus dem Auftritt war zwar nichts geworden, weil sich Braut und Bräutigam über die Band nicht einig geworden waren, aber seitdem hatten die beiden mehrmals Auftritte auf die Beine gestellt. Enger als mit Jörg war Christoph mit Rainer befreundet. Sie kannten sich bereits aus der Schulzeit und hatten damals viel Blödsinn und allerlei Streiche veranstaltet. Seitdem war viel Zeit vergangen und vor allem Rainer hatte sich verändert, wie Christoph nicht ohne eine gewisse Enttäuschung berichtete. Aus ihm war ein seriöser Politiker geworden. »Ein bisschen spießig ist er auch geworden, aber das bringt die Parteizugehörigkeit wohl mit sich«, hatte er Jana gesagt, als sie gerade am Waldrand eine Wiese entlangliefen. An Rainer selbst war kaum heranzukommen. Die meiste Zeit befand er sich in angeregte Gespräche mit seinen ehemaligen Kommilitonen vertieft. Für einen Augenblick hatte Jana den Eindruck, dass er, wie sie auch, die Gelegenheit zu Einzelgesprächen ergriff, wann immer sich die Gelegenheit bot. Schließlich bekam sie ihn doch zu fassen.

»Darf ich einmal fragen, was du eigentlich von mir an Leistungen erwartest?«, fragte sie ihn als Erstes. »Meike konnte mir nicht viel sagen, und vorhin haben wir es irgendwie gar nicht besprochen …«

»Oh, entschuldige, da hast du völlig recht«, antwortete Rainer zerknirscht. »Das mit dem Gruppenfoto vorhin auf dem Aremberg war jedenfalls schon mal goldrichtig. Mach einfach noch ein paar zwischendurch, interessant fände ich es auch, wenn du immer wieder Fotos schießt, die nicht gestellt sind.«

»Du meinst, so nebenbei und dass die Gruppe das gar nicht so richtig bemerkt?«

»Hm.«

»Wir müssten dann übrigens noch einen Vertrag schließen, der alle Rechte …«, gab Jana zu bedenken, wurde jedoch von Rainer unterbrochen. »Das machen wir, unbedingt.« Jana hatte den Eindruck, dass er sich nicht zu lange mit ihr abgeben wollte. Dennoch kamen sie kurz ins Gespräch, und als Jana ihn nach den Beweggründen für das Treffen fragen wollte, entglitt er ihr und hielt sich an Antje.

Soeben erreichten sie die Landstraße, die sie auf einer schmalen Brücke überqueren mussten. Unter ihnen plätscherte die Ahr. Jana nahm sich fest vor, die nächste Gelegenheit zu ergreifen, die sich ihr bot, ausführlicher bei ihm nachzuhaken. Sie interessierte brennend, warum sich die ehemaligen Kommilitonen ausgerechnet hier trafen. Ob damit auch ihr Engagement als Fotografin zusammenhing? Aber warum hatte Rainer sie nur für den heutigen Tag verpflichtet?

»Wie weit ist es noch?«, stöhnte Ruth, die bislang meist vorausgelaufen war und sich nun hatte zurückfallen lassen. Sie hatten den Laufenbach überquert und marschierten gerade am Haus Streitenau vorbei. Vor ihnen lag eine lang gezogene Anhöhe.

»Etwa vier Kilometer. Aber die haben es in sich, denn es wird gleich steiler«, sagte Meike, als Ruth mit ihr gleichauf war. Ruth ließ einen Seufzer hören, schien sich selbst Mut zu machen. Meike folgte ihr jedoch nicht, sondern wartete auf Jana und bat sie, am Schluss der Gruppe zu bleiben, damit kein Nachzügler verloren ging. »Dir macht es doch nichts aus?«

»Nein, gar nicht«, antwortete Jana, die merkte, dass Usti eine kleine Pause brauchte. »Ich wollte ihm sowieso etwas zu trinken geben. Gini ist viel fitter als er.«

»Kunststück, sie geht ja fast täglich mit mir größere Runden.«

Das leuchtete ein und versöhnte Jana, die sich in ihrem sportlichen Ehrgeiz etwas angekratzt fühlte. Sie hatte also nicht nur Ustis Gehorsamkeitstraining schleifen lassen.

»Da hinten kommt Antje«, stellte Jana fest. »Ist sie die Letzte?«

»Ja, alle anderen sind schon durch«, antwortete Meike und rannte mit Gini an der Leine los, um an die Spitze zu gelangen. Jana konnte ihr nur anerkennend hinterherschauen, wie sie den Berg hinaufsprintete. Usti hatte seinen Wassernapf leer getrunken, als Antje bei ihr ankam.

»Hast du immer noch Schmerzen?«, fragte Jana besorgt und verstaute den Faltnapf wieder in ihrem Rucksack.

»Danke, dass du fragst, aber körperlich geht es mir gut.«

Fast hätte Jana den Subtext überhört, doch dann registrierte sie sehr wohl die Botschaft zwischen den Zeilen. »Hast du Kummer?«, fragte sie geradeheraus, da sie der Meinung war, Antje würde eine derart direkte Frage nicht als eine zu persönliche Einmischung empfinden.

»Kummer? Nein, nicht direkt. Lass uns weitergehen, damit wir die anderen nicht ganz aus den Augen verlieren.«

Jana nahm Ustis Leine auf und gemeinsam marschierten sie weiter. Es wurde tatsächlich bald steiler, sodass die beiden Frauen leise zu schnaufen begannen. Janas Puls wurde schneller und spätestens jetzt musste sie sich eingestehen, dass sie ihre ursprüngliche Fitness immer noch nicht wiedererlangt hatte. Die Attacke von damals hatte sie körperlich und seelisch mitgenommen. Sie sollte vor dem bevorstehenden Prozess unbedingt an ihrem Körpergefühl und ihrer Kraft und Ausdauer arbeiten. Das würde ihr helfen, die Ängste zu besiegen und Stärke zu empfinden. Sie hatte einiges schleifen lassen, seitdem …

»Du, ich kann nicht mehr«, schnaufte Antje.

»Ich glaube, wir haben es gleich geschafft«, machte Jana sich und ihrer Wanderkollegin Mut. Tatsächlich hatten sie den höchsten Punkt bald erreicht, fortan führte der Waldweg erst einmal abwärts. »Der Kopf wird frei, wenn man wandert. Ich liebe es, es hilft mir, meine Gedanken zu sortieren«, versuchte Jana erneut an Antjes Bemerkung von vorhin anzuknüpfen.

»Normalerweise ist das bei mir ja auch so, aber heute … ich weiß nicht.« Sie wusste ganz genau, was sie umtrieb, nur wollte sie es vor Jana nicht offenlegen.

»Liebeskummer?«, fragte Jana vorsichtig, auch wenn

sie davon überzeugt war, dass darin nicht der Grund für Antjes gedrückte Stimmung lag.

»Nein, das ist es nicht.« Sie lächelte. »Ich muss nur an damals denken. Irgendwie kommt so einiges wieder hoch. Ach …«

»Oh, ich wollte dich nicht in Verlegenheit bringen.«

»Das tust du nicht. Es war nur alles sehr anstrengend damals. Die Proben, ich hatte extremes Lampenfieber. Und wie du dir vielleicht denken kannst, gab es Spannungen in der Gruppe, untereinander … Wir kannten uns zum Teil kaum, waren nur bei den Theaterproben plötzlich so eng miteinander …«

»Wie meinst du das?«

»Na ja, Konflikte zwischen Studenten, die sich sonst nicht mal mit dem Hintern anschauen. Oh, Verzeihung.«

Jana lachte. »Ralf war eher der Außenseiter, oder?«

Antje nickte, sagte aber nichts weiter dazu. »Ulrike war schon immer etwas speziell. Sie kam auch erst später dazu.« Um ihren Mund zuckte es. Jana würde später versuchen, an diesem Punkt noch einmal anzuknüpfen. Gerade hatten sie ein atemberaubendes Panorama vor sich. Der Wald war gewichen, stattdessen hatten sie nun freien Blick über das Tal, in dem die Ahr glitzernd dahinfloss, sowie auf die Höhen der gegenüberliegenden Seite. Man musste diesen Anblick einfach still genießen. Als Jana zu Antje hinüberblickte, merkte sie, dass diese mit sich haderte, vermutlich überlegte sie gerade, ob sie Jana ihr Herz ausschütten oder es bleiben lassen sollte. Hätte Jana nur die Akte besser im Kopf. So konnte sie erst einmal nichts anderes tun, als unverfänglichen Small Talk zu betreiben, zumal sie erst gar nicht den Eindruck einer Befragung erwecken wollte und schon gar nicht eine solche durchführen durfte. So standen sie eine Weile einfach da und atmeten die warme Sommerluft ein.

»Heute Nacht ist Johannisnacht«, sagte Antje plötzlich.

»Echt?«

»Ja.«

»Geschieht in der Johannisnacht etwas Besonderes?«, fragte Jana und zupfte Antje sanft am Ärmel. »Wir sollten gehen, meinst du nicht?«

Antje streichelte über Ustis Kopf und nickte. Die beiden Frauen setzten ihre Wanderung fort.

»Vor genau 30 Jahren haben wir uns im Ahrtal das letzte Mal getroffen. Es folgten noch einige Aufführungen und danach ging wieder jeder seiner Wege«, sagte Antje nach einer Weile.

»Warum habt ihr euch ausgerechnet an dem Tag getroffen? In Aremberg, richtig?«

»Hm. Na ja, das Stück ›The Crucible‹ handelt ja von Hexenwahn, Denunziation und so. Wir, das heißt vor allem Rainer, fanden es passend, wenn wir einen Ort aufsuchten, an dem früher Hexenprozesse stattfanden. An der Ahr gab es einige dieser Orte.« Sie schien etwas zu überdenken. »Vermutlich weil Claudia von hier kam. Der Tipp kam bestimmt von ihr.«

In dem Augenblick, als der Name fiel, begann Janas Herz wie wild zu pochen. Sie hatte wieder einmal den richtigen Riecher gehabt. Antje musste Claudia Seiler meinen, die vermisste junge Frau.

»Welche Claudia?«, fragte sie, doch so unbedarft, wie es sollte, klang es nicht.

»Eine Kommilitonin, die kam aus Aremberg, sofern ich mich richtig erinnere.«

»Aber die ist heute nicht bei der Wanderung dabei, oder?« Jana konnte es kaum abwarten, dass Antje ihr den Nachnamen der jungen Frau verriet. Nur wie konnte sie ihr diesen entlocken?

»Nee, sie kam eines Tages nicht mehr zu den Proben.«

»Einfach so?« Ob Antje und die anderen nichts von dem Vermisstenfall wussten? Alle bis auf Rainer vielleicht.

»Ja.« Die Antwort kam erst nach einer ganzen Weile. Ob es daran lag, dass sie gerade wieder einen Anstieg zu bewältigen hatten, der sie kurzatmig werden ließ? Als Jana zu Antje hinüberschielte, wusste sie, dass sie log oder zumindest mehr Informationen hätte beisteuern können. Doch Jana unternahm vorerst nichts, um von ihr mehr darüber zu erfahren.

»Was habt ihr dann gemacht? Ich meine, es musste ja weitergehen.«

Antje seufzte. »Ich muss was trinken.« Sie ließ ihren Rucksack von der Schulter rutschen und zog eine Wasserflasche hervor. Jana tat es ihr gleich und trank ebenfalls etwas. Usti schnüffelte währenddessen an alten Fichtenzweigen, die in einer ausgetrockneten Pfütze lagen. Jana konnte nicht aufhören, Antje anzustarren. Was ging in der Frau vor? Ohne auf Janas Frage einzugehen, schulterte sie ihren Rucksack wieder und stapfte weiter. Jana blieb unentschlossen stehen. Hatte Antje genug von ihrer Fragerei? Nach einer Weile drehte sie sich um.

»Oh, du warst noch gar nicht so weit«, rief Antje und hob entschuldigend die Arme.

»Nee, aber macht nichts.«

Als Jana Antje erreicht hatte, kam auch Usti angetrabt.

Sie hatte ihn von der Leine gelassen, damit er sein eigenes Tempo gehen konnte. Doch statt, wie sonst üblich, ein wenig vorzulaufen, blieb er heute ständig zurück. Sie hatte vorhin vorsorglich seine Pfoten daraufhin kontrolliert, ob er sich vielleicht eine leichte Verletzung zugezogen hatte, die ihn behinderte, hatte aber nichts feststellen können. Außerdem humpelte er nicht. Er schien einfach müde zu sein.

»Du hattest mich eben gefragt, wie es weiterging. Ulrike übernahm Claudias Rolle. So einfach war das.«

»Kannte sie denn ihren Text?«

»Rainer hatte sie als zweite Besetzung vorgesehen. Klug von ihm.«

Wieso meinte Antje, dieses Vorgehen betonen zu müssen? Es stellte doch ein übliches Verfahren dar, für alle Rollen, vor allem für die Hauptrollen, eine zweite Besetzung parat zu haben.

»Welche Rolle spielte denn diese Claudia …?« Sie betonte den Namen so, als ob sie nach ihrem Nachnamen suchte.

»Hm? Claudia, ach so. Hatte ich ihren Nachnamen schon erwähnt?«

Jana sagte lieber nichts.

»Claudia Seiler und danach eben Ulrike spielten die Abigail Williams.«

Janas letzte Zweifel waren ausgeräumt. Bei der Vermissten in ihrer Akte und dieser Claudia handelte es sich mit sehr hoher Wahrscheinlichkeit um ein und dieselbe Person. »Eine Hauptfigur?«, fragte Jana weiter.

»Ja, schon …«

Antjes Unkonzentriertheit begann Jana zu irritieren. Oder spielte sie das nur? Sie kam bezüglich Claudia nicht weiter. »Rainer war also der Regisseur.« Eine bessere Überleitung, um auf ihn zu kommen, fiel ihr gerade nicht ein.

»Ja.«

Was sollte Antje auch anderes darauf antworten? »Wie kam er denn zu dieser Aufgabe?«

»Keine Ahnung …«

Auch das war gelogen. Kein Zweifel. Janas Überzeugung, auf der richtigen Fährte zu sein, begann sich zu verfestigen.

Mittlerweile hatten sie den Waldrand erreicht und blickten erneut über das Tal. Die anderen waren nicht mehr zu sehen. Weder auf dem Ahrsteig, der in nordwestliche Richtung weiterführte, noch auf dem Weg, der geradewegs über eine Wiese ins Tal hinabführte.

»Geht es hier direkt nach Schuld?«, fragte Antje beinahe ein wenig mürrisch und zeigte mit ihrem Arm dorthin, wo sie den Ort vermutete. Es mochten vielleicht 50 Höhenmeter sein, die das Gelände hier abfiel. »Ehrlich, ich würde am liebsten jetzt schon zum Hotel gehen. Die anderen sind ja sowieso verschwunden. Weißt du, wo die nach Schuld abbiegen wollten?«

Jana hatte vorhin etwas von einer Kapelle gehört, die man wahlweise noch besichtigen konnte. Und der Name »Gertrud« war ebenfalls gefallen. Jana grübelte, ob es der Name des Hotels oder der Name einer weiteren Kirche gewesen war, oder gar beides? Sie holte ihr Smartphone hervor und rief den Tourenplaner auf. Schnell war klar, wo sie sich befanden.

»Wir können hier den Weg nehmen«, bestätigte sie. »Die anderen laufen wohl weiter auf dem Ahrsteig. Da unten kommen wir auf die Landesstraße. Weißt du, wo das Hotel liegt? Ich habe mich nicht näher damit beschäftigt, da ich nicht dort übernachten werde.«

»Ach, nicht?«

»Nein, nach der Veranstaltung auf der Hütte ist heute Abend Schluss für mich. Ich werde abgeholt.«

»So? Wo wohnst du denn?«

»In Ahrweiler, aber dahin ist es mir mit öffentlichen Verkehrsmitteln zu umständlich. Und für Usti wäre das zu strapaziös.«

Beide blickten auf den Hund, der recht müde aussah. Ein Lächeln huschte über Antjes Gesicht.

»Siehst du den Berg gegenüber?«, fragte Jana, die wieder auf den Tourenplaner blickte.

Antje nickte.

»Das ist die Branderhardt. Dort oben liegt die Martinshütte.«

»Ah, da gibt es heute ein Lagerfeuer«, sagte Antje.

Sie begannen den Abstieg. Links von ihnen befand sich Wald, rechts von ihnen Felder.

»Wir übernachten übrigens im Hotel Gertrudis. Ist wohl nach der Dorfkirche benannt. In der Ahrstraße, glaube ich«, sagte Antje, als sie den Abstieg etwa zur Hälfte geschafft hatten.

Janas Knie begannen zu schmerzen. »Runter ist echt belastender als rauf«, brummte sie vor sich hin. Auch Usti hatte Schwierigkeiten mit dem ungewohnten Gelände. Schließlich hatten sie das Tal erreicht und es dauerte nicht mehr lange, dann käme die Brücke über die Ahr in Sichtweite, die Jana auf der Karte gesehen hatte. Jetzt würde es nicht mehr weit bis zum Hotel sein. Sie passierten eine Tafel, die an der Brüstung angebracht war und die über eine geologische Besonderheit informierte.

»Oh, das möchte ich mir genauer ansehen«, sagte Jana und blieb davor stehen.

»Weißt du was, das kannst du gerne machen, ich gehe jetzt direkt zum Hotel.«

Jana bemerkte sehr wohl den Unterton. Da sich Jana keiner Schuld bewusst war, im Gegenteil, sie hatte dafür gesorgt, dass sie den schnellsten Weg zum Ort gefunden hatten, beschloss sie, diese Unfreundlichkeit nicht auf sich zu beziehen. »Weißt du denn, wie du dahinkommst, oder sollen wir noch einmal auf der Karte im Tourenplaner nachschauen?«, fragte sie versöhnlich.

»Ja, würdest du das bitte tun?«

Tatsächlich betrug der Weg zwischen ihrem jetzigen Standort und dem Hotel in der Ahrstraße nicht einmal einen Kilometer.

»Du kommst aber nach, denn dort gibt es einen Imbiss, bevor wir später zur Hütte laufen. Hoffentlich werden wir mit dem Auto hochgebracht«, seufzte Antje noch und entfernte sich mit einem leisen Abschiedsgruß. Jana nahm sich Zeit, die Tafel zu studieren, die über die geologische Faltenbildung informierte und sich auf eine Felsformation gegenüber an der Hauptstraße bezog. Welche Kräfte die Kollision der Kontinente vor Jahrmillionen freigesetzt hatte! Jana nahm Ustis Leine ganz kurz, denn sie mussten ein Stück des Weges an der Straße zurücklegen. Am Ortsteingang angekommen, bemerkte sie beim Blick nach oben, dass das Dorf von vielen steilen Felsen umgeben war. Auf einer Kuppe entdeckte sie einen Aussichtspunkt. Unter der kleinen Schutzhütte, die fast wie ein Tempel aussah, ging es fast senkrecht in die Tiefe. Dort oben irgendwo waren auch die anderen unterwegs. An der Sohle des Felsens befanden sich die Portale eines alten Eisenbahntunnels. Hätte jemand Jana hier mit verbundenen Augen hergebracht und ausgesetzt, sie hätte niemals darauf getippt, im Ahrtal zu sein. Auf dem Bürgersteig lief sie weiter, Usti hatte sich wieder erholt und trippelte wie gewohnt leichten Schrittes neben ihr her. Bald schon bog sie in die Ahrstraße ab, die einige Fachwerkhäuser säumten. Eines davon erregte Janas Aufmerksamkeit. In dem Innenhof, den man von der Straße aus leicht einsehen konnte, standen etliche Grabsteine und Steinskulpturen. »Lutz Decker, Steinmetz« war auf eine steinerne Platte gemeißelt, die an der halbhohen Umfassungsmauer angebracht war. Die typischen Geräusche eines arbeitenden Steinmetzes drangen an Janas Ohr. Usti lugte durch das Eisengitter am Eingang, das die steinerne Mauer durchbrach, und begann leise zu wimmern. Jana musste nicht lange über den Grund seines Gefühlsausbruchs rätseln, denn bald schob sich eine schwarze Nasenspitze an den Gitterstäben vorbei. Eine Bretonen-Hündin war offensichtlich ebenso begeistert von Usti wie er von ihr.

»Jessy, kommst du her?«, rief eine sonore Männerstimme. Das Klopfen und Meißeln hatte aufgehört. Offensichtlich hatte Jessy keine Lust zu gehorchen.

»Jessy!« Das klang schon etwas forscher. Als die Hündin jedoch immer noch nicht reagierte und stattdessen weiter mit Usti ihre Mätzchen machte, kam der Mann schließlich zum Tor, um nachzuschauen. Aufgrund der tiefen Stimme hatte Jana einen viel älteren Mann erwartet.

»Ah, habe ich es mir doch gedacht«, sagte er und lachte. »Wen hast du denn da kennengelernt, Jessy? Hallo, ich bin der Steinmetz hier, und wer seid ihr zwei?«

Jana gefiel die offene Art des Mannes, der ein paar

Jahre jünger als sie selbst zu sein schien. Seine rotblonden Haare glänzten in der Sonne. Sie hatte sich einen Steinmetz immer wesentlich kräftiger und älter vorgestellt.

»Jana Vogt und das ist Usti.«

»Ah, hallo, Usti! Hallo, Jana. Ich bin Lutz.«

»Ich dachte es mir«, sagte Jana grinsend und deutete mit einer Kopfbewegung zur gravierten Steinplatte.

»Mögt ihr reinkommen?«, fragte er und öffnete das Eisentor. Jessy rannte sofort zum Haus, drehte sich noch einmal um, so als wollte sie nachschauen, ob Usti ihr folgte. »Lass ihn ruhig laufen, hier ist alles umzäunt.«

Jana ließ sich das nicht zweimal sagen. Kaum hatte sie Ustis Karabiner gelöst, da rannte der Hund mit lautem, fröhlichem Gebell hinter Jessy her und verschwand bald mit ihr im hinteren Teil des weitläufigen Geländes.

»Und weg sind sie«, freute sich Jana. »Und ich dachte, er wäre k. o.«

»Kommt ihr von einer Wanderung?«

»Ja, von Aremberg.«

»Ah, Ahrsteig. Und geht es heute noch weiter?« Mittlerweile hatte er Jana zum Ausstellungs- und Arbeitsbereich des kleinen Anwesens geführt. Sie staunte, denn neben Grabsteinen und Gehwegplatten standen dort auch einige echte Kunstwerke. Abstrakte neben figürlichen.

»Nee, für mich ist hier Schluss. Ich bin mit einer Gruppe gekommen und die wandert morgen weiter. Aber sag mal, sind das alles deine Werke? Die sind ja fantastisch.«

»Ja, alles meine Werke.« Lutz' Augen strahlten, aber in seinem Gesicht war auch eine gewisse Verlegenheit abzulesen.

»Und du bist Profifotografin?« Er zeigte auf ihre Kamera. Man sah es ihr wohl wirklich an. Sie nickte nur.

»Möchtest du was trinken? Und Wasser für Usti?«

»Wasser für uns beide wäre fein.«

»Okay.« Während er zur Scheune ging, pfiff er einmal laut auf seinen Fingern, worauf Jessy und hintendrein Usti sofort um die Ecke gesaust kamen. Er stellte einen großen Wassernapf neben das Scheunentor, aus dem beide gemeinsam tranken, so als würden sie sich seit Ewigkeiten kennen. Kaum hatten sie genug, rannten sie mit fliegenden Ohren davon. Hinter dem Haus hörte man sie toben. Lutz kam mit einer Wasserflasche und zwei Gläsern zurück und stellte alles auf einem derben Holztisch ab. Jana war zwischenzeitlich an den Werken des Steinmetzes vorbeigeschlendert und war voller Bewunderung dafür. Offensichtlich arbeitete er gerade nicht nur an aktuellen Kunstwerken, sondern restaurierte darüber hinaus uralte Wegkreuze. Eines war ihr besonders ins Auge gesprungen. Doch erst einmal benötigte sie eine Erfrischung. Gierig trank sie das Glas aus, das Lutz ihr entgegenhielt.

»Da hat aber jemand Durst«, bemerkte er.

Jana nickte und konnte gerade noch dem Drang aufzustoßen entgegenwirken.

»Noch ein bisschen?«

Jana hielt ihm das Glas entgegen. »Ist das dein Anwesen?«

»Ja, alles meins. Ich habe es geerbt.«

»Steinmetz ist ein toller Beruf, finde ich«, sagte Jana.

»Schon, aber auch anstrengend. Deshalb will ich jetzt mehr restaurieren. Ich habe extra einen Lehrgang an einer Akademie gemacht. An einem alten Kreuz aus meiner

Familie übe ich gerade. Willst du es sehen? Komm!« Lutz wartete jedoch gar nicht erst Janas Antwort ab. Stattdessen lief er voraus. Ausgerechnet vor dem Kreuz, das sie eben länger als die anderen betrachtet hatte, blieb er stehen. Jana folgte ihm.

»Das ist es, siehst du? Jetzt kann man die alte Inschrift an der Stelle, an der ich gearbeitet habe, wieder viel besser sehen. Erkennst du den Unterschied?« Er war Feuer und Flamme für seine neue Tätigkeit. Jana stockte der Atem.

»Seiler!«

»Ja, vermutlich mein Urgroßvater oder ein Onkel. Dafür muss ich in unseren Familienbüchern nachlesen.«

»Das ist wirklich spannend. Wenn du erlaubst, würde ich das Kreuz gerne fotografieren«, sagte Jana. Sie brauchte einfach ein Foto davon.

»Nur zu«, antwortete Lutz.

Während Jana fotografierte, betrachtete Lutz sie aufmerksam. Sie war etwas irritiert, fühlte sich jedoch auf eine nicht mal unangenehme Weise beobachtet.

»Weißt du, wo es stand, also früher?«, fragte sie.

»Ja, lange Zeit in der Nähe der Schutzengelkapelle in Aremberg. Bis es meine Eltern dann eines Tages bei sich unterstellten.«

»Was ist das für ein Kreuz? Ist jemand gestorben?«

»Ach, darüber bin ich mir noch nicht ganz im Klaren. Es ist ein Sühnekreuz, aber was genau dahintersteckt, muss ich selbst erst noch herausfinden.«

Jana wollte sich gerade nach der Bedeutung eines Sühnekreuzes erkundigen, als vor der Tür ein Wagen vorfuhr.

»Oh, das sind meine Kunden. Wir müssen hier unser nettes Gespräch leider beenden«, sagte Lutz und ließ erneut seinen Pfiff erklingen. Nur Sekunden später standen Jessy und Usti bei ihnen.

»Danke für die Erfrischung und die aufschlussreichen Einblicke in deine Arbeit«, sagte Jana, während sie Usti anleinte. »Ich hole noch meinen Rucksack …«

»Vielleicht sieht man sich ja wieder.«

Das Eisentor quietschte und zwei ältere Männer betraten das Grundstück.

»Woher kommst du eigentlich?«

»Aus Ahrweiler«, murmelte Jana. Mittlerweile war sie sicher, dass Lutz an ihr Gefallen gefunden hatte.

»Na, dann. Komm doch mal wieder vorbei, Jana Vogt.« Er hatte sich ihren Namen gemerkt.

Sie wollte ihm keine übertriebenen Hoffnungen machen, denn ihr Herz gehörte Clemens, und so verabschiedete sie sich distanzierter, als sie es ursprünglich vorgehabt hatte. »Wir werden sehen. Vielleicht bis bald«, sagte sie, als sie das Tor hinter sich schloss. Er hob zum Abschied seine Hand und wandte sich seinen Kunden zu.

1. TAG: FRÜHER ABEND

Jana genoss den weiten Blick über das Tal. Noch waren die anderen Wanderer nicht an der Martinshütte auf der Branderhardt eingetroffen. Nur Rainer und zwei Helfer des Hotels waren damit beschäftigt, das Feuer vorzubereiten sowie Getränke und Speisen bereitzustellen. Jana hatte Rainers Angebot, sie mitzunehmen, dankbar angenommen. Für das kurze Stück hatte sie Usti kurzerhand auf ihren Schoß gesetzt. Ihm war anzumerken, dass er das Abenteuer mit Hündin Jessy sehr genossen hatte. Je länger Jana ihn anschaute, desto mehr beschlich sie der Verdacht, dass er sich verliebt hatte. Über ihren Gedanken musste sie schmunzeln, denn was interpretierte sie da nur in die Gefühlslage ihres Hundes hinein? Als ob er jetzt an Jessy denken würde! Bald würden Meike und der Rest der ehemaligen Theatergruppe das Plateau auf der Branderhardt erreichen. Die Männer, bis auf Ralf, wollten den steilen Aufstieg tatsächlich noch zu Fuß in Angriff nehmen. Rainer hatte sie gebeten, später noch einige Fotos von den Wanderern zu machen, wie sie am Lagerfeuer zusammensaßen. Bevor es so weit war, nutzte sie den ruhigen Moment, um Clemens anzurufen. Sie setzte sich auf einen der Steinbrocken, die als Sitzgelegenheit aufgestellt worden waren. Usti legte sich sofort hin und schloss seine Augen. Instinktiv blickte sich Jana um, denn der Gefallen, um den sie Clemens bitten wollte, war nicht für fremde Ohren bestimmt. Da sich niemand in der Nähe befand, der ihr Telefonat würde belauschen können, wählte sie die Handynummer ihres Freundes. Sie hoffte, ihn noch auf der Dienststelle zu erwischen.

»Hallo, Jana, ist irgendwas? Geht es dir gut?«, klang es ihr entgegen.

»Nein«, lachte sie. »Alles in Ordnung. Ich bin nur etwas müde vom Wandern.«

»Du willst mir absagen, oder?«

»Nein, auf keinen Fall. Wenn du mich nachher abholen möchtest …«

»Ja, klar. Ich freue mich schon auf unseren Abend. Heute gibt es für mich nichts Aktuelles mehr zu tun. Ich gehe nur noch ein paar Akten durch. Bereitschaft habe ich ja zum Glück nicht.«

»Apropos Akten. Du bist also noch auf der Dienststelle?«

»Ja?« Er ahnte offensichtlich, dass sie etwas ausheckte.

»Könntest du bitte mal zu meinem Schreibtisch gehen?«

»Ja, und dann?«, fragte er. Sie hörte, wie er eine Tür öffnete, dann noch eine. »Warte … ich stehe davor. Und jetzt?«

»Der Stapel mit den ungelösten Fällen müsste rechts von dir liegen. Da gibt es eine Akte über Claudia Seiler von 1988 …«

»Moment … Ich lege dich mal zur Seite und stelle auf laut.« Doch er sagte nichts mehr, dafür raschelte es. »Claudia Seiler? Ja, die ist hier. Soll ich etwas für dich nachschauen?«

»Nein, könntest du die ganze Akte mitbringen?«

Am anderen Ende herrschte Stille.

»Clemens?«

»Du hast doch nicht vor, heute Nacht Akten zu wälzen?«

»Doch, na ja, vielleicht nicht die ganze Nacht …«

»Ich bringe sie mit«, sagte er. Er war schon einiges von Jana gewöhnt. »Du wirst mir nachher erzählen, worum es geht, nicht wahr?«

In einiger Entfernung hörte sie Wagengeräusche. »Na klar, aber nun muss ich Schluss machen, die anderen kommen zurück. Wir treffen uns wie vereinbart vor dem Hotel in Schuld?«

»Alles klar, bis später.«

»Tschüss, Clemens.«

Kaum hatte sie das Telefonat beendet, waren das Knallen von Autotüren und ein aufgeregtes Geplapper von der Zufahrt zur Martinshütte her zu vernehmen. Sie nahm ihre Kamera zur Hand und ging den Ankommenden entgegen. An der Grillstelle legte gerade einer der Angestellten des Hotels Holzkohle nach. Eine Frau, die sich um das Catering kümmerte und die Jana aufgrund ihres ganzen Auftretens auf Mitte 50 schätzte, kam mit einer Kühlbox auf sie zu. »Ein Johannisfeuer gab es schon lange nicht mehr«, sagte sie und putzte sich ihre Hände an der Schürze ab.

Jana hatte immer noch keine Ahnung, welche Bedeutung ein Johannisfeuer hatte, und wunderte sich, dass heute ständig die Sprache darauf kam. Sie wollte gerade nachfragen, als die anderen Wanderer sich auf dem Grillplatz verteilten. Christoph und Jörg lehnten bereits gut gelaunt und lässig mit ihren Rücken an der Holzhütte, tranken Bier aus der Flasche und beobachteten das muntere Treiben. Als sich Jana wieder zum Feuerplatz umdrehte, sah sie, dass jemand Fleisch aufgelegt hatte. Auch wenn Jana neuerdings gänzlich auf fleischliche Kost verzichtete, mochte sie doch diesen speziellen Geruch von Gegrilltem. Erinnerungen an unbeschwerte Kindheitstage kamen ihr in den Sinn, an Kartoffelfeuer und die sonore Stimme ihres Großvaters, mit der er seine Geschichten erzählte, während sie um das Feuer oder um die Glut herumsaßen.

»Wovon träumst du denn?«, fragte Meike und legte den Arm um Janas Schultern. Usti und Gini waren nun wieder ein Herz und eine Seele und beschnupperten sich ausgiebig.

»Kindheitserinnerungen«, seufzte Jana.

»Hm, das duftet aber schon gut hier«, sagte Meike, während sie Jana von der Seite anblickte. »Hast du irgendwas?«

»Nein, wieso?«

»Du wirkst so nachdenklich.«

»Ach, tue ich das? Ist aber nicht so.« Jana lächelte. »Weißt du, ob es auch etwas Vegetarisches zu essen gibt?«

»Ja, jede Menge Gemüse, Kartoffeln, Salate. Schau mal in der Hütte nach. Kannst Usti hier lassen. Ich muss mich erst mal setzen.« Sie plumpste auf einen der Steinblöcke.

»Also doch, auch eine Meike ist mal müde«, feixte Jana und hielt ihr Ustis Leine entgegen.

»Aber weniger vom Wandern als von den vielen Gesprächen, und außerdem war es wirklich anstrengend, die paar Leute zusammenzuhalten.«

»Findest du nicht auch, dass es eine seltsame Gruppe ist?«, fragte Jana, doch Meike antwortete nicht, sondern gab Jana mit ihren Augen zu verstehen, dass sich jemand näherte.

»Ich geh mal was zu essen holen, soll ich dir was mitbringen?«, bot Jana an und verstaute ihre Kamera im Rucksack.

»Oh, ja bitte. Ich habe da Pizza und Obst gesehen.«

»Mach ich!«

In der Hütte war noch wenig los, die meisten hielten sich draußen rund um den Getränkestand und um das Feuer auf. Nur Antje stand an dem mit allerlei Speisen bestückten und mit einer roten Leinendecke bedeckten Holztisch. Jana und Antje hatten sich vorhin im Hotel, das gerade erst eröffnet worden war und durch seine idyllische Lage an der Ahr bestach, bereits eine Weile unterhalten. Voller Begeisterung über die Ausstattung hatte Antje Jana gleich ihr Zimmer gezeigt. Antje hatte sich bereits Essen aufgeladen und verließ die Hütte, während Jana weitere Köstlichkeiten auf die Teller legte. Als Jana zu Meike zurückkehrte, hatte diese nicht nur einen Platz neben sich frei gehalten, sondern auch zwei Flaschen Bier organisiert. Die Hunde schliefen tief und fest mit einander zugewandten Köpfen. Ab und an knisterte die Glut und es war ein leises Zischen vom herabtropfenden Fett zu hören. Neben Meike saß Ruth, die Jana durchdringend anblickte. Offensichtlich unterbrach Jana gerade ein Gespräch. Während sie wortlos Meike den Teller reichte, nahm Ruth den zuvor begonnenen Gesprächsfaden wieder auf. »Na ja, und dann, nachdem mein Mann es vorgezogen hat, sich eine jüngere Geliebte zu nehmen, gerade als unsere Kinder aus dem Haus waren, da merkte ich mehr als deutlich, wie wenig ich aus meinem Leben gemacht habe. Jetzt arbeite ich halbtags bei einem

Rechtsanwalt, aber das erfüllt mich nicht. Es will mich ja keiner mit meinem abgebrochenen Studium, das schon Jahrzehnte her ist. Was kann denn eine Frau in meinem Alter beruflich noch erwarten, und mein Mann …« Jana hatte sich während dieser Wehklage gesetzt und ließ die Sätze an sich vorbeiziehen. Stattdessen beobachtete sie kauend die anderen. Rainer, Christoph und Jörg standen beisammen und flachsten herum, Ulrike sprach mit Ralf, Antje saß am Feuer, Jana direkt gegenüber. Mittlerweile hatte Jana aufgegessen und wollte sich eine weitere Flasche Bier holen, als Kordula sich zu ihr gesellte. Sie hatte sich umgezogen und trug nun Jeans und Turnschuhe sowie eine hübsche Sommerbluse, die ihrer sportlichen Figur schmeichelte.

»Ach, hallo. Dich habe ich schon vermisst«, sagte sie, da ihr aufgefallen war, dass sie fehlte.

»Ah, das ist aber nett. Ich brauchte etwas Zeit für mich. Es ist doch nicht das, was ich mir von dem Treffen erhofft habe. Ich glaube, ich fahre morgen früh nach Hause. Und den Abend bekomme ich schon noch irgendwie rum.«

»Ja, solche Treffen nach Jahrzehnten sind nicht ohne Sprengkraft, ich meine natürlich im übertragenen Sinn.« Jana grinste. Kordula ebenfalls.

»Natürlich, was sonst!«, antwortete Kordula. »Aber ernsthaft. Ich hatte mir nach meinem Burn-out geschworen, mich nur noch mit Leuten zu umgeben, die mir wirklich guttun. Zumindest in meiner Freizeit. Nicht dass hier irgendjemand dabei wäre, mit dem ich Krach hätte. Aber wir haben uns verändert, na ja, nicht alle«, sie blickte an Jana vorbei. »Und wenn ich ehrlich bin, schon damals konnte ich mit niemandem aus der Theatergruppe wirklich etwas anfangen.«

»Auch nicht mit Claudia?« Jana war die Frage rausgerutscht.

»Wie kommst du auf Claudia?«

»Antje sprach heute Nachmittag von ihr …«

»Na ja, man soll ja eigentlich nichts Schlechtes über Personen sagen, die sich nicht verteidigen können. Aber Claudia war schon, sagen wir mal, sehr speziell.«

»Inwiefern?«

»Auf mich wirkte sie manchmal so entrückt. So, als sei sie nicht von dieser Welt. Gerade wenn sie ihre Szenen spielte, das machte mir manchmal richtiggehend Angst. Sie war dann eins mit ihrer Rolle. Egal, ich hatte den Eindruck, dass Antje und sie sich ganz gut verstanden.«

Jetzt wurde es gerade interessant, doch um sie herum entstand mit einem Mal eine rege Betriebsamkeit, da die Männer zum zweiten Mal Fleisch auflegten. Jana konnte sich nicht mehr auf Kordula und ihre Antworten konzentrieren, außerdem wollte sie nicht, dass jemand ihre Bemühungen mitbekam, etwas über Claudia in Erfahrung zu bringen. »Ich hole uns Nachschub«, schlug Kordula vor und zeigte auf die leere Bierflasche, die Jana in der Hand hin und her schwenkte.

»Weiß eigentlich irgendjemand etwas von Mary-Anne?«, fragte Ralf in die Runde. Jana hatte fast vergessen, dass auch er da war.

»Vermisst du sie?«, fragte Jörg. »Du hast doch damals auch für sie geschwärmt.«

»Hab ich nicht«, antwortete Ralf ruhig. »Man wird sich ja wohl für das Schicksal seiner Mitmenschen interessieren dürfen.«

»Ich habe versucht, sie in Amerika ausfindig zu machen, aber ohne Erfolg«, sagte Rainer nachdenklich.

»Sie war Austauschstudentin«, erklärte Antje, die sich lautlos neben Jana auf den gerade frei gewordenen Stein gesetzt hatte, auf dem zuvor Meike gesessen hatte. Wo war sie hin? Die beiden Hunde lagen in beinahe unveränderter Haltung auf dem Boden und schliefen. Noch nicht einmal der Geruch von Gebratenem konnte sie zu irgendeiner Aktion bewegen. Jana stellte mit einiger Genugtuung fest, dass die beiden Tiere heute an ihre Grenzen gekommen waren.

»Ihr fragt nach Mary-Anne, aber keiner von euch spricht über Claudia. Ist euch das nicht aufgefallen? Keiner erwähnt ihren Namen«, sagte Rainer vorwurfsvoll.

»Na und?«, antwortete Christoph kühl.

»Was heißt, na und? Ihr wart doch damals alle scharf auf sie«, sagte Ralf. Seine Stimme bebte ein wenig. Man merkte ihm an, dass er sich zu beherrschen versuchte.

»Sie war ja nun auch leicht zu haben«, entgegnete Jörg.

Rainer schüttelte mit dem Kopf. »War sie nicht!«

Keiner sagte mehr etwas, niemand provozierte. Noch nicht einmal ein Flüstern war zu hören »Tut doch nicht so. Keiner von euch hatte etwas mit ihr«, sagte Rainer nach einer ganzen Weile und zeigte nach und nach auf die drei anderen Männer.

»Aha, und du warst mit ihr zusammen, oder warum verteidigst du sie so?«, fragte Ralf argwöhnisch.

»Habt ihr euch niemals gefragt, warum sie plötzlich von der Bildfläche verschwunden ist? Nein? Niemals? Sind euch eure Mitmenschen so egal?«, wollte Rainer wissen, ohne auf Ralfs Bemerkung einzugehen.

»Natürlich haben wir das«, antwortete Jörg. »Und wir haben auch einige Male darüber gesprochen. Du erinnerst dich, Rainer? Solche Weiber hängen jeden Tag in meiner Lounge ab. Sie machen auf verhuschtes Vögelchen, verdrehen den Männern den Kopf, machen auf Eso-Tante und wollen doch nur unser Geld.«

»Euer Geld?«, fragte Ruth entrüstet.

»Mir reicht es langsam! Wie ihr über Claudia redet, ist erbärmlich«, entfuhr es Antje. Bis dahin hatte sich Jana nicht vorstellen können, dass Antje überhaupt zu einem Gefühlsausbruch fähig sein könnte. Die untergehende Sonne verstärkte den roten Farbton in ihrem Gesicht. »Sie war anders, ja, aber deshalb dürft ihr nicht so über sie reden. So war sie nicht!«

»Ach komm«, warf Ulrike ein. »Sie braucht postum keine Anwältin.«

Jana musste schlucken.

»Sag mal, spinnst du?«, schrie Antje. »Wie kannst du nur so etwas sagen?«

»Na komm, nun leg nicht jedes Wort auf die Goldwaage. Sie ist nicht hier, also ist sie entweder mit einem Kerl durchgebrannt oder sie lebt nicht mehr. Viel mehr Möglichkeiten sehe ich nicht, ihr?« Als keiner etwas sagte, ergänzte Ulrike: »Ich bleibe dabei, sie hat sich mit einem Typen ins Ausland abgesetzt und führt dort ein Leben in Saus und Braus. So war sie nun einmal. Sie hat das Geld gesucht und die Freiheit von jeglicher Verantwortung.«

Jörg pflichtete ihr bei.

»Gerade der«, raunte Kordula Jana zu. Sie war während des Geplänkels mit zwei Bierflaschen zurückgekehrt.

»Jetzt will ich euch mal was sagen«, ergriff Antje das Wort. »Ich weiß viel mehr über sie, als ihr alle ahnt. Also redet nicht so über sie. Es wird Zeit, dass endlich einmal die Wahrheit ans Licht kommt.« Antjes Worte klangen beinahe wie eine Drohung. Jana blickte in die versteinerten Gesichter der anderen, die der Schein des Feuers und die letzte Helligkeit des Tages in ein seltsames Licht tauchte. Ralf war der Erste, der sich vom Feuer entfernte. Ruth stand auf und folgte ihm. Nach und nach leerten sich die Plätze, man fand sich jedoch bald in kleineren Grüppchen abseits der Grillstelle wieder zusammen. Der Himmel über dem Ahrtal begann sich dunkel zu verfärben. Weitere Holzscheite waren auf die glimmende Glut geworfen worden. Langsam loderte das Feuer neu auf. Usti erwachte. In seinen Pupillen flackerte der rötliche Schein der Flammen. Jemand tippte Jana gegen den Arm. Es war Meike.

»Was war denn das bitte gerade eben?«, fragte sie flüsternd.

»Wo warst du?«, antwortete Jana mit einer Gegenfrage.

»Ich habe mir etwas zu trinken geholt und musste dann dringend Pipi.«

Jana lächelte. »Aber du hast alles mitbekommen, was hier los war?«

»Ja, das war, bevor ich kurz in den Wald verschwunden bin, um ... Du weißt schon. Was hältst du davon, sag?«, flüsterte Meike.

»Da wurde ein sehr alter Konflikt wieder neu entfacht«, antwortete Jana und hoffte, möglichst unbeteiligt zu wirken.

Meike schnaubte. »Und was ist mit dieser Claudia? Weißt du da was? Bist du deshalb hier?«

»Pst!«, machte Jana. »Nein, bin ich nicht. Du hast mich gebeten mitzukommen, schon vergessen?«

»Hm. Meinst du, die wollen morgen überhaupt noch weiterwandern?«, fragte Meike.

»Keine Ahnung.«

»Ich frag nachher Rainer und mache mir dann einen schönen Abend im Hotel«, beschloss Meike.

»Apropos, wie kommst du eigentlich zu deinem Auto zurück?«, fragte Jana.

»Ein Kollege, der auch Wanderführer ist, fährt mich von Altenahr aus zurück. Wir organisieren das öfter untereinander.«

»Oh, das ist ja nett.«

»Und nett, dass du fragst. Und du wirst gleich abgeholt?«

»Ach herrje, ja …« Jana blickte auf ihre Armbanduhr. Am liebsten wäre sie geblieben, sie hatte das Gefühl, dass etwas ins Rollen kam. Sie hätte unter einem Vorwand hierbleiben können, auch wenn sie niemanden offiziell befragen konnte. »Wie komme ich jetzt schnellstmöglich zum Hotel, ohne zu laufen?« Sie wollte Clemens nicht warten lassen. Aber die Dunkelheit war nichts für sie. Sie könnte ihn anrufen und ihm den Weg beschreiben.

»Guck mal da!« Meike zeigte zur Hütte, wo ein junger Mann gerade leere Flaschen in einer Kiste verstaute. »Der ist bestimmt vom Hotel und kann dich mit runternehmen.«

»Danke«, Jana umarmte Meike, nahm ihren Rucksack, dann Ustis Leine. »Mach's gut, Meike, wir telefonieren, wenn du von der Tour zurück bist, ja?«

Meike nickte. »Gute Nacht«

»Gute Nacht, hoffentlich«, sagte Jana. Usti hatte sich mittlerweile aufgerappelt und trottete ohne Murren mit. Gini schien weiterzuschlafen.

An der Hütte tippte Jana dem jungen Mann auf die Schulter, der gerade Getränkenachschub aufstellte. Als er sich umdrehte, erkannte sie ihn trotz der schlechten Beleuchtung sofort.

»Lutz, du?«, fragte sie.

»In voller Größe«, antwortete er.

»Fährst du gleich runter zum Hotel Gertrudis?«

»Ja, du möchtest mitfahren?«

»Hm. Wäre schön, ist ja schon recht dunkel.«

»Kein Problem, gerne, aber Usti können wir leider nicht mitnehmen. Ich bin mit meinem Quad hier.«

»Oh, schade.«

»Du möchtest zum Hotel?«, fragte eine Stimme hinter ihnen. Es war Rainer. »Ich wollte sowieso noch etwas aus meinem Zimmer holen, ich könnte auch jetzt fahren. Dann kann dein Hund mit.«

»Okay, das wäre nett, weil ich gleich abgeholt werde.« Sie verabschiedete sich von Lutz.

»Man sieht sich«, sagte er zum Abschied.

»Möglich«, sagte Jana lachend. »Grüße mir Jessy.«

»Mach ich.« Er packte die letzten Flaschen ein.

Rainer wartete in einiger Entfernung, so konnte Jana beobachten, dass er Antje, die ein halb gefülltes Weinglas in der Hand hielt, zuwinkte. Als sie am Auto ankamen, öffnete Rainer den Kofferraum seines Kombis. »Dein Hund kann hinten rein, ist das okay?«

»Na klar«, antwortete Jana und gab Usti das Kommando hineinzuspringen. Der folgte der Anweisung zwar müde, aber ohne zu zögern. Beim Schließen der Klappe fiel Janas Blick auf das Nummernschild.

»Kommst du aus Bonn, oder ist das gar nicht dein Auto?«

»Doch«, sagte Rainer während er Jana den Rucksack abnahm und ihn auf den Rücksitz legte. Dann öffnete er die Beifahrertür. »Ich bin mit Christoph im Konvoi gefahren. Nachdem ich mein Auto hier abgestellt hatte, sind wir mit seinem weiter nach Aremberg. Ich brauchte einige Unterlagen, Requisiten …«

Jana stieg ein und wartete mit ihrer Frage, bis Rainer um das Auto herumgegangen war und auf dem Fahrersitz Platz genommen hatte. »Was für Requisiten?«

»Ach, eigentlich«, er startete den Motor, »hatte ich die Idee, dass wir noch ein paar Szenen aus dem Stück von Arthur Miller nachspielen könnten. Ich hatte im Vorfeld auch extra noch Auszüge aus dem Drehbuch rumgemailt. Aber ich denke, das ist doch keine so gute Idee.«

»Du meinst, wegen der Auseinandersetzung eben?« Jana musste sich in der engen Kehre am Autositz festhalten. Usti grummelte leise im hinteren Teil des Autos.

»War ich zu forsch in der Kurve?«, fragte Rainer schuldbewusst.

»Nein, ich war nicht drauf vorbereitet«, beschwichtigte Jana. »Und Usti sicher auch nicht.«

»Entschuldige, an den Hund habe ich gar nicht gedacht. Man merkt, dass ich kein Haustier habe, nicht wahr?«

Statt auf diese rhetorische Frage einzugehen, fragte sie lieber, was ihr die ganze Zeit schon wichtig erschien: »Was ist denn mit dieser Claudia passiert?«

Rainer nahm den Fuß vom Gas und bremste sanft ab. Es ging in den Ort hinein.

»Wenn ich das nur wüsste.« Er räusperte sich. Mittlerweile war es nicht mehr weit zum Hotel.

»Bei euch ist die Stimmung aber irgendwie seltsam«, rutschte es ihr raus.

»Ja, ich hatte wirklich nicht mehr in Erinnerung, dass wir damals so einige Probleme miteinander hatten. Vielleicht habe ich aber auch gehofft, dass wir uns verändert haben.«

»Ein Zusammentreffen nach so vielen Jahren ist schon ein Wagnis. Es kann gut gehen, muss es aber nicht«, entgegnete Jana. Insgeheim ahnte sie, dass Rainer nur eine Ausrede suchte und er sehr wohl in Kauf genommen hatte, dass das Wiedertreffen Zündstoff beinhaltete.

Rainer stoppte den Wagen vor dem Hotel, schaute sich um und parkte dann auf dem letzten freien Stellplatz in der Nähe des Seiteneingangs. Beim Blick durch die Autofenster konnte Jana Clemens' Auto nirgendwo stehen sehen. Sie stieg aus und ging zum Kofferraum. Die Klappe sprang automatisch auf und Usti hüpfte heraus. Sie griff nach der Leine und als sie aufschaute, hielt ihr Rainer den Rucksack entgegen.

»Entschuldige, dass ich dich darauf anspreche, aber was ist mit Antje? Ich bin ja eine Zeit lang allein mit ihr gewandert, und ich war eben doch erschrocken, dass sie auf einmal so sauer wurde. War sie mit dieser Claudia befreundet?«

Rainer spielte mit seinem Autoschlüssel. »Ja, sie und Claudia verstanden sich wohl ganz gut. Ich treffe mich nachher noch mit ihr. Ich habe den Eindruck, sie weiß mehr über Claudia als wir alle.«

»Wart ihr denn damals gar nicht bei der Polizei, ich meine, weil sie ja offensichtlich verschwunden ist. Und was haben ihre Eltern dazu gesagt?« Am liebsten hätte sie ihn gefragt, warum ihn das Schicksal von Claudia nach all den Jahren ausgerechnet jetzt interessierte. Aber sie war ohnehin schon übers Ziel hinausgeschossen und wusste, dass sie gerade einen schmalen Grat zwischen Small Talk und Befragung beschritt. Rainer schien das nicht zu stören.

»Ehrlich gesagt, ich weiß gar nicht mehr genau, wer damals überhaupt mit ihren Eltern gesprochen hat. Warum auch? Und mit der Polizei schon gar nicht. Aber es ist alles so lange her.«

»Aber warum interessiert es dich heute dann noch?« Die Frage war wie aus einem Impuls heraus über ihre Lippen gekommen. Rainer schaute sie angestrengt an. Aus dem Innern des Hotels war Musik zu hören. Aus der Ferne näherte sich ein Auto.

»Sentimentalität, nichts weiter«, antwortete er nach einer Weile, während er an Jana vorbei ins Leere blickte.

Jana glaubte ihm kein Wort. Das näherkommende Auto entpuppte sich als Clemens' Wagen.

»Ah, gutes Timing«, sagte Jana.

»Dein Chauffeurdienst?«, wollte Rainer mit einem Lächeln im Gesicht wissen.

Jana hätte zu gerne hinter seine Stirn geblickt. War er etwa erleichtert, dass ihr Gespräch nun ein Ende hatte?

»Ja. Ich danke dir fürs Herbringen.«

»Keine Ursache.«

»Ich wünsche euch noch eine schöne Zeit – hoffentlich. Tschüss.« Sie reichte ihm die Hand.

»Tschüss!«

Jana drehte sich zu Clemens' Auto, das am Fahrbandrand parkte.

»Jana?«, rief Rainer ihr hinterher.

»Ja?« Sie blieb stehen, während Usti weitermarschierte. Die Leine rutschte ihr durch die Finger.

»Kannst du mir die Fotos mailen?«

»Oh, ja, Mensch, die Fotos. Entschuldige.«

Er ging ihr entgegen und reichte ihr seine Visitenkarte.

»Danke. Wir mailen dann ...«, sagte sie, winkte ihm

noch einmal zu und folgte dann Usti zum Auto. Dort lehnte an der Beifahrertür ihr Freund und Vorgesetzter und kraulte Ustis Ohren.

2. TAG: FRÜHER MORGEN

Jana schälte sich aus ihrer Bettdecke. Trotz der körperlichen Erschöpfung von der gestrigen Wanderung konnte sie wieder einmal nicht schlafen. Nachdem sie ewig wach gelegen hatte, stand sie auf. Sie würde Clemens nur stören, wenn sie sich weiter hin und her wälzte. Außerdem ratterte es schon wieder in ihrem Kopf. Nackt wie sie war suchte sie im ersten Licht des neuen Tages ihre Wäsche. Sie betrachtete eine Weile Clemens' zufriedenen Gesichtsausdruck. Er schlief tief und fest auf der Seite. Seine Füße schauten unter der Decke hervor. Leise streifte Jana ihre Unterwäsche und ein frisches T-Shirt über. Im Flur schnarchte Usti und träumte bestimmt von seinen gestrigen Abenteuern. Jana goss sich ein Glas Wasser ein und stellte die beiden Gläser, in denen noch ein winziger Rest Spätburgunder glänzte, in die Spülmaschine. Sie hatte nicht vor, wieder zurück ins Bett zu schlüpfen, und ging auf Zehenspitzen in ihr Arbeitszimmer, in das sie gestern Abend die Akte Claudia Seiler gelegt hatte. Sie hatten nur wenige Worte über den Vermisstenfall und Janas neueste Erkenntnisse gesprochen, dann hatte sie die Leidenschaft übermannt.

Sie überkreuzte ihre nackten Beine auf dem Schreibtischstuhl und nahm sich den Vermisstenfall Claudia Seiler vor. Doch es wurde ihr schnell unbequem. Auf dem Weg vom Schreibtisch zu ihrem Lesesessel knarzten die alten Dielen ihrer Ahrweiler Wohnung. Sie lauschte, ob Clemens wach wurde, aber er rührte sich nicht. Sie knipste die Stehlampe neben dem Sessel an, zog die Beine an und blätterte die dünne Akte durch. Die Eltern hatten ihre Tochter am 30. Juni bei der Polizei in Adenau als vermisst gemeldet, nachdem sie einen Tag zuvor von einer Mallorcareise zurückgekehrt waren und sie zu Hause nicht angetroffen hatten. Der kleine Sohn von Claudia Seiler befand sich in der Obhut einer Nachbarin. Jana stutzte, als sie das las. Und das gleich aus mehreren Gründen. Wieso hatte man einen Tag bis zur Aufgabe der Vermisstenmeldung gewartet? Und wieso war ihr die Mutterschaft entfallen? Das änderte einiges. Fieberhaft suchte sie nach der Aussage der Nachbarin. Es wäre interessant zu wissen, wann diese Claudia zuletzt gesehen und wieso sie auf das Kind aufgepasst hatte. Nach einigem Blättern fand sie das maschinengeschriebene Protokoll. Die Nachbarin hatte sich am 28. Juni zum Babysitten im Haus der Familie Seiler aufgehalten, in dem Claudia eine kleine Wohnung unter dem Dach für sich und ihren Sohn zur Verfügung stand. Dort hatte sie auf die Rückkehr von Claudia gewartet und sich keine allzu großen Sorgen gemacht, obwohl diese über Nacht nicht nach Hause zurückgekehrt sei. Laut ihrer Aussage sei Claudia des Öfteren über Nacht weggeblieben, was ihre Eltern jedoch nicht wissen sollten. Und deshalb hatten die Eltern einen Tag gewartet? Wenn sie doch annehmen mussten, dass es eben nicht normal war, dass Claudia ihr Kind über Nacht alleine ließ beziehungsweise in die Obhut der Nachbarin gab? Da stimmte doch etwas nicht. Gleich hinter diesem Protokoll war in der Akte ein zweites eingefügt. Eine andere Nachbarin hatte angemerkt, dass Claudia ihr eines Abends, als sie aus einem Auto mit auswärtigem Kennzeichen ausgestiegen sei, mitgeteilt habe, dass sie für ein Theaterstück probe. Claudia habe ein langes weißes Kleid getragen, das nicht ihrem üblichen Kleidungsstil entsprochen habe. Dieses Protokoll war aus einem weiteren Grund von Bedeutung, denn am unteren Rand befand sich die handschriftliche Notiz: »Regisseur R. Großmann befragen.« Offensichtlich hatte der ermittelnde Kommissar es für notwendig erachtet, mit den Studenten zu sprechen, genauer gesagt mit Rainer. Doch Jana fand trotz mehrfachen Blätterns in der gesamten Akte keinen Hinweis auf diese Befragung. Sie schaute im Inhaltsverzeichnis nach. Tatsächlich schien nie eine solche durchgeführt worden zu sein. Einige weitere Details stachen ihr ins Auge, denen sie gerade nachgehen wollte, als sie nun tatsächlich Geräusche aus dem Schlafzimmer hörte. Sie blickte auf die Uhr und wunderte sich, wie lange sie hier gesessen hatte. Ihre Beine kribbelten, ihr Rücken war verspannt.

»Was machst du denn schon wieder?« Clemens stand im Türrahmen und rieb sich verschlafen die Augen. Bis auf kleidsame Shorts hatte er nichts an.

»Guten Morgen«, sagte Jana lächelnd und legte die Akte beiseite.

»Guten Morgen, Jana. Dachte ich es mir doch. Was ist eigentlich so wichtig an dieser Akte?«

Jana lief zu ihm und drückte ihm einen Kuss auf den Mund. »Ich mach Kaffee«, sagte sie und huschte an ihm vorbei in die Küche. Clemens folgte ihr gemächlich. In der Küche setzte er sich auf einen Stuhl.

»Sag mal, du bist aber müde«, stellte Jana fest, während sie die Kaffeemaschine bestückte. »Was ist los?« Jana ließ Wasser in die Kanne laufen.

»Keine Ahnung. Es ist halt schon viel, neben meiner täglichen Arbeit noch diese Gastdozentur …« Er vergrub sein Gesicht in den Händen.

»Dann belasse es doch bei diesem Semester und konzentriere dich auf die Kriminalarbeit.«

»Ich überlege gerade, es genau umgekehrt zu machen«, entgegnete Clemens.

»Oh«, sagte Jana und blickte in den leeren Brotkasten.

»Du meinst, ich sollte das nicht tun?«

»Was? Nein. Ich habe kein Brot mehr. Magst du Porridge?«

»Ich kann doch ein paar Brötchen holen. Der Bäcker ist doch nebenan.«

»Ja, stimmt, ich muss mich immer noch daran gewöhnen … Clemens, wenn dir so viel an der Lehre liegt, warum nicht. Dann bist du zwar nicht mehr mein Vorgesetzter, aber das soll dich in deiner Entscheidung nicht beeinflussen. Vielleicht ist es dann auch einfacher für uns …«

»Du meinst, als Paar?«

Jana nickte verlegen. Clemens Augen strahlten. »Wir werden sehen … Ich gebe mein Wissen einfach gerne weiter«, sagte er und erhob sich.

»Wohin gehst du?«

»Anziehen und Brötchen holen.« Er grinste.

Jana folgte ihm ins Schlafzimmer.

»Was ist eigentlich mit dem alten Fall, Jana?«, fragte Clemens, während er in seine Hose schlüpfte.

»Ach, eigentlich hatte ich ihn beiseitegelegt. Ich wollte ja für dich Beispiele für die Ermittlungsmethoden vor einigen Jahrzehnten raussuchen, wie wir es neulich besprochen hatten. Der Fall Claudia Seiler war da wenig ergiebig. Aber als Meike mich zu der Wanderung einlud, schaute ich ihn mir noch einmal an, denn die Vermisste wohnte in Aremberg. Und es war ein Name gefallen, den ich in den Akten gelesen hatte.«

»Die Vermisste? Ist sie nie mehr aufgetaucht?«

»Nein, du kennst den Fall gar nicht?«

»Das war ja vor meiner Zeit. Irgendwann hatte ich ihn mal auf dem Schreibtisch, aber du weißt ja, wie viele ungeklärte Fälle wir noch haben ... Und warum sollte ich ihn dir jetzt mitbringen?« Er knöpfte sein Hemd zu. »Neue Erkenntnisse, Miss Marple?«

»Du weißt, dass ich es nicht mag, wenn du mich so nennst, das klingt nach Hobbydetektivin ...«

»Und du weißt, dass ich es nicht abwertend meine. Soll ich dich Schätzchen nennen?«

»Hör auf!« Jana griff nach dem Kopfkissen und tat so, als wolle sie es auf Clemens werfen. In der Tür waren Geräusche zu hören. Usti stand dort und hoffte wohl, bei dem lustigen Spiel mitmachen zu dürfen. Jana setzte sich aufs Bett, Usti trottete zu ihr und ließ sich kraulen.

»Neue Erkenntnisse nicht direkt. Aber es interessiert sich einer aus der ehemaligen Theatergruppe ebenfalls für Claudia Seilers Verschwinden. Und das nach *genau* 30 Jahren.«

»Was für eine Theatergruppe?«

Jana erklärte es ihm. »Du hast Rainer Großmann gestern Abend gesehen, er hat mich bis zum Hotel mitgenommen. Der Name Großmann fand sich in der Akte, und nun habe ich sogar die Gewissheit, dass man ihn als Zeugen vernehmen wollte, es aber nie getan hat.«

»Und du hast mit ihm über den Fall geredet?«

»Natürlich nicht direkt. Ich wollte nur wissen, wieso er dieses Zusammentreffen ausgerechnet jetzt organisiert hat.«

»Und was hat er geantwortet?«

»Aus Sentimentalität.«

»Aber das glaubst du nicht?«

»Nie und nimmer. Und diese Antje ist auch irgendwie seltsam. Jedenfalls war sie wohl ganz gut mit der Vermissten befreundet. Aber über sie findet sich nichts in den Akten. Es wurde wohl keiner der Studenten befragt. Nicht einmal Rainer, obwohl es diesen Aktenvermerk gibt, dass man das hätte tun sollen.«

»Meinst du, die Akten sind nicht vollständig?«

»Nein. Laut Register ist alles vollständig.« Jana stand auf. »Ich stelle Usti mal was zu fressen hin.«

»Und ich hole Brötchen, einverstanden?«

Als Clemens wiederkam, war Jana angezogen und dezent geschminkt. Der Kaffee duftete, Marmelade, Käse und Margarine standen auf dem Küchentisch. Sie hörte, wie Clemens den Ersatzschlüssel an den Haken neben der Tür hängte.

»Wenn du magst, kannst du ihn haben«, sagte sie, noch bevor er in der Küche auftauchte.

»Wen?«

»Den Schlüssel«, sagte Jana und blickte Clemens sehnsuchtsvoll an.

»Danke. Ich …« Er überlegte. Jana kam die Pause endlos lang vor. Hatte sie ihn etwa überrumpelt? Ging es ihm zu schnell? Sie wartete vergeblich darauf, dass er den Satz fortführte, denn sein Handy klingelte. Er legte die

Brötchentüte auf den Tisch und rollte mit den Augen, bevor er den Anruf entgegennahm.

»Wieland? Hm, ja. Wo? Schuld?« Er schaute zu Jana. »In Schuld«, flüsterte er ihr zu. »Wo da genau? Oh. Bin in etwa einer halben Stunde da. Ich bringe Jana Vogt mit.« Mit einem nachdenklichen Gesichtsausdruck beendete er das Gespräch.

»Für einen Kaffee und ein schnelles Brötchen reicht's noch. Aber dann müssen wir los«, sagte er und goss sich und Jana ein. Sie nahm hastig zwei Brötchen aus der Tüte.

»Eine tote Frau unterhalb eines Felsens in Schuld an der Ahr«, sagte Clemens, während er sein Brötchen schmierte. »Deine Ausrüstung hast du hier?«

»Ja, alles hier«, sagte Jana. »Die Kamera, die du mir geschenkt hast, nutze ich aber nur privat.«

»So war es auch gedacht.«

»Wir fahren mit zwei Autos?«, fragte Jana, während sie den Rest des Kaffees in eine Thermoskanne goss und gleichzeitig in ihre Brötchenhälfte biss.

»Wir können meins nehmen«, sagte Clemens. »Usti kann mitkommen. Er hat sich ja an den Sicherheitskennel im Kofferraum schon gut gewöhnt.«

»Ja, danke, dass du den eingebaut hast«, sagte Jana, lief ins Arbeitszimmer, wo sie ihren Koffer mit ihrer Ausrüstung abgestellt hatte, und nahm anschließend Ustis Leine vom Haken.

Clemens stand in der offenen Wohnungstür, die Thermoskanne unter dem Arm, die Brötchentüte in der Hand, und ließ Jana und Usti den Vortritt.

2. TAG: VORMITTAG

An der Gertrudiskirche bog Clemens von der Landesstraße ab. »Sie haben ihr Ziel erreicht«, stellte die Stimme des Navigationsgeräts fest.

»Ab hier hilft es uns nicht mehr weiter«, brummte Clemens. »Es muss hier irgendwo rechts abgehen.« Er hatte während der Fahrt hierher mehrfach telefoniert und allerlei Instruktionen erteilt sowie sich den genauen Fundort der Leiche beschreiben lassen. Daraus hatte er geschlossen, dass das Navi sie nicht genau zum Tatort würde leiten können. An der Straße, einige Meter von ihnen entfernt, parkte ein Polizeiwagen.

»Schau mal, Kollege Berger steht da«, bemerkte Jana, während Clemens anhielt. Er blickte über seine Schulter, bevor er die Wagentür öffnete, und sprang dann heraus. Jana folgte ihm.

»Morgen«, sagte Roland Berger.

»Morgen«, antworteten Jana und Clemens gleichzeitig.

»Mit Ihnen hätte ich jetzt nicht gerechnet«, sagte Berger und meinte damit offensichtlich Jana.

»Die Dinge ändern sich. Frau Vogt gehört seit einer Weile schon zu unserem Team«, bemerkte Clemens eher beiläufig. »Wie ist der Stand der Dinge? Ist das Bergungsteam schon vor Ort?«

»Nein, sie müssten gleich kommen.«

»Wie kommen wir zum Fundort der Leiche?«, fragte Clemens, während er um sein Auto herumlief, um an den Kofferraum zu gelangen.

»Ich bringe Sie dorthin, folgen Sie mir, aber es wird rutschig.«

»Wir haben ein Zelt aufgebaut, dort, wo wir den Absturzort vermuten.«

»Jana, nimmst du Usti und deinen Koffer?« Er hielt ihr Ustis Leine entgegen.

»Schutzanzüge haben wir bereitliegen, die brauchen Sie nicht mitzunehmen«, erklärte Berger, der einen Blick in den Kofferraum warf, dann zurückwich. Gehört Ihr Hund jetzt offiziell zur Polizei?«, fragte er.

Jana fiel nichts ein, was sie hätte antworten sollen, denn ein ausgebildeter Polizeihund war Usti nicht. Wortlos öffnete sie die Tür des Kennels. Usti streckte den Kopf hinaus und kam Jana so weit entgegen, dass sie die Leine an seinem Geschirr befestigen konnte. Das hatte sie ihm angelegt, als sie hörte, dass es in unwegsames Gelände ging. Als alle notwendigen Materialien aus dem Auto entnommen waren, schlug Clemens die Kofferraumtür zu. Roland Berger ging voraus. Jana, Clemens und Usti folgten ihm. Anfangs sah es nach einem gemütlichen Aufstieg aus, doch an einer Stelle wurde es steiler und der Erdboden war von zahlreichen Wanderschuhen derart verdichtet worden, dass man aufpassen musste, nicht hinzufallen. Wieder einmal hatte es Usti viel leichter als alle Zweibeiner, die gerade auf einen hölzernen Aussichtsturm zusteuerten. Jana erkannte den Turm wieder und hatte augenblicklich eine Art Landkarte im Kopf, denn den Aussichtsturm hatte sie gestern Nachmittag schon von der Straße aus entdeckt, die im Tal verlief. Berger blieb stehen und ließ Jana und Clemens den Vortritt. »Ich gehe zurück zur Straße und weise weitere Einsatzfahrzeuge ein, wenn es recht ist.«

»Gehen Sie nur, Berger, danke.«

Jana erreichte das Plateau als Erste. Anders als es von der Straße im Tal und vom Weg aus gewirkt hatte, handelte es sich nicht um einen Turm, sondern um einen hölzernen Unterstand, der auf einem Felsvorsprung errichtet worden war. Gleich daneben hatten die Kollegen ein weißes Zelt aufgebaut. Jana zog sich einen Schutzanzug über, während Clemens sich auf den neuesten Stand bringen ließ. Usti wartete einige Meter entfernt zusammen mit einer Kollegin der Streifenpolizei Adenau.

»Das wird schwierig«, sagte Clemens, als er zu Jana zurückkehrte. »Wir können da unten keine vernünftige Spurensicherung vornehmen. Wir müssen warten, bis die Leiche geborgen wurde. Lass uns erst einmal hier oben suchen.«

»Ja. Wer hat die Tote gefunden?«, fragte Jana.

»Soweit ich weiß, ein Jogger. Komm mit, wir machen noch mal ein kurzes Briefing.« Er ging zu den Kollegen der Spurensicherung. Jana folgte mit ihrer Kamera in der Hand.

Nach einer knappen Begrüßung brachten sich die Kollegen auf den gleichen Wissensstand. Zu diesem Zeitpunkt war noch nicht viel bekannt. Ein Jogger hatte am Geländer, das an der Felskante angebracht war, einen Fetzen Stoff hängen sehen und beim Blick in die Tiefe etwas entdeckt, das ihm wie ein menschlicher Körper vorgekommen war. Im Licht des frühen Morgens hatte er zwar Sorge gehabt, sich zu täuschen, doch auch auf die Gefahr hin, einen falschen Alarm zu geben, hatte er dennoch die Polizei gerufen. Bei deren Eintreffen war schnell klar gewesen, dass der Jogger mit seiner Befürchtung recht gehabt hatte. Ein Notarzt war nach unten geklettert, hatte sich dabei aber den Knöchel verstaucht. Dennoch konnte er die Person untersuchen, jedoch nur noch ihren Tod feststellen.

»Weiß man, wer die Frau ist?«, wollte Jana wissen.

Clemens schüttelte den Kopf.

»Wie geht es dem Jogger?«, fragte Jana weiter.

»Es geht so«, antwortete die Polizistin, die Usti bei Laune hielt und ihnen zugehört hatte. »Ich kenne ihn, ist ein Bekannter von uns.«

»Joggt er immer so früh?«, fragte Clemens.

»Ja, er ist absolut sportverrückt. Er ist sogar schon mehrfach ohne Zwischenübernachtung den Ahrsteig von Blankenheim bis Sinzig gelaufen.«

»In einem Stück?« Jana konnte sich nicht vorstellen, warum in alles in der Welt man so etwas tun sollte.

Sie teilten sich auf und jeder ging seiner Aufgabe nach. Es dauerte eine Weile, bis Clemens die auf ihren Einsatz wartenden Männer und Frauen von der Feuerwehr herbeirufen konnte. »Wir haben hin und her überlegt, ob einer von uns sich abseilen und dort die Spuren sichern soll«, sagte er zu dem Einsatzleiter, einem überdurchschnittlich großen Mann. »Schmitz« stand auf seinem Namensschild.

»Soweit ich es von hier oben beurteilen kann, sollten Sie zunächst den Körper bergen. Der Felsvorsprung ist zu schmal, als dass sie dort die Untersuchung des Leichnams sicher durchführen können«, empfahl er mit sonorer Stimme.

Clemens musste ihm beipflichten. »Nein, ich kann nicht verantworten, dass einem von uns etwas passiert.«

»Wir werden mit äußerster Sorgfalt vorgehen. Dies ist nicht unser erster Einsatz dieser Art.« Er gab seinen Kameraden Instruktionen. Mit gekonnten Handgriffen bauten sie eine Seilwinde auf. Einer der Männer ließ sich mit einem Bergungssack herab und brachte schließlich die Frauenleiche nach oben. Nachdem sie den Bergungssack an die dafür vorgesehene Stelle unter das Zelt gelegt hatten, traten die Feuerwehrleute zurück. Jana und die Kollegen von der Spurensicherung beugten sich über die Leiche.

Vor Schreck wurde Jana ganz schummerig. Ihr Herz begann zu pochen. Damit hatte sie nicht gerechnet. »Das ist Antje«, sagte sie mit trockener Stimme. Als sie das übel zugerichtete Gesicht sah, musste sie schlucken.

»Antje wer?«, fragte Clemens.

»Antje, die von der Wandergruppe.« Jana unterdrückte einen Würgereiz.

»Ist dir nicht gut?«, fragte Clemens leise, um Jana vor den anderen nicht zu brüskieren.

»Ich habe mich gestern noch mit ihr unterhalten.«

Clemens blickte sie besorgt an.

»Moment, mir fällt gleich ihr Nachname ein. Haak, ja Antje Haak«, sagte Jana, die sich wieder beruhigte.

»Wo sind die anderen Wanderer jetzt?«, wollte Clemens wissen. Mit einem Mal wurde er hektisch.

»Keine Ahnung, wann sie zur nächsten Etappe aufbrechen wollten. Ob sie noch im Hotel sind?« Jana war bewusst, dass sie das schnell klären mussten. »Ich rufe Meike an.« Sie riss das Telefon aus ihrer Jackentasche und drückte auf eine der Kurzwahltasten. Als Meike nicht sofort ranging, wurde sie ungeduldig. Sie ließ es lange klingeln. Endlich hörte sie Meikes Stimme.

»Meike, wo seid ihr?«, rief Jana ins Telefon.

»Was ist denn los, Jana?«

»Sag, seid ihr schon unterwegs?«

»Nein, noch im Hotel, wir warten noch auf Antje, denn …«

»Ah, verstehe. Entschuldige, dass ich dich unterbreche. Aber auf Antje müsst ihr nicht mehr warten.«

»Wieso nicht?«

»Das erfahrt ihr … später.« Jana sah Clemens an, der ihr nicht von der Seite gewichen war. Er nickte ihr zu.

»Dann können wir los?«

»Nein, bleibt bitte alle im Hotel.« Jana versuchte, nicht allzu beunruhigend zu klingen.

»Okay, du verrätst mir nicht, was los ist?«

»Nein, den Grund kann ich dir am Telefon nicht nennen. Lass dir irgendwas einfallen. Wir sind gleich bei euch.«

»Du meinst mit ›wir‹ die Polizei, oder?«

»Ja, genau das meine ich.« Jana beendete das Gespräch ohne Abschiedsgruß.

»War das *die* Meike aus Ahrweiler?«, fragte Clemens und griff nach Janas Hand, die er sanft drückte.

»Hm.« Jana nickte zur Bestätigung. Sie konnte es kaum glauben, dass Antje tot war, und machte sich insgeheim Vorwürfe. Hatte sie gestern etwas übersehen? Sie schaute in die Ferne über die Hügel hinweg, dann ließ sie den Blick nach unten ins Tal schweifen und stellte fest, dass man von hier aus die Einmündung in die Ahrstraße gut sehen konnte. Wie war Antje vom Hotel aus hierhergekommen und vor allem warum? Clemens hatte zwischenzeitlich ihre Hand losgelassen und signalisierte ihr, dass sie hier warten solle. Im Zelt unterzog der Rechtsmediziner Antjes Leichnam gerade einer ersten Untersuchung. Jana trat vorsichtig näher, obwohl ihre Knie ein wenig zitterten.

»Hat sie sich hinuntergestürzt?«, fragte Jana leise. Sie war sich selbst unschlüssig darüber, ob sie das annehmen sollte. Hätte es etwas geändert? Hätte sie sich dann weniger schuldig gefühlt? Hätte sie gestern erkennen können, dass Antje ihrem Leben ein Ende machen wollte? Ihr fiel Rainers gestrige Bemerkung ein. »Ich treffe mich nachher noch mit ihr«, hatte er gesagt. Bereits vor der Hütte hatten sie einander ein Zeichen gegeben. Was hatte das zu bedeuten? Sie musste diese Beobachtung unbedingt mit Clemens besprechen.

»Ich kann es hier weder ausschließen noch bestätigen«, riss die Stimme des Rechtsmediziners sie aus ihren Gedanken. »Aber ich habe einen Verdacht …« Jana wurde hellhörig. »Ich möchte nicht spekulieren …«

Jana musste sich gedulden, bis der Abschlussbericht vorlag. Sie konnte nicht mehr tun, als dem Rechtsmediziner mitzuteilen, dass Antje am Morgen gestürzt war. Obwohl er auch ohne ihre Angaben das Alter der einzelnen Verletzungen bestimmen konnte. Was war in der Zeit, seit sie Antje zum letzten Mal lebend gesehen hatte, geschehen?

»Haben Sie schon eine Vermutung bezüglich des Todeszeitpunktes?«

»Ja, so, wie ich es sehe, ist sie einige Stunden tot, aber wie lange genau …«

Jana hörte nicht mehr zu. Sie fragte sich, ob Antje vor oder nach dem Treffen mit Rainer hierhergekommen war. Hatte sie überhaupt etwas sehen können, so mitten in der Nacht?

»Eine Taschenlampe haben Sie nicht gefunden?«, fragte Jana einen neben ihr stehenden Kollegen von der Spurensicherung.

»Nein, hier oben nicht. Wir seilen uns gleich ab und werden dort unten und am Felsen nach verwertbaren Spuren Ausschau halten. Es wird nicht ganz einfach und sicher einige Zeit dauern«, fügte er wenig begeistert hinzu.

»Also doch?«

»Wie?«, fragte der Kollege.

Offensichtlich hatte Clemens sein Okay hierfür erteilt.

»Was ist mit der Fotodokumentation?«, fragte Jana besorgt. Sie hatte zwar keine Höhenangst, aber wohl war ihr bei dem Gedanken nicht, in luftiger Höhe am Seil ihrer Arbeit nachgehen zu müssen.

»Wir übernehmen das«, sagte der Kollege. »Anweisung vom Chef.«

Unter dem Zelt wurde es langsam warm. Usti saß immer noch brav neben der Polizeikollegin, die sich nun an einem Absperrband aufhielt, das den Tatort großräumig abgrenzte – sofern man hier oben überhaupt von großräumig sprechen konnte. Denn es war nur wenig Platz und der war fast bis auf den letzten Zentimeter mit der Ausrüstung der Kriminalpolizei vollgestellt. Am Trassierband standen bereits die ersten Schaulustigen. Sie mussten von der Landesstraße aus, die durch Schuld führte, oder vom westlich der Ahrschleife gelegenen Ortsteil erkannt haben, dass sich hier oben auf dem Felsen etwas Dramatisches ereignet hatte. Jana traute ihren Augen kam, als sie Lutz, den Steinmetz, unter ihnen entdeckte. Er sah Jana direkt an. Als er merkte, dass auch sie ihn registriert hatte, zuckte er fragend mit den Schultern.

»Wer hat denn hier abgesperrt?«, schimpfte Clemens hinter ihr. »Das ist doch alles viel zu nah. An der Straße solltet ihr absperren!«

Keiner der Anwesenden gab sich als Schuldiger zu erkennen. »Schickt die Leute zurück«, sagte er und blickte dabei die Polizistin direkt an.

»Usti kann ja mithelfen«, fügte er lachend hinzu. Manchmal stimmten Clemens' Wutausbrüche Jana ein wenig nachdenklich, aber als cholerisch empfand sie ihn nicht. Seinen liebenswerten Kern hatte sie bereits oft kennengelernt, und wer ein Tierfreund war, konnte kein schlechter Mensch sein.

»Jana, kommst du mit?«, fragte Clemens. Sie nahm gerade Ustis Leine in Empfang, damit die Polizistin sich ihrer Aufgabe mit beiden Händen widmen konnte.

»Wohin?«

»Ins Hotel, um die Zeugen zu befragen. Du kannst mir helfen, wer gehört zu der Gruppe, wer fehlt eventuell und so weiter.«

»Wenn du mich dabeihaben möchtest, gerne. Die anderen werden sich zwar wundern, dass ich nun auf der anderen Seite stehe, aber das ist egal«, überlegte sie, während sie den Weg zu Clemens' Wagen einschlugen. »Wo ist eigentlich Lutz?«, sagte sie unbeabsichtigt laut.

»Wer?« Clemens, der einige Schritte vor ihr ging, kam ins Straucheln und wäre um ein Haar auf dem unwegsamen Untergrund ausgerutscht. Er konnte sich jedoch gerade noch an einem Baumstamm festhalten.

»Guck nach vorne«, lachte Jana. »Ich erzähle es dir im Auto.«

Dort angekommen, zogen beide ihre Schutzanzüge aus. Usti sprang anstandslos in die Hundebox im Kofferraum und schien sich auf neue Abenteuer zu freuen. Beim Schließen der Kofferraumklappe deutete Clemens mit einer Hand in die Richtung, aus der sie gekommen waren. »Was hältst du von alldem?«

»Wie meinst du das?«

»Was fällt dir spontan ein?«

»Ach so ... Die Spuren eines möglichen Täters zum Tatort werden wir wohl kaum von den vielen anderen isolieren können.«

»Hm«, brummte Clemens.

»Ich kann beim besten Willen nicht verstehen, was Antje hier um diese Uhrzeit wollte. Ich weiß nicht, ob sie den Ort von früher kannte. Gestern haben wir eine Abkürzung genommen, also sie und ich. Die anderen sind wohl hier entlanggelaufen, und an der Gertrudiskirche vorbei zum Hotel.«

»Mit früher meinst du, vor 30 Jahren?«

»Ja. Und mehr fällt mir wirklich nicht ein. Es könnte sein, dass ich doch zu sehr persönlich betroffen bin. Mir geht das gerade wirklich nahe, immerhin habe ich gestern Stunden mit ihr verbracht«, sagte sie nachdenklich.

»Soll ich dich vom Fall abziehen?«

»Nein ...« Sie stieg ein. Clemens nahm hinter dem Lenkrad Platz, startete und wendete das Auto auf der Straße. Nachdem Clemens sie an ihre Bemerkung von vorhin erinnerte, berichtete Jana auf der kurzen Fahrt zum Hotel, das den gleichen Namen wie die Ortskirche trug, wie sie Lutz kennengelernt hatte. Dass sie den Eindruck hatte, Lutz habe Gefallen an ihr gefunden, verschwieg sie geflissentlich.

»Du solltest zuerst mit Rainer Großmann reden. Es könnte sein, dass er Antje relativ spät noch gesehen hat«, gab sie Clemens mit auf den Weg, als sie auf den Hoteleingang zuliefen. An der Hotelrezeption wartete Meike auf sie.

»Wo sind die anderen?«, fragte Jana leise.

»Ich habe den Hotelier gebeten, ihnen noch ein bisschen was zur Region zu erzählen. Sie sind im Frühstücksraum. Was Besseres ist mir nicht eingefallen.«

»Das ist sehr gut«, antwortete Clemens.

»Ihr kennt euch ja«, bemerkte Jana.

Meike nickte. »Hauptkommissar Wieland. Wir hatten schon das Vergnügen.« Sie räusperte sich. Es war noch gar nicht lange her, da stand sie auf der Liste der Verdächtigen. Seitdem hatte sich im Leben aller Beteiligten einiges verändert. Nur Usti und Gini, die sich gerade schnuppernd begrüßten, waren immer noch dieselben. »Was, was ist denn passiert?«, fragte Meike schüchtern. »Antje …?«

»Kannten Sie Antje Haak näher?«, fragte Clemens. Jana schaute ihn erstaunt von der Seite an. Bisher war ihr gar nicht in den Sinn gekommen, Meike zu befragen. Sie musste aufpassen, objektiv zu bleiben und dass Persönliches sie nicht blind oder voreingenommen werden ließ.

»Nein, ich habe sie gestern zum ersten Mal gesehen. Jana hat viel Zeit mit ihr verbracht.«

Clemens sah Jana eindringlich an.

»Was war gestern Abend noch los, nachdem ich gegangen bin?«, fragte Jana ein wenig verschnupft. Doch Meike konnte nicht wissen, dass sie Clemens bisher kaum etwas über ihre Gespräche mit Antje berichtet hatte.

»Nicht mehr viel. Ehrlich gesagt bin ich gleich nach dir auch weg.«

»Zu Fuß?«, wollte Jana verwundert wissen.

»Ja klar, warum nicht? Ich habe meine Stirnlampe immer dabei und so weit war es ja nicht zum Hotel.«

»Zumindest ging es immer bergab«, lachte Jana.

»Ist Ihnen irgendetwas aufgefallen, während Sie zurückgelaufen sind? Am Hotel oder später in der Nacht im Hotel? Sie haben doch dort übernachtet?«, nahm Clemens die Befragung wieder auf.

Meike überlegte eine Weile. »Ja, das Quad hat mich irgendwann überholt, weißt du, der gut aussehende junge Mann, der die Getränke gebracht hat …«

»Lutz«, sagte Jana leise.

»*Der* Lutz?«, fragte Clemens ebenso leise.

»Hm.«

»Gut aussehend?«, flüsterte Clemens. Jana ging darauf nicht ein.

»Ihr Polizisten seid schon ein seltsames Völkchen«, bemerkte Meike. »Oh, Entschuldigung«, ergänzte sie mit Blick auf Clemens.

»Schon gut«, antwortete er. »Aber wir sollten uns konzentrieren«, sagte er mahnend und meinte damit wohl vorrangig sich selbst. Seit sie zusammen waren, hatte Clemens sich ihr gegenüber in der Öffentlichkeit zurückhaltender verhalten als in der Phase ihres Kennenlernens. Er hatte versucht, sie vor anderen wie eine normale Kollegin zu behandeln, die er wegen ihrer fachlichen Qualifikationen schätzte. Am liebsten hätte sie jetzt seine Hand ergriffen und wäre mit ihm einfach davongelaufen. Der sonnige Morgen beinhaltete das Versprechen auf einen wunderschönen Sommertag, und doch mussten sie aufklären, woran und wie Antje gestorben war.

»Also dieser Lutz fuhr an mir vorbei.«

»Wo und wann genau?«, wollte Clemens wissen.

»Irgendwo an der Straße in den Ort. Wie spät es genau war, kann ich gar nicht sagen.«

»Gut, weiter …«, sagte Clemens.

»Als ich einige Zeit später am Hotel ankam, startete er gerade sein Quad und ist wieder davongebraust. Ich bin dann durch den Seiteneingang in mein Zimmer gegangen und, ehrlich, wir, also Gini und ich, sind sofort eingeschlafen. So tief und fest habe ich seit Wochen nicht mehr geschlafen«, sagte Meike. Es dauerte eine ganze Weile, bis ihre Worte auch zu Jana durchgedrungen waren.

»Das ist nicht viel«, sagte Clemens und legte den Aktenkoffer, den er aus dem Auto mitgebracht hatte, auf den Rezeptionstresen, entnahm sein Notizbuch und schrieb einige Stichworte auf. »Jana, wir beginnen gleich mit der informatorischen Befragung, und damit es schneller geht, kommt gleich noch Verstärkung«, sagte er. »Würden Sie«, wandte er sich an Meike, »mir bitte diesen Fragebogen ausfüllen? Es geht nur um allgemeine Angaben zu Ihrer Person.« Er schob ihr ein bedrucktes Blatt hin. Im selben Moment öffnete sich eine Tür neben der Rezeption und ein Mann um die 50 trat heraus.

»Das ist der Hotelier«, erklärte Meike und zückte einen Stift, um den Fragebogen auszufüllen.

Clemens ging ihm entgegen und stellte sich vor.

»Kripo?«, fragte der Hotelier laut und erschrak im gleichen Moment vor seiner eigenen Stimme. »Hat man ja nicht so gerne im Haus, zumal wir gerade erst eröffnet haben. Das rückt unser Hotel doch jetzt nicht in ein schlechtes Licht?«

»Das nehmen wir nicht an«, sagte Clemens und bat ihn darum, ihm seinen Namen zu nennen.

»Jürgen Köbes«, sagte der.

Jana musste unweigerlich kichern. So konnte er nicht heißen! Köbes? Einen passenderen Namen konnte ein Wirt nicht tragen, der in einer kölschen Traditionskneipe bediente. Als Inhaber eines Vier-Sterne-Hotels an der Ahr hätte er sich vielleicht einen anderen Namen zulegen können. Was für ein blöder Gedanke, fand Jana und musste wieder einmal über sich selbst schmunzeln.

»Würden Sie uns bitte einige Räumlichkeiten zur Verfügung stellen, in denen wir Gespräche führen können?« Es war ganz offensichtlich, dass Clemens den Begriff »Befragung« vermied.

Jürgen Köbes überlegte nicht lange: »Das ist kein Problem. Wir haben zwar einige Konferenzräume, aber ob die heute frei sind? Ich schaue gleich mal nach.« Er wollte gehen, da betrat Melanie Siemer die Eingangshalle. Die Kommissarin des K 11 hatte ihre dunkelblonden Haare zu einem Pferdeschwanz zusammengebunden, der bei jedem Schritt mitwippte.

»Zeigen Sie mir bitte jetzt erst einmal den Frühstücksraum?«, fragte Clemens an den Hotelier gewandt.

»Er ist gleich hier vorne.« Köbes zeigte auf eine offen stehende Tür.

»Gut, das reicht uns fürs Erste. Wo finde ich Sie gleich?«

»Ich gehe zurück in mein Büro. Sie finden mich dort, wenn Sie etwas benötigen. Äh …«

»Ja bitte?«, fragte Clemens freundlich.

»Kann denn der normale Hotelbetrieb weitergehen?«

»Selbstverständlich. Nur sollte bitte das Zimmer von Frau Haak keinesfalls gereinigt werden. Ich hoffe, das ist noch nicht geschehen …«, fügte Clemens besorgt hinzu.

»Oh«, entfuhr es Jürgen Köbes. Er holte sein Telefon aus der Tasche und telefonierte mit dem Zimmermädchen. »Wir haben Glück, sie wollte gerade damit beginnen.«

»Stoppen Sie das bitte«, bat Clemens.

»Also, nicht reingehen, bitte«, sagte der Hotelier ins Telefon. »Alles geklärt. Darf ich jetzt gehen?«

Clemens bejahte. Jana fand den Hotelier sehr zuvorkommend. »Hätten Sie vielleicht etwas Wasser für meinen Hund?«, fragte sie eilig, bevor Jürgen Köbes hinter seiner Tür verschwand.

»Oh ja, gerne. Ich bringe Ihnen sofort etwas.« Er blickte mit einem Lächeln auf Usti, der müde auf dem Fußboden lag und alle viere von sich streckte.

»Die Wanderung gestern war wohl etwas viel für ihn«, erklärte Jana und beeilte sich, die Besprechung der Kollegen nicht vollständig zu verpassen. Mittlerweile hatte sich auch Roland Berger zu ihnen gesellt.

»Einer von Ihnen müsste bitte zunächst das Zimmer von Antje Haak versiegeln. Ich würde es mir gerne später ansehen«, gab Clemens erste Instruktionen zum weiteren Vorgehen.

Melanie Siemer übernahm diese Aufgabe und ließ sich von Jürgen Köbes in die erste Etage führen, nachdem er Usti einen Wassernapf vor die Schnauze gestellt hatte.

»Wir beginnen mit Rainer Großmann«, sagte Clemens zu Jana. »Sie, Herr Berger, lassen sich bitte von Frau Jacob eine Liste der gestern anwesenden Personen geben, und wir gehen dann einfach der Reihe nach vor. Ziel ist es, den Zeitraum von etwa 23 Uhr bis zum Auffindezeitpunkt der Leiche zu erfassen. Sachdienliche Beobachtungen davor sollten jedoch unbedingt mit abgefragt werden.«

»Gehen wir denn von einem Unfall, einer Selbsttötung oder einem Tötungsdelikt aus?«, wollte Roland Berger wissen.

»Zunächst ist noch alles denkbar. Wenn auch nach einer ersten Inaugenscheinnahme eine Fremdbeteiligung zumindest in Erwägung gezogen werden muss. Halten Sie bitte die genauen Fundumstände der Leiche unbedingt zurück, solange es eben geht, zumindest für die Zeit der Befragung. Leider haben zu viele vor Ort die Bergung mitbekommen. Es macht bestimmt schon die Runde.« Clemens ging zur Tür des Frühstücksraums. Jana drückte Meike Ustis Leine in die Hand.

»Soll ich nachher mit den Hunden ein bisschen spazieren gehen?«, fragte Meike.

Clemens, der bereits die Türklinke in der Hand hatte, hielt inne. »Ja, wenn Sie uns die Namen aufgeschrieben haben, können Sie gerne nach draußen. Jana hat ja Ihre Handynummer. Danke, Frau Jacob!« Als Clemens merkte, dass Jana nicht vorhatte, ihm zu folgen, winkte er sie zu sich. »Da musst du jetzt durch«, sagte er. »Ich werde dich vorstellen müssen …«

Ihr behagte es zwar nicht, gleich zugeben zu müssen, dass sie mehr war als eine Event-Fotografin. Aber wie schon Clemens gemeint hatte: Da musste sie durch. Sie konnte sich denken, dass nicht jeder mit Begeisterung auf die Enthüllung ihres Berufes reagieren würde. Sie würde sich die Gesichter ihrer Mitwanderer genau anschauen.

Jana betrat nach Clemens den Frühstücksraum. Die Gruppe langweilte sich, das war nicht zu übersehen. Einigen schien dagegen die Verzögerung nicht ungelegen zu kommen. Ruth hatte ihre Wanderschuhe ausgezogen und massierte ihre schmerzenden Füße. Sie hielt eine kleine Apothekerdose aus Kunststoff in der Hand, offensichtlich befand sich darin irgendeine Salbe. Es roch penetrant nach Kräutern.

Als Clemens sich und gleich darauf Jana vorgestellt hatte, ging ein Raunen durch den Raum.

»Frau Vogt ist zufällig hier. Ihre nebenberuflichen Ambitionen als Fotografin unterstützen wir gerne. Aber nun hat sich die Lage für uns alle geändert …«

»Was ist denn überhaupt los?«, fragte Jörg barsch. »Dürfen Sie uns überhaupt hier festhalten?«

»Wir halten Sie nicht fest, wir bitten Sie lediglich, uns bei der Aufklärung eines Sachverhalts behilflich zu sein. Wir möchten Sie gerne nacheinander befragen, ob Sie uns sachdienliche Angaben machen können. Herr Rainer Großmann, würden Sie als Erster mitkommen?«

Rainer, der bislang am Fenster gestanden hatte, trat einen Schritt vor.

»Ah, das sind Sie? Gut. Bevor wir beginnen, nur so viel: Damit es schneller geht, werden noch zwei weitere Kollegen die Befragungen durchführen, Frau Siemer und Herr Berger. Ich möchte Sie schon jetzt darauf hinweisen, dass unsere Befragung rein informatorisch ist.«

»Was heißt das?«, fragte Ulrike. »Sie wissen hoffentlich, dass ich in der Öffentlichkeit stehe …«

Clemens antwortete ruhig und völlig unbeeindruckt: »Wir behandeln alle gleich, und wie gesagt, wir sprechen hier noch nicht von einer Zeugenbefragung.«

»Nun lass sie doch endlich anfangen, damit es weitergeht. Oder wollt ihr hier für den Rest des Tages rumsitzen? Also ich nicht«, sagte Christoph.

»Nun …«, sagte Clemens und bat Rainer mit einer einladenden Geste mitzukommen. In der Tür begegneten ihnen Melanie Siemer und Roland Berger.

»Wir fangen mit Christoph Würtz an, er steht als Zweites auf der Liste«, flüsterte die Kommissarin im Vorbeigehen. »Sie können das Büro benutzen, wir gehen in einen kleinen Tagungsraum. Oder wäre es Ihnen umgekehrt lieber?«, wollte sie von Clemens wissen.

»Herr Köbes sprach doch von mehreren Konferenzräumen …«

»Die sind wohl alle belegt. Das Hotel ist bei Seminarveranstaltern sehr beliebt.«

»Schon okay so.«

Als Jana nach Clemens und Rainer das Büro betrat, wurden sogleich Erinnerungen an den letzten Fall im Weingut wach. Damals hatte sie wieder einmal zwischen allen Stühlen gesessen, hatte in Rheinland-Pfalz ermittelt, obwohl sich ihre Dienststelle damals noch in Nordrhein-Westfalen befunden hatte. Ehemalige Kollegen, die vermeintliche Freunde gewesen waren, hatten sich zum größten Teil von ihr abgewandt. Doch Jana war mit sich im Reinen. Naiv war sie nicht. Sollte die Beziehung zu Clemens einmal scheitern, würde die Zusammenarbeit schwierig werden. Aber sie wollte sich jetzt darüber nicht den Kopf zerbrechen.

»Jana?«, fragte Clemens. »Willst du dich nicht setzen?« Er zeigte auf den Stuhl am Schreibtisch neben sich, mit der anderen Hand öffnete er sein Notizbuch. Während sie Platz nahm, sah er sie eindringlich an.

»Alles gut«, murmelte sie.

»Sie können sich vorstellen, warum wir Sie als Erstes befragen wollen?«, wandte sich Clemens an den ihnen gegenübersitzenden Rainer. Dieser zögerte nicht lange mit seiner Antwort: »Weil ich das Ganze hier organisiert habe?«

»Ja, sagen Sie mir doch bitte noch einmal, zu welchem Zweck sie sich hier treffen.«

Rainer berichtete von ihrem gemeinsamen Theaterspiel an der Universität und von einigen Proben an den Schauplätzen der Hexenprozesse. Auf die Frage, warum er sich ausgerechnet dieses Wochenende für ein Zusammentreffen ausgesucht habe, antwortete er: »Ich dachte, es sei eine gute Idee, vielleicht ein Anflug von Sentimentalität.«

»Genau 30 Jahre später also, so eine Art Klassentreffen?«

»Ja, schon …«

»Haben Sie über die Jahre Kontakt zu ehemaligen Kommilitonen gehalten?«

»Ja, zu meinem Kumpel Christoph …«

»Nachname?«

»Christoph Würtz. Und über ihn auch manchmal mit Jörg, Jörg Orlowski.«

»Sonst mit niemandem?«

»Bis auf den Mailkontakt, die Einladungen für das Treffen, nein …«

»Fehlt jemand, der damals mit Ihnen Theater gespielt hat?«

»Ja, die Amerikanerin und dann noch einige Nebenrollen, von denen habe ich aber keine Adressen gefunden.«

»Es war doch bestimmt schwierig, überhaupt an die Leute heranzukommen nach so vielen Jahren. An der Uni sind die Bindungen ja nicht so fest wie an der Schule«, bohrte Clemens weiter. Jana ahnte, worauf er hinauswollte.

»Über Facebook findet man den einen oder anderen …«

»Also ich habe kaum noch alte Kontakte über Facebook gefunden. Nicht nur weil meine Schulkameradinnen nicht selten ihren eigenen Familiennamen abgelegt haben, sondern auch wegen der ganzen Fake-Namen. Und an die Namen meiner ehemaligen Kommilitonen kann ich mich kaum erinnern«, warf Jana ein. Was vor allem daran lag, dass sie nicht allzu lange auf der Universität geblieben war. »Wie bist du noch an die Namen und Adressen gekommen?«

»Du nimmst es aber genau. Darf ich dich überhaupt duzen?«, fragte Rainer mit einem Anflug von Trotz in der Stimme.

Jana nickte. »Wenn ich dich ebenfalls weiter duzen darf.«

»Na klar«, sagte Rainer.

»Also? Wie bist du an die Adressen gekommen?«

»Über meinen Vater …«

»Über Ihren Vater? Was hat der mit der ganzen Theaterspielerei zu tun?«, fragte Clemens.

»Er war damals an der Uni Dozent für Anglistik«, entgegnete Rainer, als sei es eine Nebensächlichkeit.

»An dem Seminar, an dem ihr eure Theatergruppe unterhalten habt?«, fragte Jana erstaunt.

»Ja.«

»War er auch an den Proben beteiligt?«, wollte Jana wissen.

»Nein.«

»Nie?«

»Manchmal, aber hat mir nicht reingeredet. Es ging eher um Rechtliches und Organisatorisches. Dass wir die Räumlichkeiten in der Uni nutzen konnten und so. Wir hatten mit seinen Seminaren nichts zu tun.«

»Aber er kannte Ihre Kommilitonen?«

»Vom Sehen …«

»Nur vom Sehen? Keiner der Studenten aus der Theatergruppe hatte ein Seminar bei ihm?«, fragte Clemens misstrauisch.

»Ich weiß es nicht«, antwortete Rainer. Jana versuchte in seinem Gesicht zu lesen, ob die Antwort der Wahrheit entsprach. Clemens hielt ebenfalls inne.

»Kannte er Antje Haak?«, fragte er schließlich.

»Ich weiß nicht, ob er sich überhaupt an einzelne meiner Mitstudenten erinnert. Seitdem hat er so viele Studenten unterrichtet.«

»Haben Sie ihm von diesem Treffen berichtet?«

»Nein. Aber was ist denn nun mit Antje? Sie sind von der Mordkommission, richtig?«

Jana und Clemens sahen einander an.

»K 11, Kapitaldelikte«, klärte Clemens auf.

»Du erinnerst dich doch noch, dass wir uns gestern gegen 23 Uhr vor dem Hotel verabschiedet haben«, ergriff Jana das Wort.

»Ja, klar. War es 23 Uhr? Möglich.«

»Was ist danach passiert?«

»Was … Ihr fragt mich nach einem Alibi?«

»Nein«, ging Clemens dazwischen. »Wir möchten nur über die Geschehnisse im Bilde sein. Also?«

Rainer sah Jana fragend an. »Ich wollte eigentlich ein paar Klamotten aus meinem Zimmer holen und das alte Drehbuch, um mit allen noch einmal eine Szene nachzuspielen. Das Feuer oben vor der Hütte, die Johannisnacht, all das wäre perfekt gewesen. Aber nachdem die

Stimmung so mies war, du hast es ja selbst mitbekommen, Jana, da habe ich es mir anders überlegt.«

»Du bist dann auf dein Zimmer gegangen?«

»Ja, aber nur kurz. Ich entschloss mich, ohne die Requisiten zur Hütte zurückzufahren. Am Auto vor dem Hotel habe ich dann Antje getroffen.«

»Hattet ihr euch verabredet?«

»Nein, sie war mit diesem jungen Mann gekommen, auf seinem Quad.«

Jana stutzte. Hatte Meike ihn nicht beim Herunterlaufen an sich vorbeifahren sehen und später vor dem Hotel, als er wegfuhr? Warum hatte sie nicht davon gesprochen, dass jemand mit ihm auf dem Gefährt gesessen hatte?

»Wie spät war es da?«, fragte Clemens.

»Keine Ahnung, ich habe nicht auf die Uhr geschaut. Vielleicht halb zwölf.« Er zog die Stirn in Falten.

»Und dann?«, fragte Jana.

»Da wir uns ohnehin später noch treffen wollten …«

»Hattet ihr etwas Konkretes verabredet?«, bohrte Jana nach.

»Nein, ich, nein, wir wollten uns später auf der Hütte unterhalten …«

Wieder war sich Jana nicht sicher, ob er die Wahrheit sagte.

»Und warum wollten Sie mit Frau Haak offensichtlich alleine reden? Aus welchem Anlass?«, fragte Clemens.

Rainer ließ sich mit der Antwort Zeit. Er wirkte auf Jana nicht im eigentlichen Sinn nervös, aber dennoch hatte sie den Eindruck, dass er seine Gedanken zu sortieren versuchte und genau überlegte, was er preisgeben konnte.

»Eigentlich wollte ich nur von ihr wissen, ob sie noch einmal etwas von Claudia gehört hat.«

»Welche Claudia?«, fragte Clemens.

»Seiler, die vor 30 Jahren nicht mehr zu unseren Theaterproben kam. Ich habe damals mit ihren Eltern telefonieren wollen, aber sie nie erreicht.«

Jana stupste unter dem Tisch Clemens' Knie an, als Zeichen, dass sie weiterfragen wollte. Clemens nickte ihr zu.

»Ist es richtig, dass Antje und Claudia gut befreundet waren?«

»So hat sie es mir erzählt. Damals wusste ich das nicht.«

Jana war klar, dass sie langsam, aber sicher den Boden einer informellen Befragung verließen.

»Zu heute Nacht«, nahm Clemens das Gespräch wieder an sich. »Wie lange haben Sie sich mit Frau Haak unterhalten und wo, und was geschah danach?«

»Wir haben uns vor dem Hotel gesprochen, sind dann noch hineingegangen, weil es Antje zu kühl wurde. Ich habe sie dann bis zum Aufzug begleitet. Sie wollte sich in ihrem Zimmer hinlegen. Ich bin dann wohl so gegen Mitternacht in mein Auto gestiegen und wieder zum Platz hochgefahren. Sie ist tot, oder?«

»Ja«, sagte Clemens.

»Wurde sie umgebracht?« Rainer war plötzlich ganz außer sich.

»Wir wissen erst nach der Obduktion mehr. Können Sie uns sagen, wie wir Sie in den kommenden Stunden am besten erreichen? Ach ja, wenn wir alle befragt haben, können Sie die Wanderung gerne fortsetzen. Aber Sie müssten kurzfristig erreichbar sein, falls sich weitere Fragen ergeben.«

»Ich glaube nicht, dass ich weiterwandern will«, sagte Rainer bedrückt. »Ich fahre zu meinen Eltern.«

»Wo wohnen Ihre Eltern?«

»In Bad Neuenahr.«

»Ah«, entfuhr es Jana. Mit einem familiären Bezug nach Bad Neuenahr hatte sie nicht gerechnet. Da man Rainer damals nicht befragt hatte, stand darüber auch nichts in den Akten.

Clemens ließ sich Rainers Visitenkarte geben. Sie sind Politiker? Sie wohnen in Düsseldorf?«

»Ja, ich bin Landespolitiker und hoffe, bald den Sprung nach Berlin zu schaffen.«

Mit einem Dank für seine Mitwirkung entließ Clemens Rainer Großmann. In der Tür stehend blickte er Jana durchdringend an. Während der vergangenen Minuten war sie aus Rainer nicht schlau geworden.

»Seine Motivation für diesen ganzen Zinnober müssen wir noch einmal hinterfragen. Da stimmt doch was nicht. Und wo war er überhaupt zum Zeitpunkt des Todes?«, fragte Jana, als sich die Tür hinter Rainer geschlossen hatte.

»Solange wir den genauen Todeszeitpunkt nicht kennen, können wir wenig machen«, entgegnete Clemens. »Ich werde ihn wohl heute Nachmittag noch einmal zu einer offiziellen Zeugenvernehmung einbestellen.«

»Wo habt ihr den Leichnam hingebracht?«, wollte Jana wissen.

»Wenn wir hier im Norden von Rheinland-Pfalz sind, kooperieren wir mit dem Institut für Rechtsmedizin der Universität Bonn. Sonst ist, wie du weißt, Mainz zuständig.«

»Soll ich noch jemanden zur Befragung hereinbitten?«, fragte Jana.

»Wenn noch jemand da ist. Die Befragung von Herrn Großmann hat ja länger gedauert als geplant.«

Jana lief zur Tür, vor der, zu ihrem Erstaunen, Ruth wartete.

»Ich habe gefragt, ob ich mit dir reden kann, und eure Kollegen hatten nichts dagegen.«

»Komm rein.«

Nach der Angabe ihrer Personalien fing Ruth von selbst an zu erzählen. Sie habe noch lange, fast bis zum Einsetzen der Morgendämmerung, mit Ralf an der Feuerstelle zusammengesessen. Die Glut glomm nur noch, da kein Feuerholz mehr da war, das sie habe nachlegen können. Alles sei ruhig dort unten im Tal gewesen, bis sie die typischen Motorengeräusche eines Quads gehört habe, das in Richtung Kirche gefahren sei.

Jana kannte nur eine Person, die ein solches Gefährt besaß, aber das musste nichts heißen. Vielleicht fuhren außer Lutz noch andere mit einem Quad durch die Gegend. Und selbst wenn Lutz um diese Zeit im Ort unterwegs gewesen war, welche Aussagekraft hatte das? Allerdings hatte er Antje in der Nacht zum Hotel gefahren, sie kannten sich also und waren möglicherweise später noch verabredet gewesen. Bei dem Gedanken, Lutz könne etwas mit Antjes Tod zu tun haben, wurde Jana ganz seltsam zumute. Der smarte junge Mann, der ihr gegenüber so offen und hilfsbereit aufgetreten war? Hatte sie sich so in ihm getäuscht? Sie musste später mit Clemens über ihre Gedanken sprechen. Die weiteren Äußerungen Ruths betrachteten Jana und Clemens als unerheblich für den Fall. Nachdem auch sie darüber informiert worden war, sich weiter zur Verfügung zu halten, falls noch weitere Fragen auftauchten, ging auch sie ihrer Wege.

Clemens und Jana besprachen mit ihren Kollegen die

Ergebnisse der Befragungen, die kaum etwas Sachdienliches hervorgebracht hatten. Zunächst schien es so, als würden sich die Ermittlungen auf Rainer und möglicherweise Lutz konzentrieren. Während Jana und Clemens Antjes Zimmer im Hotel untersuchten, wollten sich Melanie Siemer und Roland Berger im Ort umhören. Eine erste Lagebesprechung hatte Clemens für den Nachmittag anberaumt. Da die Adenauer Polizeidienststelle derzeit umfassend renoviert wurde und die dortigen Kollegen eng zusammengerückt waren, hatte Clemens kurzerhand die Ahrweiler Kollegen um die Bereitstellung einiger Räumlichkeiten gebeten. Obwohl Jana und Clemens bei der Durchsuchung von Antjes Zimmer gewohnt akribisch vorgegangen waren, hatten sie nichts gefunden, was sie weitergebracht hätte. Zumindest nicht auf den ersten Blick und so waren die Gegenstände aus dem Besitz des Opfers erst einmal asserviert worden. Um die Benachrichtigung ihrer Angehörigen würden sich die Kollegen in Nordrhein-Westfalen kümmern, denn Antje lebte und arbeitete im Ruhrgebiet.

»Sollten die Kollegen einen Anhaltspunkt für innerfamiliäre Konflikte finden, so werden Sie mich heute noch informieren. Sie werden sich außerdem um die Rekonstruktion des Opferbildes kümmern«, hatte Clemens auf der Fahrt nach Ahrweiler zu Jana gesagt. Beide waren müde und hingen ihren Gedanken nach. Dass Lutz ihr nicht mehr aus dem Kopf ging, beschäftigte Jana.

2. TAG: NACHMITTAG

»Was ist mit der Handyauswertung?«, fragte Jana und trocknete ihre Haare mit einem Handtuch ab. Sie trat auf die im Halbschatten liegende Dachterrasse ihrer Wohnung. Clemens hatte die Augen geschlossen und schien zu schlafen. Sein Arm hing über der Lehne des Liegestuhls und ruhte auf Ustis Rücken.

»Ich habe gerade mit dem Kollegen gesprochen«, antwortete er unerwartet munter. »Er ist dran. Das Handy war noch eingeschaltet, wir kommen leicht an die Daten. Das Bewegungsprofil bekommen wir in den nächsten Minuten.«

»Und hat er schon was herausgefunden?«, fragte Jana, während sie nach einer Wasserflasche griff und sich einschenkte.

»Antje Haak hat um halb zwei versucht, Rainer Großmann zu erreichen. Er hat das Gespräch aber nicht entgegengenommen«, sagte er emotionslos.

»Puh«, antwortete Jana und stellte ihr Glas, das sie in einem Zug geleert hatte, auf dem Tisch ab. »Das bedeutet, dass sie ihm etwas mitteilen wollte. Um diese Uhrzeit … Ich tippe auf etwas, was ihr entweder eingefallen ist, oder etwas, das sich seit ihrer letzten Begegnung ereignet hat.«

»Ja, ich denke auch, dass es wichtig gewesen sein muss.«

»Wüsste gerne, wo sie sich bei dem Anruf aufgehalten hat«, sagte Clemens, da klingelte sein Handy. »Wieland. Okay, verstehe, danke. Bis später.« Er legte das Telefon auf den Tisch und seufzte. »Bringt uns nicht viel weiter …«

»Mach's nicht so spannend.«

»Nach Auswertung der Standortdaten ihres Smartphones war Antje wohl im Hotel, als sie Rainer Großmann anrief.«

»Zu dumm, dass sie das Handy im Zimmer hat liegen lassen, bevor sie das Hotel verlassen hat, so sieht es doch aus, oder?«

Clemens nickte.

»Wieso hat sie es nicht mitgenommen? Damit man ihre Bewegungen nicht nachvollziehen kann? Oder ist sie so unvermittelt aufgebrochen, dass sie es einfach liegen gelassen hat?«

»Wir könnten es einfacher haben, da gebe ich dir recht. Was hältst du davon, wenn wir versuchen, die Ereignisse gedanklich zu rekonstruieren, bevor unsere Mittagspause vorbei ist?«

»Eine gute Idee. Ich hole die Pizza aus dem Ofen, die ich eben im Tiefkühlfach gefunden habe.«

»Was würden wir eigentlich ohne Pizza machen«, raunte Clemens.

»Döner essen!«, rief Jana von drinnen.

»Na, du ja nicht …«

»Mittlerweile gibt es auch vegetarische«, lachte Jana.

Während Jana die Pizza aus dem Ofen holte und in Stücke schnitt, meldete sich erneut Clemens' Handy. Als sie wenig später auf die Dachterrasse trat, brachte er sie umgehend auf den neuesten Stand. »Also, es gibt Neuigkeiten. Antje Haak starb zwischen 2.30 Uhr und 3 Uhr nachts. Es gibt eindeutige Hinweise auf eine Fremdeinwirkung, jemand hat ihr mit einem harten Gegenstand in die Kniekehlen geschlagen. Außerdem finden sich Abwehrspuren beim Opfer, das heißt auch Fremd-DNA. Die Leiche weist ferner auch einige wenige Stunden alte Hämatome im Beckenbereich auf.«

»Antje ist gestern Vormittag in Aremberg gestürzt. Auf einem Stück alten Pflasters hingefallen. Das habe ich dem Kollegen noch am Tatort mitgeteilt.«

»Du warst dabei?«, fragte er kauend.

»Den Sturz selbst habe ich nicht gesehen, aber ich war Sekunden später bei ihr. Meike kümmerte sich da um sie. Es passierte ganz am Beginn unserer Wanderung. In Eichenbach gab ich ihr meine Sportsalbe zum Einreiben.«

Fast hatte Jana den Eindruck, dass Clemens ihr nicht richtig zuhörte. Er hatte die Pizza viel zu schnell heruntergeschlungen und blickte angestrengt auf seine Notizen. »Noch etwas: In Antje Haaks Hand fand sich ein kleines Stückchen Papier, mit einigen handschriftlichen Buchstaben darauf, aber leider nicht aussagekräftig.«

»Viel haben wir nicht«, sagte Jana enttäuscht und wischte sich den Mund ab. Wenn wir doch nur wüssten, was Antje dort wollte. Wenigstens können wir eine Selbsttötung ausschließen.«

»Du klingst erleichtert.«

»Na ja, die Vorstellung, dass ich Signale übersehen hätte, behagt mir nicht.«

Wieder klingelte Clemens' Handy. »Das ist ja interessant«, sagte er und beendete eilig das Gespräch. »Kommst du mit zur Besprechung?«, fragte er Jana.

»Auf jeden Fall. Kann ich so gehen? Meine Haare sind noch feucht.«

»Du siehst gut aus«, antwortete Clemens.

Während sie die Teller abräumte, fragte Jana: »Was ist denn so interessant?«

»Ich dachte schon, du willst es gar nicht wissen«, feixte Clemens. »Antje hat in der Suchmaschine um 1.45 Uhr nach einem Lutz Decker gesucht.«

»Was?«

»Und nicht nur nach ihm. Auch nach Claudia Seiler.«

2. TAG: SPÄTER NACHMITTAG

Aufgrund der neuen Ermittlungsergebnisse fühlte sich Jana in ihrer Ansicht bestärkt, den Vermisstenfall Claudia Seiler wieder neu aufzurollen. Anders als zunächst beabsichtigt, war sie nicht mit Clemens zur Dienstbesprechung in die Ahrweiler Polizeidienststelle gefahren, sondern hatte das Fahrrad genommen, um unabhängig von seinen Terminen zu sein. Sie wollte sich danach so schnell wie möglich wieder in den alten Vermisstenfall einarbeiten. Und für ihre Überlegungen benötigte sie die Ruhe ihrer eigenen vier Wände. Da sie sowieso kein eigenes Büro in der Ahrweiler Dienststelle besaß, hatte ihr Clemens gestattet, später zu Hause zu arbeiten.

Gleich zu Beginn der Dienstbesprechung hatte Clemens die Ergebnisse der Obduktion vorgetragen. Antjes Verletzungsmuster entsprach dem, was man aufgrund der Absturzhöhe erwartet hatte. Todesursächlich war ein schweres Schädel-Hirn-Trauma. Fremd-DNA hatte vor allem unter den Fingernägeln isoliert werden können. Eine Fremdeinwirkung, in welcher Form auch immer, war wahrscheinlich. Gestorben war Antje kurze Zeit nach dem Aufprall auf dem Felsvorsprung. Nachdem die einzelnen Mitarbeiter weitere Ergebnisse, soweit vorhanden, referiert hatten, ergriff Jana das Wort und informierte ihre Kollegen darüber, dass es womöglich Zusammenhänge zu dem 30 Jahre alten Vermisstenfall gab. Ein Ermittler war zur Bekräftigung dieser These sogleich mit einer weiteren Spur vor die Schar der versammelten Kollegen getreten: einem in mehreren Teilen, jedoch fast vollständig erhaltenen handschriftlichen Brief, den man im Abfallkorb am Tatort gefunden hatte. Mit folgendem überraschenden Inhalt:

»Liebe Antje, suche nicht weiter nach mir, denn mir geht es gut. Wenn du dich davon überzeugen möchtest, dann triff mich heute Nacht noch um 3 Uhr an dem Aussichtspunkt in der Nähe der Gertrudiskirche. Ich werde dort mit einer blinkenden Taschenlampe auf dich warten, die du von der Straße aus sehen kannst.

Bis später, Claudia.«

Das hinzugefügte Postskriptum war nicht mehr zu lesen. Es befand sich jedoch auf dem Textschnipsel, den die Tote in der Hand gehalten hatte: »Komm allein.«

Jetzt, da Jana in ihrem Arbeitszimmer in ihrer Ahrweiler Wohnung saß und die Akte des Vermisstenfalles vor ihr lag, konnte sie noch immer kaum fassen, dass sie sich wieder einmal zur richtigen Zeit am richtigen Ort aufgehalten hatte. Ob Antje noch leben würde, wenn sie sich mehr um sie gekümmert hätte? Wusste Antje etwas über Claudia Seilers Verbleib, dass jemand sie umgebracht hatte? Konzentriert blätterte Jana durch die Seiten des Altfalles. Lebte Claudia Seiler wirklich noch, wie es dieser Brief vermuten ließ, und hatte sie Antje in den Tod gestürzt? Das erschien ihr wenig plausibel, denn dann hätte sie den Beweis ihrer Existenz bestimmt nicht in den Abfallkorb am Tatort geworfen, wo ihn die Polizei finden konnte. Dass eine jahrzehntelang vermisste Person zurückkehrte, um zu morden, etwa um eine alte Rechnung zu begleichen, hatte es in der Kriminalgeschichte durchaus gegeben. War Claudia vielleicht krank und wollte vorher noch Rache üben? Dann wäre es egal gewesen, wenn sie jemand mit dem Tod Antjes in Verbindung brachte, im Gegenteil. Sollten die anderen den Brief als Warnung verstehen? Aber eine Warnung aufgrund welcher Ereignisse, und woher kannte Claudia Datum und Ort des Treffens? Hatten sich die Schauspieler vor Jahren versprochen, sich in 30 Jahren wiederzutreffen? Jana suchte das Foto der 20-jährigen Claudia heraus, fotografierte es und schickte das Bild an die Kollegen der Spurensicherung. Mit etwas Glück gab es Gewebeproben von damals oder sie würden unter den Asservaten etwas finden, das sie mit den Fremdspuren an Antjes Leiche abgleichen konnten. Dann würde man wissen, ob Claudia noch lebte. Aber bis das Ergebnis vorlag, würden einige Tage vergehen. Hatten die Ermittler so viel Zeit? Jana durfte sich nicht zu sehr auf diesen Brief einschießen. Sie benötigte eine Handschriftenprobe von Claudia, aber die wäre nach 30 Jahren kaum noch aussagekräftig, schließlich veränderte sich die Handschrift im Laufe des Lebens. Sicherlich gab es irgendwo in den Asservaten auch Notizen von ihr. Aber würden diese die Ermittler weiterbringen? Jana blickte noch einmal auf das Foto der jungen Frau. Ihre braunen Augen strahlten verführerisch und zugleich unschuldig. Im Hintergrund erkannte man einen Strand und am rechten Bildrand glitzerte das Meer.

Irgendwann musste Jana eingeschlafen sein. Als sie etwas an ihrem Hosenbein kratzte und dabei wimmernde Laute ausstieß, sah sie zunächst die sich vor Schmerzen krümmende Antje unterhalb der Felsen von Schuld vor sich, von der sie offensichtlich geträumt hatte. Als Jana endlich registrierte, dass sie sich zu Hause in ihrer Wohnung aufhielt, mit dem Kopf auf dem Schreibtisch, war es eben auch nicht Antje, sondern Usti, der ein ganz dringendes Anliegen hatte. Jana wischte sich ein wenig Spucke aus dem Mundwinkel und hoffte inständig, dass Usti sich noch eine Weile würde gedulden können.

»Ist gut Kumpel, wir gehen gleich nach draußen«, sagte sie immer noch schlaftrunken und streichelte sanft sein Köpfchen. Sie war gerade auf dem Weg ins Bad, um sich im Spiegel zu betrachten und weitere Spuren des Schlafs aus ihrem Gesicht zu entfernen, als sich ein Schlüssel von außen in das Schloss der Wohnungstür schob. Jana huschte eilig ins Bad, denn so wollte sie Clemens nicht vor die Augen treten. Im Flur hörte sie Usti fröhlich grunzende Laute ausstoßen.

»Jana, bist du da?«, rief Clemens.

»Hm … Bad!« Mittlerweile hatte sie sich die Zahnbürste in den Mund geschoben. Sie musste den merkwürdig schalen Geschmack unbedingt loswerden.

»Okay! Ich mache für heute Feierabend. Die Kollegen arbeiten noch ein bisschen. Aber wir kommen jetzt nicht weiter. Ich habe uns was zu essen mitgebracht, und diesmal keine Pizza.« Jana hörte, dass Clemens sich auf dem Weg zur Küche befand. Der Hunger und die Neugier, was Clemens Leckeres mitgebracht hatte, veranlassten Jana, sich weniger gründlich als sonst, die Zähne zu putzen. Der Zahnpastageschmack würde auch nur die Aromen des Essens verfälschen.

»Ich war beim Bioladen und habe uns das vegetarische Tagesmenü einpacken lassen«, sagte Clemens, als Jana im Türrahmen auftauchte.

»Du, ich glaube, das muss warten. Usti muss raus.«

»Das kann ich doch übernehmen, und nachher gehen wir noch eine längere Runde mit ihm«, schlug Clemens vor. Jana nahm das Angebot gerne an.

Gerade als sie das herrlich duftende Menü auf Tellern arrangiert hatte, kam Clemens zurück. Sie aßen beinahe schweigend, hingen ihren Gedanken nach und waren mit ihren Hypothesen zu dem Fall beschäftigt.

Der späte Nachmittag ging in den Abend über, die Straßen in der Ahrweiler Altstadt leerten sich allmählich. Zu dritt liefen sie gerade auf den Marktplatz zu, den sie überqueren mussten, um in die Weinberge im Norden der Stadt zu gelangen. Vor der Laurentiuskirche entdeckte Jana als Erste ein ihnen bekanntes Gesicht. Sie stieß Clemens an und überreichte ihm wortlos Ustis Leine. »Ich muss Meike unbedingt etwas fragen, das mir keine Ruhe lässt.«

»Hm«, brummte Clemens.

»Es geht um den Fall … Willste mitkommen?«

»Geh mal allein …« Das hörte Jana längst nicht mehr.

»Meike, warte!«, rief sie, als sich ihre Freundin weiter entfernte.

»Ah, Jana!« Sie blieb vor dem Brunnen stehen.

»Wieso bist du schon hier?«, fragte Jana, die Meike noch irgendwo zwischen Schuld und Altenahr vermutet hatte. Als sie sich heute in Schuld verabschiedet hatten, hatte ihr Meike noch voller Überzeugung gesagt, dass sie die Wanderung wohl mit einem Teil der Gruppe fortsetzen würde.

»Kommst du vom Bahnhof?«, plapperte Jana weiter.

»Nein. Rainer ist später nach Hause gefahren, er hat die Veranstaltung für beendet erklärt. Ein Teil wollte wohl noch wandern, aber sie brauchten mich nicht mehr. Ehrlich gesagt, ist mir das ganz recht. Ich hab mir in Schuld ein Taxi genommen und mein Auto in Aremberg geholt.«

»Wo ist Gini?«

»Zu Hause, die ist todmüde. Oh … blödes Wortspiel. Ich wollte nur was besorgen und dann leg ich mich auf die Couch.«

»Sag mal«, fragte Jana geradeheraus. »Du bist doch in der Nacht von dem Quad überholt worden.«

»Ja, auf dem Rückweg zum Hotel.«

»Ist dir etwas aufgefallen, als es dich überholt hat?«

»Nee, nichts, außer dass es ziemlich laut ist, wenn so ein Ding an dir vorbeifährt.«

»Und der Fahrer war allein?«

»Ach, darauf willst du hinaus. Ja, definitiv.«

»Und das konntest du erkennen?«

»Ja, es saß sonst niemand mehr drauf.«

»Und als du ihn später vor dem Hotel gesehen hast, war da jemand in seiner Nähe?«

»Nein.«

»Danke, das war es schon. Ich wünsche dir noch einen geruhsamen Abend. Und wenn du Redebedarf hast, kannst du mich gerne anrufen. Jederzeit, okay?«

»Ja, danke, Jana, vielleicht komme ich darauf zurück. Es geht mir doch etwas nahe, das mit Antje …«

2. TAG: ABEND

Dem Spaziergang durch die Weinberge hatten Jana und Clemens trotz der schönen Aussicht kaum etwas abgewinnen können. Clemens war nicht nur mit dem aktuellen Fall beschäftigt, ihn schien außerdem etwas anderes zu beschäftigen, doch Jana traute sich nicht, ihn direkt darauf anzusprechen. Jana konnte sich des Eindrucks nicht erwehren, dass seine Nachdenklichkeit mit ihr zu tun hatte. Sollte sie ihn direkt darauf ansprechen? Lieber nicht, sie mochte keine Beziehungsgespräche, und wenn wirklich nichts war, würde sie etwas heraufbeschwören, was ihren Umgang miteinander vielleicht verkomplizieren könnte. So ging Jana lieber in Gedanken den Vermisstenfall durch. Sie spürte, dass sie bei ihrem Aktenstudium ein wichtiges Detail übersehen hatte, womöglich ein fehlendes Detail, eine Spur, die niemals verfolgt worden war, eine Notiz, die eine Frage aufwarf, deren Beantwortung den fehlenden Baustein zwischen dem Vermisstenfall und dem heutigen Tötungsdelikt würde herstellen können. Sie hatte sich vorgenommen, die Akte erneut zu durchforsten, doch plötzlich formulierten beide beinahe gleichzeitig denselben Wunsch.

»Du, ich würde gerne noch einmal zur Martinshütte fahren«, sagte Jana. Da hatte Clemens bereits seinen Satz begonnen: »Wir sollten noch einmal …«

»Nach Schuld?«, fragte Jana.

»Nach Schuld«, entgegnete Clemens.

Jana ging es dabei nicht nur um Fakten, die hatte hoffentlich die Spurensicherung zusammengetragen, nein, es ging ihr vornehmlich darum, die Stimmung von gestern noch einmal heraufzubeschwören.

Die Sonne war längst untergegangen, als Clemens zunächst am Hotel Gertrudis anhielt, um die Versiegelung des Zimmers, in dem Antje übernachtet hatte, aufzuheben. Die Kollegen der Spurensicherung hatten längst Bescheid gegeben, dass sie ihre Untersuchungen dort abgeschlossen hatten. Jana hatte Usti im Auto gelassen und war Clemens gefolgt, um die Toilette des Hotels aufzusuchen. Auf dem Rückweg hatte sie im Foyer einen Angestellten getroffen und ihn gefragt, wer die Hütte für Veranstaltungen vermietete, denn sie musste annehmen, dass sie nicht zum Hotel gehörte. Doch der Mann konnte ihr keine Auskunft geben und so meinte Jana nur: »Vielleicht steht dort oben ja etwas angeschlagen, eine Telefonnummer oder so.«

Beinahe gleichzeitig trafen Jana und Clemens wieder am Auto ein und fuhren im letzten Licht des Tages zur Martinshütte hinauf. Heute brannte kein Feuer und es war kein Buffet aufgebaut. Stille hatte sich über den Platz gelegt. Ein Hauch von kaltem Rauch lag noch in der Luft und wurde ab und an vom Wind weitergetragen. Jana versuchte sich zu erinnern, wer mit wem Streit hatte, und ärgerte sich, dass sie sich in der Nacht nicht noch nachträglich Notizen gemacht hatte. Offenkundig war, dass Antje etwas über Claudias Schicksal wusste und dass Rainer daran interessiert war. Nur, in welcher Absicht hatte Rainer gehandelt?

»Rainer Großmann hat das Ganze nur aus einem einzigen Grund inszeniert«, war Jana felsenfest überzeugt. »Und das hat nichts mit irgendwelchen Sentimentalitäten zu tun.« Sie warf ein Stückchen Kohle in die mittlerweile gesäuberte Feuerstelle.

»Was dann?«, fragte Clemens.

»Er wollte herausfinden, was mit Claudia passiert ist.«

»Meinst du, er stand ihr früher sehr nahe?«

»Danach habe ich ihn ehrlich gesagt gar nicht gefragt. Ich hatte den Eindruck, dass Antje und sie befreundet waren. Aber wie stand Rainer zu ihr?« Sie seufzte.

»Bald werden wir gar nichts mehr sehen«, bemerkte Clemens. Die Stimmung war viel unheimlicher als gestern. Jana überkam ein leichtes Frösteln. Ustis warmer Körper drückte sich fest gegen ihre Beine.

»Ich schaue mal, ob ich irgendwo noch was finde, womit man ein kleines Feuerchen machen kann«, sagte Clemens, knipste seine Taschenlampe an und ging zur Hütte. Im Wäldchen hinter Jana raschelte ein Tier, der Wind bewegte die Blätter, aus dem Tal drang ab und an das Geräusch eines Autos zu ihr. Auf der Landesstraße waren immer wieder Scheinwerfer zu sehen, die auf der kurvenreichen Strecke verschwanden, um dann einige Meter weiter erneut aufzutauchen. Hätte sie doch nur einen Pullover mitgenommen, die Luft war heute viel kühler als gestern und kein Feuer wärmte sie. Clemens schien hinter der Hütte verschwunden zu sein, der Schein seiner Taschenlampe war nicht mehr zu sehen. Aus der Dunkelheit heraus hörte sie Schritte. Clemens war es nicht, sie kannte den Rhythmus seiner Füße. Usti begann leise zu knurren. Es war stockdunkel. Plötzlich leuchtete vor ihr ein menschlicher Körper auf, eine Frauengestalt, ganz in Weiß gekleidet. Jana hielt den Atem an. Was sie da sah, war völlig surreal.

»Ich bin es, Claudia«, säuselte eine Stimme. »Ich lebe noch. Sucht nicht mehr nach mir.«

Jana sprang auf, Usti bellte. »Dich schnapp ich mir!«, rief Jana und rannte los, doch plötzlich war die Gestalt in der Dunkelheit verschwunden. Jana lief noch ein paar Schritte, musste dann aber einsehen, dass sie keine Chance hatte, der Person habhaft zu werden, ohne zu stolpern und womöglich noch hinzufallen.

»Clemens!«, rief sie in die Nacht. Ihre Stimme klang panischer, als sie sich fühlte.

»Ja?« Sie hörte ihn hinter der Hütte. »Ich komme gleich!«

Jana kramte nach ihrem Handy und stellte erst fest, als sie die Taschenlampen-App eingeschaltet hatte, dass Usti verschwunden war.

»Usti?«

»Was ist?«, sagte plötzlich Clemens neben ihr.

»Usti ist weg.«

»Hast du ihn von der Leine gelassen?«

»Nicht absichtlich … da war diese weiße Frau …«

»Jana?«

»Schlechtes Schauspiel«, murmelte Jana.

»Ich verstehe kein Wort …«

»Ich suche jetzt erst einmal nach Usti, gibst du mir deine Taschenlampe? Ustiiiii! Oder kommst du mit?«

»Natürlich komme ich mit. Du weißt ja sicher, in welche Richtung er gelaufen ist … Usti!«

»Ja, komm!« Jana griff nach Clemens' Hand, doch im Dunkeln fand sie diese zunächst nicht, sondern ertastete plötzlich etwas Hartes. »Du hast deine Waffe ja dabei«, flüsterte sie.

»Warum nicht«, antwortete er.

Sie waren ein Stückchen gegangen, als sie ein Rascheln und kurz darauf ein bekanntes Hecheln hörten.

»Ah, da ist er ja. Jetzt bin ich aber erleichtert. Usti, hierher«, rief Jana freundlich. Im Kegel des Taschenlampenscheins kam Usti auf direktem Weg auf sie zu. Schwanzwedelnd. Als er sich näherte, entdeckte Jana, dass er etwas zwischen den Zähnen hielt, ein Stück weißen Stoffs.

»Gib mal her, Usti, aus!«

Ohne Murren öffnete der Hund seinen Fang und ließ das Stoffstück in Janas Hand fallen. »Das ist von diesem seltsamen Kostüm. Er muss ganz dicht an der Person dran gewesen sein«, schlussfolgerte Jana. »Hier war gerade eine zugegebenermaßen zunächst etwas schaurige Erscheinung, die sich als Claudia ausgab. Aber mit Sicherheit war sie es nicht«, erklärte Jana, während sie Clemens folgte, der eine angebrochene Tüte Holzkohle zur Feuerstelle trug.

»Du meinst also, da spielt jemand ein Spielchen mit uns?«, fragte er, als er die Kohlen ausschüttete. »Wie kommst du darauf, dass es nicht die Vermisste war?«

»Weil das einfach nur albern war, entschuldige. Ich frage mich nur, was das sollte. Jemand muss gewusst haben, dass wir jetzt hier sind und Kenntnis von Claudias Verschwinden haben, sonst ergibt dieser Auftritt doch keinen Sinn.«

Clemens zündete ein Stück alte Zeitung an, die er vermutlich ebenfalls bei der Hütte gefunden hatte. »Meinst du, die Person kommt wieder? War es eine Frau?«

»Ich denke nicht, dass sie wiederkommt, sie hat ja ihre Mission erfüllt. Ja, es war eine Frau und die wollte offensichtlich, dass wir nicht weiter nach Claudia suchen. Das ist natürlich mehr als albern, die Kriminalpolizei mit solchem Schabernack beeinflussen zu wollen.«

»Aber warum macht diese Person das?«, fragte Clemens.

»Keine Ahnung. Aber so echt wie dieser Auftritt ist dann vermutlich auch der Brief, jedenfalls hat Claudia ihn nicht geschrieben.«

»Davon gehe ich jetzt auch aus, Jana.«

»Hast du an der Hütte einen Hinweis auf den Vermieter gefunden?«, fragte Jana.

»Nein«, antwortete Clemens, während er mit einem Ast in den Kohlen herumstocherte. »Wir brauchen Holz, sonst wird das nichts.«

»Vielleicht fahren wir doch nach Hause?«, fragte Jana vorsichtig.

»Ist es dir doch unheimlich?« Clemens legte besorgt den Arm um ihre Schulter.

»Ein bisschen, aber nicht wegen dieser Erscheinung, sondern wegen der Erinnerungen an … na, du weißt schon. Sie kommen und gehen … Und seitdem der Termin für den Prozess feststeht, kommen sie wieder regelmäßiger.«

»Du bist als Zeugin geladen?«

»Ja, und ich möchte eigentlich nicht noch einmal alles vortragen, was damals passiert ist.«

»Redest du mit deinem Psychologen darüber?«

»Seitdem ich hier wohne, war ich nicht mehr bei ihm. Ich sollte mir hier einen suchen.«

»Wir haben doch gute Polizeipsychologen bei uns. Ich

wüsste auch schon, wer zu dir passen könnte. Wenn ich darf, frage ich sie, ob sie einen Termin für dich hat.«

»Eine Frau wäre wirklich gut, in dem Fall …«

Clemens nahm Jana in den Arm. Gerade fühlte sie sich einfach nur sicher und genoss den Augenblick voller Wärme, bis Usti laut zu bellen begann. Clemens löste die Umarmung, gleichzeitig griff er mit einer Hand an das Halfter.

»Meinst du, da ist wer?«, flüsterte Jana.

Clemens antwortete nicht, sondern lauschte in die Dunkelheit. Usti hatte aufgehört zu bellen und wirkte wieder ganz entspannt.

»Er würde anders reagieren, wenn da jemand wäre«, sagte Jana leise. »Sicher nur ein kleines Wildtier.«

3. TAG: FRÜHMORGENS

Lange hatten sie es nicht mehr an der Martinshütte hoch über dem Ort Schuld ausgehalten. Clemens hatte noch einmal die nähere Umgebung mit der Taschenlampe abgesucht, ohne jedoch etwas zu finden, das den merkwürdigen Auftritt hätte erklären können. An einen Streich Jugendlicher glaubte er genauso wenig wie Jana. Gleich danach waren beide aufgebrochen. Jana hatte begonnen zu frösteln. Die Müdigkeit und die vielen Ereignisse der vergangenen Stunden hatten ihr jegliches Denkvermögen geraubt. Clemens und sie hofften nach der Befragung von Antjes persönlichem Umfeld bald schon klarer zu sehen. Vielleicht kamen neue Aspekte hinzu, die eine Hypothesenbildung erleichtern würden. Noch existierte für Jana nur ein einziges Motiv: Jemand wollte partout verhindern, dass mehr über den Verbleib von Claudia Seiler bekannt wurde. Gleichzeitig aber lenkte genau diese Person die Aufmerksamkeit erst auf Claudia. Es war zum Verrücktwerden. Jana war neben Clemens tatsächlich sofort eingeschlafen, erwachte allerdings albtraumgeplagt am frühen Morgen. Die Erinnerungen an die Ereignisse in der Kölner Halle verfolgten sie wieder so vehement wie an den Tagen danach. Ohne Clemens zu wecken, schlich sie aus dem Bett und nahm sich erneut die Akte mit dem

Altfall vor. Etwas hatte sie übersehen. Ja, jetzt wusste sie es wieder. Sie wollte nachschauen, ob in der Akte mehr über das Kind von Claudia Seiler vermerkt war. Nach einigem Suchen fand sie in einem Vernehmungsprotokoll, das die Mutter der Vermissten unterzeichnet hatte, den entscheidenden Hinweis: Der kleine Sohn von Claudia Seiler hieß Lutz.

Jana sprang auf, hastete aus ihrem Arbeitszimmer und rannte ins Schlafzimmer. Dabei wäre sie beinahe über Usti gestolpert, der es sich mitten im Flur bequem gemacht hatte.

»Clemens«, flüsterte sie. In ihrer Stimme schwang dieser ganz bestimmte Unterton mit, der besagte, dass sie am liebsten laut gerufen hätte. Um ihren Freund nicht zu erschrecken, strich sie wiederholt über seinen nackten Arm, der unter dem Laken hervorlugte. Es dauerte eine ganze Weile, bis Clemens erwachte. Als sich endlich seine Lider öffneten und seine grün-braunen Augen sie sehnsüchtig anblickten, hätte Jana beinahe ihre neueste Entdeckung im Fall Claudia Seiler vergessen. Es machte es nicht einfacher, dass Clemens sie schlaftrunken zu sich heranzog und sie küsste.

»Ich muss dir was sagen«, murmelte sie zwischen zwei Küssen.

»Ich liebe dich auch«, flüsterte Clemens, worauf Jana zu kichern begann.

»Dito«, sagte sie nur und löste sich umständlich aus seiner Umarmung.

»Also?« Er richtete sich im Bett auf. »Jana?«

»Ich glaube zu wissen, wer Lutz ist.«

»Lutz? Du weckst mich, um mit mir über Lutz zu reden?«, sagte er scherzhaft.

»Lutz ist Claudias Sohn!« Jana hatte erwartet, dass Clemens über diese neue Erkenntnis ebenso aufgeregt wie sie reagieren würde.

»Aber sagtest du nicht, dass er mit Nachnamen Decker heißt? Wir reden doch von diesem Steinmetz, oder?«

»Namen lassen sich ändern. Vielleicht wurde er adoptiert? Wir müssen rausbekommen, was mit Claudias Eltern passiert ist und mit Claudias Sohn Lutz … Außerdem, das Kreuz …«

»Moment …« Clemens kam offensichtlich gerade nicht ganz mit.

Jana plapperte weiter: »Wenn Lutz Claudias Sohn ist, dann wusste das Antje vielleicht. Und das wollte sie ihm in der Nacht mitteilen.«

»Oder sie hat sich vor dem Anruf schon mit ihm getroffen. War er es, der sie zum Aussichtspunkt auf dem Felsen gelockt hat?«, fragte Clemens.

»Ja, aber da ist noch der Brief. Hat ihn Lutz geschrieben?«

»Nach einer männlichen Handschrift sah das nicht aus.«

»Und noch etwas: Ruth hat am frühen Morgen doch ein Quad gehört, das zur Kirche fuhr. Und wenn es Lutz war, der Antje vom Felsen gestürzt hat?«, fragte Jana niedergeschlagen. Ihr Instinkt allerdings sagte ihr weiterhin, dass Lutz kein Mörder war. Aber darauf verlassen durfte sie sich nicht.

»Wir müssen irgendwie die DNA-Untersuchung beschleunigen und wir brauchen Vergleichsmaterial. Wir könnten Lutz als Täter ausschließen, wenn wir seine DNA hätten«, sagte Clemens, der nun hellwach war und aus dem Bett hüpfte.

»Das würde uns weiterbringen«, rief Jana Clemens hinterher, der ins Bad huschte. Kurze Zeit später hörte sie das Plätschern der Dusche. Sie war versucht, ihm zu folgen, aber all das, was gerade in ihrem Kopf vorging, unterdrückte jegliche Begierde.

3. TAG: VORMITTAG

Die Sonne hatte für kurze Zeit Janas Dachterrasse in einen Ort irgendwo in Süditalien verwandelt. Die kühle, frische Sommerluft ließ Jana dann beinahe vergessen, was heute an Arbeit auf sie und Clemens wartete. Gleich nach dem Frühstück hatten sich ihre Wege getrennt. Jana war zunächst zu einer eiligen Runde durch die Weinberge aufgebrochen und hatte sich nach ihrer Rückkehr zurechtgemacht, während Usti faul auf seiner Decke döste. Sie kam pünktlich um neun Uhr am Adenbachtor an, wo sie nicht lange warten musste, bis Melanie Siemer, die Kriminalkommissarin, anhielt, um sie zur Befragung von Lutz mitzunehmen. Auf der etwa 40-minütigen Fahrt hatten sich die beiden Frauen zunächst über den Fall ausgetauscht, aber auch einige private Worte gewechselt. Melanie Siemer war in etwa so alt wie Jana und im Gegensatz zu ihr sportbegeistert. Ihre Freizeit verbrachte sie, wann immer es ging, mit ihrem Pferd, das sie in einem Reitstall bei Koblenz untergestellt hatte. Clemens hatte den beiden Frauen aufgegeben, Lutz Decker zu befragen, während er sich noch einmal mit Rainer Großmann unterhalten wollte. Als Jana und Melanie Siemer bei Lutz vorfuhren, stand Jessy wedelnd am Eisentor. Jana hatte erwartet, dass Lutz mit seiner Arbeit beschäftigt war, doch sie konnte ihn nirgends sehen und die typischen

Geräusche eines Steinmetzes waren ebenfalls nicht zu hören. Jessy machte keine Anstalten, die beiden Frauen am Eintreten zu hindern, und so machten sich die beiden auf die Suche nach Lutz. Aus einem Schuppen, zu dem ein Fahrweg führte, erklang ein metallisches Schlagen.

»Lutz!«, rief Jana. Niemand antwortete. Sie hatten das Tor beinahe erreicht, als das Geräusch aufhörte. Jana rief noch einmal seinen Namen. Sie hörte das Fallen eines Werkzeuges, dann öffnete sich das alte Tor mit einem Quietschen. Lutz streckte seinen Kopf heraus.

»Ach, du bist es, Jana«, sagte er und kam ihr entgegen. »Du hast noch jemanden mitgebracht?«, fragte er mit Blick auf Melanie Siemer.

»Ja, Lutz, ich muss dir nun mitteilen, dass ich aus einem dienstlichen Grund hier bin.« Sie stellte sich dem verdutzten jungen Mann vor. Melanie Siemer tat es ihr gleich.

»Wir ermitteln im Fall Antje Haak«, fügte die Kommissarin hinzu. »Zunächst wüssten wir gerne, wo Sie sich in der Johannisnacht zwischen 23 Uhr und 3 Uhr morgens aufgehalten haben.«

»Ihr verdächtigt mich, etwas mit Antjes Tod zu tun zu haben?« Er klang enttäuscht. »Nicht dass ihr euch wundert, dass ich davon weiß«, sagte er. »Das ganze Dorf spricht von nichts anderem.«

»Zunächst befragen wir Sie lediglich als Zeugen«, klärte Melanie Siemer ihn auf. Jana konnte ihm nicht in die Augen sehen und wich seinem fragenden Blick aus, bis sie zu der Erkenntnis kam, dass es nichts gab, wofür sie sich schämen musste. Schließlich hatte sie ihn am Ende einer – mehr oder weniger – privaten Wanderung kennengelernt, sein Vertrauen hatte sie sich jedenfalls nicht erschlichen.

»Ich habe dich hinter dem Absperrband gesehen, als wir die Spuren gesichert haben. Du erinnerst dich?«

Lutz nickte und knetete in der Hand einen alten, öldurchtränkten Lappen.

»Also, wo warst du, nachdem wir uns das letzte Mal vor der Martinshütte gesehen haben?«

Lutz strich seine rotblonden Haare zurück, putzte seine ölverschmierte Hand an dem Lappen ab und lehnte sich an die Schuppentür, die mittlerweile ins Schloss gefallen war.

»Ich bin kurz nach dir runtergefahren, mit meinem Quad. Scheißkarre übrigens, schon seit gestern schraube ich daran rum.«

»Hast du jemanden gesehen auf der Strecke zurück ins Tal?«

»Ja, eine Frau mit Hund und dann später …« Er warf den Lappen auf einen Tisch in der Nähe. »Antje.« Er wartete ab, ob eine der beiden Frauen etwas sagen würde, doch sie blieben stumm. »Ich hab sie mitgenommen und … Sie ist gleich reingegangen, ins Hotel. Beim Abladen habe ich dann vor dem Hotel diesen Mann getroffen, der offensichtlich eure Wanderung organisiert hat.«

»Kanntest du Antje vorher schon? Wusstest du, wer sie war, als du sie aufgelesen hast?«, fragte Jana.

»Nein.«

»Haben Sie Frau Haak also am Hotel abgesetzt?«, fragte Melanie Siemer.

»Ja, das sagte ich eben.«

»Und danach?«

»Danach, ja … Ich habe die Flaschen zurückgebracht, mich noch etwas mit den Angestellten des Hotels unterhalten. Dann bin ich nach Hause gefahren.«

»Wie spät war es da?«, wollte Jana wissen.

»Keine Ahnung. Ich wollte mich hinlegen, aber ich konnte nicht schlafen und bin dann mit dem Quad einfach so in der Gegend rumgefahren.«

»Mitten in der Nacht?«, fragte Melanie Siemer.

»Ja, ist nicht verboten, oder? Aber das Scheißteil hat so komische Geräusche gemacht, dass ich dann wieder zurückgefahren bin, weil ich nicht irgendwo zwischen Schuld und Reifferscheid auf der Strecke stranden wollte.«

»Wie spät war es da?«

»Ehrlich, ich hab die Karre in den Schuppen gebracht und hab mich hingelegt. Keine Ahnung … Kein Alibi also.«

»Noch mal zu Antje. Du kanntest sie wirklich nicht schon länger?«, wollte Jana wissen.

»Nein. Aber als ich mich vor dem Hotel von ihr verabschiedet habe, da schaute sie mich so seltsam an. Sie fragte mich, wie alt ich sei.« Er machte eine Pause.

»Wie alt bist du?«

»31.«

»Das passt«, murmelte Jana. Melanie Siemer schien ihre Bemerkung entgangen zu sein. Lutz jedoch nicht.

»Und dann fragte sie mich nach meinem Namen«, berichtete er weiter. »Nachdem ich ihn genannt hatte, schaute sie mich noch durchdringender an, und dann sagte sie, ich hätte die Augen meiner Mutter …«

»Deine Mutter ist Claudia Seiler, richtig?«

»Ja, erst da begriff ich, dass sie eine Freundin meiner Mutter gewesen sein musste.«

»Du hattest keine Ahnung, wer die Leute waren, die sich dort oben auf der Hütte trafen?«

»Nein, ich weiß es auch jetzt nicht.«

Wenn das stimmte, dann hatte in all den Jahren niemand mit Lutz intensivere Gespräche über die Vergangenheit seiner Mutter geführt.

»Sie heißen doch Decker? Steht ja auch auf dem Schild da draußen, richtig?«, fragte Melanie Siemer.

»Ja … Wollen wir uns vielleicht setzen?«, fragte Lutz unvermutet. Jana bemerkte, wie sehr ihn die Erinnerung mitnahm. Die beiden Frauen hatten dagegen nichts einzuwenden. Lutz führte sie zu einer alten Steinbank. Er selbst nahm auf einem klapprigen Holzstuhl Platz.

»Hast du die auch restauriert?«, fragte Jana, während sie mit ihrer Hand über die Oberfläche der Bank strich. Lutz nickte beinahe verlegen. Dieser kräftige junge Mann wirkte mit einem Mal so verletzlich.

»Würdest du uns erzählen, was du über deine Mutter weißt?«

»Es geht um meine Mutter?«, fragte Lutz erstaunt.

»Ja, auch. Ich kenne den Vermisstenfall ein wenig.«

»Du meinst, Antjes Tod und Mutters Verschwinden hängen zusammen?« Lutz' Augen weiteten sich. Er kombinierte schnell.

»Ich darf dir nichts dazu sagen. Vielleicht erzählst du uns erst einmal, warum dein Nachname Decker ist. Hieß dein Vater so?«

»Wenn ich wüsste, wer mein Vater ist …«, murmelte er mit gesenktem Blick. Dann sah er auf. »Nein, der Bruder meiner Großmutter hat mich adoptiert.«

»Kannst du uns das näher erklären? Was ist mit deinen Großeltern?«

»Meine Großmutter war schon sehr krank, als meine Mutter verschwand. Sie hatten eine Reise unternommen, so hat man es mir erzählt. Meine Oma wusste wohl, dass es ihre letzte sein würde. Wären sie damals nicht im Urlaub gewesen, wäre meine Mutter vielleicht niemals verschwunden …«

»Meinst du?«

»Ich weiß es nicht. Ich glaube nicht, dass man mir die ganze Wahrheit über meine Mutter gesagt hat.«

»Deine Großmutter …«

»Ja, meine Großmutter starb wenige Monate später. An meinen Opa kann ich mich irgendwie besser erinnern als an meine Großmutter, obwohl ich noch so klein war. An meine Mutter habe ich überhaupt keine Erinnerung …«

»Was geschah mit Ihrem Großvater?«, hakte Melanie Siemer nach.

»Er nahm sich ein Jahr später das Leben. Die Leute sagen, aus Kummer. Wenn man die Fotos von ihm sieht, kann man das gar nicht glauben. Er war so ein starker, großer Mann …«

»Und dann sind Sie bei Ihren Verwandten aufgewachsen, dem Bruder Ihrer Großmutter?«

»Ja, es war eine gute Zeit, keine wunderschöne Kindheit, aber vermutlich besser als bei meinen Großeltern, denn sie waren doch schon älter. Günther und Christa, also meine Adoptiveltern, waren schon in Ordnung.«

»Hat man nie nach Ihrem Vater gesucht?«

»Nicht dass ich wüsste.«

»Und du willst es nicht wissen, auch heute nicht?«

»Vielleicht schon«, antwortete Lutz sehr zögerlich.

»Hast du irgendwelche Erinnerungsstücke von deiner Mutter?«, wollte Jana wissen.

»Nicht viele, aber ich löse gerade das Haus meiner Adoptiveltern in Aremberg auf. Könnte gut sein, dass ich was finde. Wäre mir wichtig, mehr über meine Mutter zu erfahren. Nach den ganzen Gerüchten, die über sie im Umlauf sind. Wer war sie wirklich?« Er blickte ins Leere, dann bewegte er seinen Kopf und starrte auf etwas. Jana erkannte, wohin. Es war das alte Familienkreuz, das sie bei ihrem ersten Besuch bewundert hatte. Jana las in seinem Gesicht nicht nur Sentimentalität, sondern merkte, dass er über etwas nachdachte.

»Erst habe ich es für einen dummen Scherz gehalten. Aber heute Morgen war das hier in meinem Briefkasten.« Er kramte in der Tasche seiner grauen Arbeitshose und zog ein gefaltetes Blatt Papier heraus, das er Jana entgegenhielt.

»Darf ich es lesen?«, fragte Jana. Auf sein Nicken hin faltete sie das Blatt auseinander. Sie brauchte die geschriebenen Zeilen nur zu überfliegen, denn der Inhalt war derselbe. Den Wortlaut kannte sie von dem Brief, den sie im Abfallkorb am Tatort gefunden hatten.

»Meine Mutter ist wieder da, dachte ich zuerst. Aber das ist Bullshit, entschuldigt. Sie hätte sich nicht mit so einem Wisch bei mir gemeldet.«

»Vielleicht hat sie Schuldgefühle?«, gab Melanie Siemer zu bedenken. Obwohl Jana ihr vorhin gesagt hatte, dass sie nicht an eine Rückkehr Claudias glaube, schien die Kommissarin es für möglich zu halten. Oder wollte sie Lutz nur zu einer Aussage verleiten?

»Nein, ich weiß es doch auch nicht. Ich bin gerade sehr verwirrt«, antwortete Lutz.

»Können wir den Brief mitnehmen?«, fragte Melanie Siemer.

»Ja, bitte. Meine Fingerabdrücke sind natürlich auch darauf.«

»Wenn wir deine DNA hätten, könnten wir abgleichen, ob das Schreiben von deiner Mutter stammt oder nicht«, fiel ihr plötzlich ein, wie sie an Lutz' DNA kommen konnte.

»Habt ihr denn so ein Wattestäbchen dabei?«, fragte er. Er klang irgendwie hoffnungsvoll. »Ich meine, das sieht man doch in den Fernsehkrimis …«

Melanie Siemer musste schmunzeln. Fand sie Janas Verhalten nicht übergriffig? Schließlich hatten sie gar nicht abgesprochen, ob Jana überhaupt aktiv an der Befragung mitwirken durfte. Oder hatte Clemens das im Vorfeld bereits mit Melanie Siemer geklärt?

»Ich geh zum Wagen …« Jessy, die urplötzlich wieder aufgetaucht war, folgte der Kommissarin bis zum Tor.

»Ich wüsste so gerne, was mit meiner Mutter passiert ist«, sagte Lutz leise. »Sie wird zwar immer eine Fremde für mich bleiben, aber trotzdem … Ich habe mich schon öfter gefragt, wie mein Leben verlaufen wäre, wenn ich bei ihr aufgewachsen wäre. Die Leute sagten über sie, sie sei ein Flittchen gewesen, aber das kann ich mir nicht vorstellen.«

»Wer sagte das? Auch deine Großeltern und deine Adoptiveltern?«

Lutz kippelte auf seinem Stuhl hin und her. »Nee, die eher weniger. Auch wenn Christa manchmal so was in der Art angedeutet hat. Aber wohl eher, weil die Leute im Dorf so über meine Mutter redeten.«

Nachdem Lutz seine Speichelprobe abgegeben hatte, verabschiedeten sich Jana und Melanie Siemer von ihm. Jana hätte noch gerne eine Weile mit ihm geplaudert, doch die

Kommissarin drängte zum Aufbruch. Irgendwie tat ihr Lutz leid. Dass er in seinem tiefsten Innern unglücklich war, war ihr nicht entgangen. Was machte es mit einem Menschen, der seit seiner frühesten Kindheit ständig zu hören bekam, dass seine Mutter ein leichtfertiges Leben geführt hatte? Und wenn das dann noch nicht einmal den Tatsachen entsprach?

Obwohl Melanie Siemer auf direktem Weg nach Ahrweiler zurückfahren wollte, konnte Jana sie dazu bewegen, einen anderen Weg einzuschlagen. Dass die Kommissarin an der Abzweigung zur Landesstraße anhielt, um sich von Clemens die Erlaubnis für diesen Umweg zu holen, fand Jana einerseits nachvollziehbar, andererseits versetzte es ihr jedoch auch einen Stich. Denn sie merkte, dass sie als Kriminaltechnikerin und Tatortfotografin nicht auf einer Stufe mit den Kommissaren stand. Letztendlich hatte sie es also wieder einmal Clemens zu verdanken, dass sie den Ermittlungen Impulse geben durfte. Bereits auf der Hinfahrt hatte Jana in ihrem Handy die Adresse des Ortschronisten von Aremberg herausgesucht, um seine Erinnerungen an die 1980er-Jahre abzurufen. Dass Lutz ebenso detailliert über seine Großeltern gesprochen hatte, war dabei durchaus von Vorteil.

»Was meinen Sie?«, fragte Melanie Siemer, als sie gerade an Fuchshofen vorbeifuhren. »Welches Motiv könnte Lutz Decker haben, Antje Haak umzubringen?«

Hielt die Kommissarin immer noch an dieser Version fest?

»Lutz war es nicht«, sagte Jana trocken.

»Kann es sein, dass Sie nicht ganz objektiv sind?«, fragte Melanie Siemer sachlich.

»Ich bin objektiv. Ich sehe nur absolut keinen Anhaltspunkt für Ihre Theorie.«

»Aber Sie haben sie schon in Erwägung gezogen?«

»Was würde denn dafür sprechen?«, entgegnete Jana ruhig.

»Wieso betätigt sich ein Steinmetz überhaupt als Getränkedienst?«

»Weil man sich in einem Ort, in dem jeder jeden kennt, gegenseitig hilft, vermutlich.«

»Und dass er mit seinem Quad genau zur Tatzeit umherfährt?«

»Na ja, solange man keine Spuren von ihm am Tatort findet, gilt die Unschuldsvermutung. Und ja, ich sehe kein Motiv.«

»Wie wäre es, wenn Antje Haak etwas mit dem Verschwinden von Claudia Seiler zu tun hatte und er das herausgefunden hat?«

»Und dann schüttelt er sie, damit sie ihm sagt, wo seine Mutter ist, und sie fällt unglücklich?«

»Könnte doch so gewesen sein. Vielleicht ist seine Mutter aber auch tot, was ja wohl am wahrscheinlichsten ist, und Antje Haak hat etwas damit zu tun.«

»Rache? Nach all den Jahren?«

Melanie Siemer blinkte nach rechts und bog in Antweiler nach Aremberg ab.

»Tut mir leid, ich denke, wir sollten zunächst herausfinden, was damals wirklich geschehen ist, als Claudia Seiler verschwand. Darum möchte ich mit dem Ortschronisten sprechen.« Jana vermied es, die Kommissarin anzuschauen, aber ihr war so, als würde sie mit den Augen rollen. Keine gute Basis für eine erfolgreiche Zusammenarbeit, wenn man sich auf einen Verdächtigen einschoss.

»Hat Lutz denn irgendwelche Abwehrspuren?«, fragte Jana trotzig.

»Na, untersucht haben wir ihn ja nun nicht.«

»Aber die Abwehrspuren werden ja auch nur an Stellen zu finden sein, die nicht von Kleidung überdeckt sind«, entgegnete Jana. »Am Hals oder an den Armen oder im Gesicht.«

»Warten wir die DNA-Analyse ab. Wo ist denn nun das Haus dieses Ortschronisten?«

Jana schaute auf ihre Karte am Handy. »An der Kirche vorbei, noch ein Stück. Da, gleich das nächste Haus gegenüber der Kirche.«

Als der Wagen zum Stehen gekommen war, stieg Jana aus. »Wollen Sie nicht mitkommen?«, fragte sie, als sie merkte, dass die Kommissarin keine Anstalten machte, ihre Position hinter dem Lenkrad zu verlassen.

»Gehen Sie ruhig allein, mich interessiert die Ortsgeschichte nicht. Wenn Sie nicht zu lange bleiben, warte ich hier und notiere mir Stichworte der Aussage von Lutz Decker.«

Dann nicht, dachte Jana verschnupft und warf die Autotür zu. Zwei Sandsteinstufen führten zur Eingangstür eines älteren Hauses. Am Türsturz befanden sich zwei Klingeln. Jana betätigte die Klingel neben dem Schild mit dem Namen »Manfred Effert«. Doch der Ortschronist schien nicht zu Hause zu sein. Es war anzunehmen, dass er nur ehrenamtlich als Chronist tätig war und tagsüber arbeitete. Sie hatte keine Ahnung, wer sich hinter »B. Effert« auf dem zweiten Klingelschild verbarg, doch so unversehens wollte sie nicht abziehen, zumal sie sich vor Melanie Siemer keine Blöße geben wollte. Sie hätte ja schließlich ihren Besuch vorher telefonisch ankündigen können. Jana hatte schon nicht mehr damit gerechnet, da hörte sie von drinnen Schritte auf einer hölzernen Treppe. Ein altes Mütterchen öffnete zaghaft und blickte Jana verunsichert an.

»Guten Tag, mein Name ist Jana Vogt. Ich komme von der Polizei in Koblenz.« Sie unterließ es, die Mordkommission ins Gespräch zu bringen, um die alte Frau nicht zu erschrecken.

Doch die alte Frau war durchaus auf Zack. »Da kann ja jeder kommen und das behaupten.«

Jana zückte ihren Dienstausweis, doch sie merkte, dass das die alte Frau noch nicht überzeugte. »Sie möchten sicher wissen, in welcher Angelegenheit. Eigentlich wollte ich Manfred Effert sprechen, weil ich etwas über die Ortsgeschichte in Erfahrung bringen möchte, was uns möglicherweise bei unseren Ermittlungen weiterhelfen kann.

»Ach so, Sie möchten zu meinem Sohn. Manfred ist im Urlaub in Nordfrankreich. Aber vielleicht kann ich Ihnen weiterhelfen?« Sie öffnete die Tür nun ganz, sodass Jana in den altmodischen Flur blicken konnte. »Möchten Sie hereinkommen?« Die alte Frau ging voraus. »Bitte schließen Sie die Tür!«, rief sie und verschwand in einem der Räume. Jana drückte die Eingangstür zu und folgte der Alten in einen gepflegten und geschmackvoll eingerichteten Raum mit vielen Regalen, in denen unzählige Bücher standen.

»Ich kann Ihnen natürlich im Detail nicht weiterhelfen, aber wenn Sie mir sagen, was Sie wissen möchten, kann ich Ihnen vielleicht ein Buch heraussuchen.«

Jana überlegte, was genau Sie hatte fragen wollen. Ein informelles Gespräch mit jemandem, der sich auskannte, wäre ihr lieber gewesen.

»Tja, wie soll ich es formulieren. Ich wüsste gerne mehr über die Jahre 1985 bis vielleicht 1995 hier in Aremberg. Es geht eher um einen ersten Überblick.«

Die alte Frau überlegte eine Weile und lief an den Regalen entlang. »Für einen ersten Überblick. Hier in Ärbersch. So, so. Da gebe ich Ihnen am einfachsten die Heimatbücher mit.« Sie zog einige Bände heraus, stapelte sie auf dem Schreibtisch, nahm ein Blatt von einem Notizblock und überreichte es Jana zusammen mit einem Kugelschreiber. »Würden Sie bitte draufschreiben, wer Sie sind und wie mein Sohn Sie erreichen kann?«

Jana gab der Frau Blatt und Stift zurück und überreichte ihr stattdessen ihre Visitenkarte.

»Kennen Sie zufällig eine Familie Seiler?«, versuchte Jana so beiläufig wie nur möglich zu fragen.

Die alte Dame verzog das Gesicht. »Die wohnten mal hier im Ort, aber«, sie begann zu flüstern, »ich will ja nicht lästern, es waren keine guten Leute und dann lag auch noch dieser Fluch über der Familie.« Sie schaute bedeutungsvoll.

»Ein Fluch? Wie meinen Sie das?«

»Die Frauen führten kein sittsames Leben und dafür wurden sie bestraft, allesamt, über Generationen hinweg, ja, die Decker-Frauen …« Sie seufzte und blickte an Jana vorbei aus dem Fenster. »Ihre Vorfahren sollen Hexen gewesen sein.«

Jana ging über die letzte Bemerkung hinweg. »Wissen Sie, was mit der Tochter passiert ist?«

Die alte Frau drehte den Kopf ruckartig in Janas Richtung. »Sie meinen die Claudia? Ja, wie soll ich sagen? Verschwunden ist sie halt, durchgebrannt mit einem Mann, hat ihr Kind im Stich gelassen. Entweder sie führt heute noch ein lasterhaftes Leben oder der Krebs hat sie hinweggerafft wie ihre Mutter.«

»Das ist aber ganz schön hart, was Sie da sagen«, entgegnete Jana betroffen.

»Ja, wenn ich es ausspreche, klingt es wirklich gemein«, gab sie zu. »Ich werde heute Nachmittag das Grab von Maria besuchen und mich bei ihr entschuldigen.«

»Maria, ist das …?«

»Ja, das ist Claudias Mutter.«

»Wer pflegt denn das Grab?«, fragte Jana weiter.

»Sie wollen aber viel wissen. Hat das was hier mit uns in Ärbersch zu tun?«

»Es geht um einen aktuellen Fall, mehr kann ich Ihnen leider nicht sagen.«

»Also gut. Der Lutz, das ist Claudias Sohn, also Marias Enkel, der kommt häufiger vorbei und sieht nach dem Rechten, auch jetzt, da er ja den Hausstand der Deckers auflösen muss. Ein feiner Junge, obwohl …«

»Obwohl?«

»Na ja, die Leute sagen, er habe immer noch keine Frau und das könne doch eigentlich nur bedeuten, dass er«, sie begann zu flüstern, »Sie wissen schon, vom anderen Ufer ist.« Sie verzog das Gesicht.

»Sie meinen, er liebt Männer? Wäre das denn verwerflich?« Ihr war die Bemerkung so herausgerutscht.

Die alte Frau ließ sich mit einer Antwort Zeit. »Nein, wenn ich darüber nachdenke, ist es nicht verwerflich, eher befremdlich. Die Leute im Dorf reden, vor allem die, die die Seilers und die Deckers gekannt haben.« Es klang ehrlich.

Jana war erleichtert, dass sie die alte Dame dazu gebracht hatte, über ihre Vorurteile nachzudenken. Sie bedankte sich, nahm den Bücherstapel an sich und verließ das Haus mit einem Gruß und dem Versprechen, die Bücher bald wiederzubringen.

3. TAG: SPÄTER NACHMITTAG

»Ich könnte mich daran gewöhnen«, sagte Clemens und machte die Beine lang.

»Woran?«, fragte Jana, die in der Terrassentür stand und ihn beobachtete.

»Daran, so viel freie Zeit wie möglich mit dir zu verbringen.«

»Ich dachte schon, du kommst nur wegen der schönen Aussicht über Ahrweiler hierher«, frotzelte Jana.

»Auch«, antwortete Clemens und stand auf, um Jana das Tablett mit den Getränken abzunehmen. »Wo gehst du hin?«, fragte er, als sie wieder in das Innere der Wohnung zurücklief.

»Kuchen holen«, rief sie von drinnen und kam kurz darauf mit zwei Tellern zurück, auf denen zwei Stücke Rotweinkuchen lagen. Die Sahne glänzte in der Sonne.

»Seit wann trinkst du denn diesen grünen Tee?«, fragte Clemens, während er sich Kaffee aus einer Isolierkanne einschenkte.

»Seitdem ich kein Fleisch mehr esse. Wäre vielleicht auch für dich mal einen Gedanken wert«, entgegnete Jana.

»Du meinst, ich ernähre mich nicht gesund? Bisher hat dir die Pizza, die ich mitgebracht habe, immer geschmeckt.«

»Na ja, ab und zu ist ja auch okay …«, räumte Jana ein.

»Ich muss bald wieder los«, gab Clemens zu bedenken.

»Ich weiß«, seufzte Jana. »Dabei hätte ich noch so viel mit dir zu besprechen.«

»Kommst du nachher mit zur heutigen Abschlussbesprechung?«

»Muss ich?«, fragte Jana, die zu gerne ihre eigenen Notizen ordnen und ihre Hypothesen überdenken sowie die Heimatbücher durchstöbern würde.

»Nein, nicht unbedingt. Gibt es noch etwas, das du mir mitteilen möchtest?«

Jana hatte zuvor von ihrem Besuch bei Lutz Decker berichtet. »Ehrlich, warum sollte Lutz ein Interesse daran haben, Antje zu beseitigen?«

»Wir warten die DNA-Analyse ab, dann sehen wir weiter, aber prinzipiell gebe ich deiner Version den Vorzug. Ich weiß, dass Melanie Siemer anders denkt. Aber was anderes: Vielleicht ist es für dich und deine Beschäftigung mit dem Vermisstenfall von Bedeutung.«

Jana setzte sich gerade hin und trank hastig den letzten Schluck ihres Tees aus.

»Ich war heute Vormittag, wie du weißt, bei Rainer Großmann im Haus seiner Eltern in Bad Neuenahr. Ein schönes, gepflegtes Haus in der Nähe der Parks. Noch habe ich nur eine informatorische Befragung durchgeführt, aber ich werde nicht umhinkommen, Rainer Großmann als Zeugen zu vernehmen. Morgen kommt er in die Dienststelle nach Ahrweiler.«

»Waren seine Eltern auch anwesend?«

»Ja, sein Vater ist zwar nicht bettlägerig, aber wohl schwer krank. Er wirkte einerseits niedergeschlagen, andererseits unruhig.«

»Was hat er denn? Demenz?«

»Nein, das ist es wohl nicht. Sie rücken nicht so ganz mit der Sprache heraus, ich vermute, es ist etwas Organisches, wahrscheinlich Krebs. Ich hatte auch den Eindruck, dass Vater und Sohn nicht die Wahrheit sagten beziehungsweise etwas verschweigen. Rainer Großmann jedenfalls interessiert sich meines Erachtens zu sehr für den Verbleib von Claudia Seiler, er wirkt geradezu besessen von dem Drang, ihr Schicksal zu klären.«

»Er will also aufdecken, was mit ihr geschehen ist, und nichts vertuschen?«

»Nein. Es ist zwar denkbar, dass er aus Antje etwas herauskitzeln wollte und es bei dem Streit zu einem tragischen Unfall gekommen ist …«

»Würde er dann weiter so offensiv mit seinem Wunsch, den Vermisstenfall aufzuklären, umgehen? Hast du dich das mal gefragt?«, gab Jana zu bedenken.

»Habe ich und ich komme genau zu dem Schluss, den auch du ziehst.«

»Aber was ist es dann, was die beiden uns verheimlichen?«

Clemens griff nach seiner Kaffeetasse. »Hast du noch ein Stück Rotweinkuchen?« Jana schüttelte den Kopf.

»Irgendwas ist damals passiert und es muss mit dieser Theatergruppe zusammenhängen«, sagte sie voller Überzeugung.

»Ach, ja, apropos«, sagte Clemens. »Ich habe dir noch etwas mitgebracht.« Er stand auf und ging in die Wohnung, wo Jana ihn nach etwas kramen hören konnte. Als er zurückkehrte, trug er eine etwa DIN-A4-große Pappschachtel in der Hand.

»Ich habe mich schon gefragt, was da drin ist«, sagte Jana. Ihre Augen strahlten voller neugieriger Erwartung.

Clemens rückte seinen Stuhl neben ihren, bevor er ihr mehr über den Inhalt der Schachtel verriet. »Darin sind Fotos aus den Studienjahren von Rainer Großmann. Wenn du magst, kannst du die mal durchsehen. Vielleicht findest du irgendwas, einen Hinweis, der uns im Fall der Vermissten weiterbringt. Ich habe nur mal wahllos einige Fotos herausgezogen, die meisten sind von Rainer und seiner Familie.«

Als Clemens gegangen war und sie einen längeren Spaziergang mit Usti hinter sich gebracht hatte, zog sich Jana in ihr Arbeitszimmer zurück. Bereits nach wenigen Minuten sah es wüst aus. Auf dem Boden lagen die Heimatbücher, die sie aus Aremberg mitgebracht hatte, die Pappschachtel mit den Fotos stand noch auf dem Schreibtisch. Außerdem hatte sie einige Seiten aus dem Internet ausgedruckt, in denen es um das Stück von Arthur Miller ging. Und sie hatte sich Informationen über die Orte beschafft, die bislang in den beiden Fällen eine Rolle gespielt hatten. Alles, was sie zusammengetragen hatte, lag großflächig auf dem Boden verteilt. An ihrem Laptop sitzend war sie gerade dabei, die wichtigsten Daten aus der Akte Claudia Seiler in eine Datei zu übertragen, die sie sich in einem Computerprogramm angelegt hatte. So gut es ging, versuchte sie noch einmal die Ereignisse nach Aktenlage zu rekonstruieren. »Man müsste mit dem damals ermittelnden Kommissar sprechen«, murmelte sie laut vor sich hin. Er könnte ihr bestimmt weiterhelfen. Ob Clemens ihn kontaktieren konnte? Sie rief ihn auf dem Handy an und teilte ihm ihren Wunsch mit. Er wollte sich darum kümmern, versprach er. Vor lauter Ermittlereifer hatte Jana ganz vergessen zu fragen, ob Clemens heute wieder vorhatte, bei ihr zu übernachten. Sie blätterte weiter durch die alten Akten, übertrug die eine oder andere Information in ihre Datei, doch ihre Konzentrationsfähigkeit ließ mehr und mehr nach. Dafür wanderte ihr Blick immer häufiger zu der Pappschachtel mit den Fotografien. Jana war und blieb ein visueller Mensch. Sie legte ein Lesezeichen in die Akte, schob ihren Laptop zur Seite und zog die Schachtel zu sich heran. Obwohl sie es gewohnt war, sehr persönliche Dinge in Händen zu halten wie Tagebucheinträge, Fotos, Notizen von Lebenden oder manchmal gerade Verstorbenen, so hatte sie doch jedes Mal erneut Skrupel. Im Leben anderer zu wühlen, kostete sie Überwindung und sie dachte bei sich, dass sie sich diese Charaktereigenschaft unbedingt bewahren musste. Den Respekt vor dem Leben und den persönlichen Sachen anderer durfte sie niemals verlieren. Die Schachtel enthielt ein Sammelsurium von Fotografien. Wahllos zog Jana die eine oder andere heraus. Mal handelte es sich um Kinderfotos von Rainer, mal um Aufnahmen von Feten aus den 80ern oder um Urlaubsfotos der Familie. Rainers Vater war in früheren Jahren ein sehr attraktiver Mann. Rainer musste heute etwa im selben Alter wie sein Vater damals sein. Endlich fand Jana das, was sie inständig zu finden gehofft hatte: Ablichtungen der Theaterproben. Allerdings suchte sie Dokumentationen der Proben an einem der Schauplätze im Ahrtal vergeblich. Einige Fotografien zeigten die Studenten auf der Bühne eines Unihörsaales. Allerdings trugen sie keine Kostüme, sondern die typische Kleidung aus den 80ern. Auf einem Szenenfoto erkannte sie Antje und Rainer, auf einem anderen Kordula und

Jörg. Ob es zur Rolle gehörte, dass Kordula Jörg so sehnsüchtig anblickte? Darüber hinaus fragte sich Jana, ob die Aufnahmen vor oder nach Claudias Verschwinden entstanden waren. Beinahe verärgert registrierte sie, dass es offensichtlich kein einziges Foto in der Schachtel gab, das Claudia zeigte. Wenn sie alle Abzüge anschauen würde, wäre sie morgen früh noch nicht damit fertig. Einen letzten Versuch unternahm sie dennoch, griff erneut hinein und zog einige Fotografien heraus. Sie konnte es selbst kaum fassen, wie viel Glück sie hatte. Sie hatte ein Gruppenfoto gefunden, auf dem nicht nur Claudia zu sehen war, sondern das die Studenten auch in ihren Kostümen zeigte. Dabei hätte sie Claudia beinahe gar nicht erkannt, doch sie war es. Sie musste es sein. Auf dem Foto, das der Akte beigefügt war, hatte Claudia einen roten Kurzhaarschnitt. Hier auf dem Foto hatte sie offensichtlich eine Perücke auf. Die dunkelblonden Haare waren lang und strähnig. Das helle Kleid wirkte altertümlich und sollte wohl das Kleid einer Puritanerin imitieren. Genau so hatte die weiße Frau ausgesehen, die Jana und Clemens gestern einen Besuch an der Feuerstelle über Schuld abgestattet hatte. Was war eigentlich aus dem Stofffetzen geworden, den Usti von seiner Verfolgungsjagd mitgebracht hatte? Könnte man feststellen, ob der Stoff schon älter war oder neu? Wenn das Kleid sogar Claudia gehört hatte, trieb hier möglicherweise jemand aus Claudias engstem Umfeld ein seltsames Spiel. Je länger Jana über die nächtliche Begegnung nachdachte, desto mehr beschlich sie die Ahnung, dass sie bislang nur einen Bruchteil von dem wussten, was damals wirklich passiert war. Zu allem Überfluss begann sie daran zu zweifeln, ob die Erscheinung im weißen

Kleid wirklich eine Frau und nicht vielleicht sogar ein Mann gewesen war.

Sie lud die Fotos, die sie von der Gruppe in Aremberg gemacht hatte, auf ihren Laptop hoch, legte eine Tabelle mit den Namen an und trug alles Relevante für den Fall darin ein.

Ulrike Daus: übernahm Claudias Rolle der Abigail Williams. Alibi?
Dorothee Pflüger: ?
Kordula Lück: War sie damals in Jörg verliebt?
Jörg Orlowski: äußerte sich despektierlich gegenüber Antje
Christoph Würtz: ?
Ralph Kühn: undurchschaubar, Atheist?
Antje Haak: Freundin und Vertraute von C. S., wusste sie etwas über deren Verschwinden? Was wollte sie Rainer mitteilen?
Rainer Großmann: Initiator der Jubiläumswanderung, Interesse an Aufklärung des Vermisstenfalles C. S., Begegnung mit Antje vor ihrem Tod. Kein richtiges Alibi.

Das war in der Tat nicht viel, aber wenigstens war sie allen bereits begegnet und sie hatte sich ein Bild von ihren Charaktereigenschaften machen können, bevor Antje zu Tode gekommen war. Sie würde später mit Clemens diese Liste durchgehen, um sie mit den Daten zu ergänzen, die er und seine Kollegen zusammengetragen hatten. Plötzlich schoss ihr ein Gedanke durch den Kopf. Lutz hatte doch davon gesprochen, dass er seinen Vater gar nicht kannte, nicht einmal seinen Namen. Könnte Rainer sein

Vater sein? War er deshalb so darauf bedacht, das Schicksal von Claudia zu klären? Wusste er möglicherweise sogar, dass Lutz sein Sohn war, wenn er es denn war? Aber was hatten die Briefe und der nächtliche Mummenschanz zu bedeuten? Dafür kam Rainer Großmann nicht infrage. Einem Politiker würde sie solche Schachzüge ohnehin nicht zutrauen. Die Bemerkung der Mutter des Ortschronisten von Aremberg fiel ihr wieder ein. Was hatte sie über Claudia und den weiblichen Teil ihrer Familie gesagt? Die Frauen seien lasterhaft gewesen? Das betraf lediglich den Vermisstenfall. Wie aber ging es bei den Ermittlungen im Todesfall Antje Haak voran? Was hatten die Befragungen der Angehörigen erbracht?

Ungeduldig fieberte Jana Clemens' Anruf entgegen und hoffte inständig, dass er heute Abend noch vorbeikommen würde. Doch als ihr Handy schließlich klingelte, enttäuschte er sie.

»Ich habe in Koblenz zu tun und werde heute Nacht hier bleiben«, teilte er ihr mit, doch seine Stimme verriet ihr, dass er sich genauso nach ihr sehnte wie sie sich nach ihm.

4. TAG: VORMITTAG

Der neue Tag begann erfreulich. Clemens hatte in aller Früh angerufen, dass er auf dem Weg nach Ahrweiler sei und sie später bei der Vernehmung von Rainer Großmann dabeihaben wolle. Doch da Clemens auf der A 61 beinahe eine Stunde im Stau gestanden hatte, reichte es sprichwörtlich nur für ein Croissant zwischen Tür und Angel, bevor sie zur Dienststelle in Ahrweiler losmussten, wohin Rainer Großmann bestellt worden war. Die Fotos behielt Jana erst einmal, da Clemens dagegen nichts einzuwenden hatte. Usti blieb zu Hause, er kannte es ja nicht anders: Mal durfte er mit, mal eben nicht. Er verstand es, sich zu beschäftigen, ohne etwas in der Wohnung zu zerstören. Das Leben war aufregend genug, sodass er meistens einfach nur döste oder an seinem Gummiball nuckelte, wenn Jana arbeitete. In Köln hatte sie ihn oft von der Nachbarin betreuen lassen, wenn sie nicht absehen konnte, wie lang ihr Dienst dauerte. Hier hatte sie bisher noch niemanden gefunden, außer Meike für Notfälle. In die Dienststelle nach Koblenz durfte sie Usti bislang noch mitbringen, aber einen Dauerzustand wollte sie daraus nicht machen, obwohl alle sehr nett zu ihr und dem Terrier waren.

Die Zeugenvernehmung von Rainer Großmann brachte zunächst nichts Neues ans Licht, nicht zuletzt deshalb, da Rainer heute die Beherrschtheit eines Politikers an den Tag legte. Seine mangelnde Auskunftsfreude hing möglicherweise mit der vorausgegangenen Belehrung über seine Rechte zusammen, vielleicht färbte aber auch die Wahl seiner Kleidung auf ihn ab. Sein Anzug hatte aus dem Wanderer wieder einen Politiker gemacht. Später, so gab er an, wollte er einen unaufschiebbaren Termin wahrnehmen. Doch es dauerte nicht lange, und die Fassade bröckelte, und der Rainer kam zum Vorschein, den Jana kennengelernt hatte. Er musste es nicht explizit ansprechen. Jana merkte auch so, dass es zwischen ihm und seinem Vater Differenzen gab. Aufgrund einer unbedachten Äußerung verriet er, dass sein Vater, Dr. Großmann, Claudia sehr wohl gekannt hatte und sich sogar heute noch an sie erinnern konnte. Er hatte gegenüber seinem Sohn von ihr als dem »Mädchen mit den roten Haaren« gesprochen. Noch etwas erfuhren Jana und Clemens eher beiläufig, nämlich dass Rainer 1988 bei seiner ehemaligen Schule, dem Kurfürst-Konrad-Gymnasium in Bad Neuenahr-Ahrweiler, vorstellig geworden war und den Vorschlag unterbreitet hatte, das Stück nach der Premiere an der Universität an seiner ehemaligen Schule aufzuführen. »Aber schließlich sprachen sich die Eltern der Schüler dagegen aus«, sagte Rainer und es war ihm anzumerken, dass er das immer noch nicht nachvollziehen konnte.

»Warum das?«, wollte Jana wissen.

»Das Stück fanden einige Lehrer und die Elternvertreter moralisch verwerflich und anstößig. Also wirklich, ein Stück von Arthur Miller!«, fluchte er. »Wäre das alles?«, fragte er hastig, stand auf und machte Anstalten, den Vernehmungsraum zu verlassen.

»Herr Großmann, warten Sie bitte. Was uns einfach nicht in den Kopf will, ist, warum Sie ein gesteigertes Interesse am Vermisstenfall Claudia Seiler an den Tag legen.«

Die Röte stieg vom Hals aufwärts in Rainers Gesicht.

»Sie müssen sich nicht selbst belasten, das habe ich Ihnen vorhin schon erklärt«, fügte Clemens hinzu, als Rainer anscheinend nicht antworten wollte. »Aber vielleicht können Sie uns ja helfen …«

Immer noch blieb er stumm.

»Ich könnte Ihnen aber beweisen, dass ich mit Antjes Tod nichts zu tun habe«, bot er unvermittelt an.

Ein überlegter Schachzug womöglich?

»Ihr Alibi gibt das aber nicht her«, fasste Clemens zusammen.

»Ja, aber wenn Sie meine DNA benötigen, kann ich Ihnen gern eine Speichelprobe geben.«

»Das hatten wir auch noch nie«, sagte Clemens. »Bisher sind Sie kein Beschuldigter, sondern wir vernehmen Sie lediglich als Zeugen, das wissen Sie.«

»Ja, aber es würde die Dinge vielleicht vereinfachen, und Sie hätten mehr Kapazität, die richtige Richtung bei der Suche nach den Tatbeteiligten einzuschlagen.«

»Rainer, du weißt doch etwas«, sagte Jana, die sich bislang zurückgehalten hatte.

»Jana!«, mahnte Clemens. »Wenn er von seinem Zeugnisverweigerungsrecht Gebrauch macht …«

»Ich weiß nichts, wirklich. Es ist nur so … Ach, bitte, fragen Sie meinen Vater. Er ist schwer krank und möchte, dass die Dinge noch geklärt werden.«

Jana und Clemens sahen einander völlig perplex an. Rainer trug offensichtlich gerade einen inneren Konflikt mit sich aus. Nun kam Dr. Großmann, sein Vater, plötzlich ins Spiel. Wieso war er es, der die Dinge aufgeklärt wissen wollte? Welche Dinge überhaupt?

Nachdem Clemens Rainer Großmann hatte gehen lassen, ohne eine DNA-Probe von ihm zu nehmen, besprach er sich mit Jana. Die beiden waren sich einig, dass sie Dr. Großmann befragen mussten. Rainer Großmann hatte etwas in Bezug auf seinen Vater verschwiegen, aber wie viel er wirklich wusste, würden sie erst in Erfahrung bringen, wenn sie mit dem ehemaligen Uni-Dozenten gesprochen hatten. Wegen seiner Krankheit mussten sie mit Bedacht vorgehen und sich vorab seiner Vernehmungsfähigkeit versichern. Auch wenn es keine konkreten Anhaltspunkte gab, so vereinbarte Clemens gleich einen Termin mit der Schulsekretärin des Kurfürst-Konrad-Gymnasiums, um nichts unversucht zu lassen. »Vielleicht liegt dort der Schlüssel zu den Ereignissen«, murmelte er beinahe ein wenig resigniert. Jana konnte seine Gefühlslage nachempfinden, denn sie hatten immer noch keine Idee, warum jemand Antje in die Tiefe gestürzt hatte – und was mit Claudia passiert war. »Was haben denn die Befragungen der Angehörigen ergeben?«, wollte sie wissen.

»Nicht viel, aber eine Sache konnten wir in Erfahrung bringen. Antjes Schwester berichtete uns, dass Antje vor Jahrzehnten eine Fehlgeburt hatte.«

»Wann war das?«

»Sie wusste es nicht mehr ganz genau, es muss Ende der 80er gewesen sein.«

»Meinst du, einer der Studenten war der Vater des Kindes?«

»Die Schwester kannte den Vater des Kindes nicht.«

»Der Freund, ein One-Night-Stand oder eine Vergewaltigung? Gibt es dazu keine Erkenntnisse?«

»Nein, die Kollegen haben nichts dazu im Protokoll vermerkt.«

»Das wäre aber wichtig, auch für den Fall.«

Clemens brummte vor sich hin. »Ich rufe bei den Großmanns an, ob wir nachher bei Ihnen vorbeikommen können.«

»Ich hole mir mal einen Tee, willst du auch was?«, fragte sie, in der Tür des Vernehmungsraum wartend.

»Was Kühles, ein Wasser. Wir treffen uns im Zimmer nebenan, da haben mir die Kollegen ein Büro eingerichtet«, sagte Clemens.

Als Jana vom Getränkeautomaten zurückkam, saß Clemens bereits am Schreibtisch. Er schüttelte den Kopf. »Dr. Großmann liegt im Bett. Seine Frau bat mich, morgen noch einmal anzurufen. Vielleicht geht es ihm dann besser.«

»Oh. Will er nicht mit uns sprechen oder ist er wirklich so krank?«

»Gute Frage, aber wir werden es vorerst so hinnehmen müssen, wie es ist. Ich habe jedoch eine gute Nachricht für dich. Du könntest dich heute Nachmittag mit Konrad Brambach treffen, das ist …«

»Der damals ermittelnde Hauptkommissar. Das ging aber schnell. Wohnt er in der Nähe?«

»Ja, in Oberwinter. Er kommt mit der Bahn. Er geht regelmäßig in den Parks spazieren. Er ist heute gegen 16 Uhr im Kaiser-Wilhelm-Park, magst du hingehen? Und wir statten vorher noch dem Gymnasium einen Besuch ab.«

»Jetzt gleich. Und warum du? Kann das nicht jemand anderes machen, das ist doch keine Aufgabe für einen Hauptkommissar?«, warf Jana ein.

»Da hast du recht. Aber die anderen sind mit Detailaufgaben befasst. Und ehrlich, seitdem ich vorwiegend die Dozentur innehabe, fehlt mir die Ermittlungsarbeit.«

»Apropos, kannst du da so einfach fehlen?«, war Janas nicht unbegründete Frage.

»Nein, eigentlich nicht. Aber es ist gerade ein Modul dran, das auch ein Kollege übernehmen kann.«

»Das klingt nicht so, als wärst du wirklich mit dem Herzen dabei. Das klang doch vor Kurzem noch ganz anders.«

»Ach, Jana. Das Herz. Wollen wir los?«

Was war nur mit Clemens los? Midlife-Crisis etwa?

»Von mir aus. Kann ich danach Mittagspause machen?«

»Wegen Usti? Ja klar.«

Sie benötigten mit dem Auto keine fünf Minuten bis zur Schule. Ariane Schnepp, die Schulsekretärin, erwartete sie bereits am Eingang. In der Schule war es ruhig, unerwartet ruhig. Die Gänge waren menschenleer.

»Wir haben Ferien«, sagte Ariane Schnepp, als sie Clemens' fragenden Blick sah. Ich mache noch ein paar abschließende Arbeiten und dann habe ich auch frei«, sagte sie im Gehen. Jana und Clemens folgten ihr. Der typische Geruch rief bei Jana Erinnerungen an ihre eigene Schulzeit wach, nicht nur gute.

»Sie waren schon einmal hier, nicht wahr?«, sagte die Schulsekretärin zu Clemens, während sie die Tür zum Sekretariat aufstieß. Jana betrachtete Clemens von der Seite und glaubte zu erkennen, dass er sich an die blonde junge Frau erinnert hatte, die so gar nicht ihrer Vorstellung von einer Schulsekretärin entsprach. Zu ihrer Zeit waren die Hüterinnen über Klassenbücher und Lehrerbriefe wesentlich älter, ein wenig untersetzt und nur in sehr eingeschränktem Maß zuvorkommend gewesen, zumindest an Janas Schule.

»Ich war eben noch mit dem Hausmeister im Keller. Der war nicht wirklich begeistert, dass ich ihn dazu verdonnert habe, mir zu helfen. Aber als er hörte, dass die Polizei vorbeikäme, hat er sich dann doch herabgelassen.« Ariane Schnepp deutete auf einen Pappkarton, der auf dem Tresen stand. »Viel haben wir aber nicht mehr gefunden.«

Jana begann, die Unterlagen einer ersten Sichtung zu unterziehen. Gab es Schriftstücke, die die damaligen Elternbeschwerden über die Aufführung des Stückes von Arthur Miller zum Inhalt hatten? Immerhin schien Rainer damals ein großes Interesse an der Durchführung der Veranstaltung gehabt zu haben. Würde sie etwas finden, das dem Politiker Rainer Großmann heute noch schaden würde? Etwas, das einige seiner Kommilitonen wussten, Antje gewusst hatte, weil er es ihnen anvertraut hatte? Hatte es Anschuldigungen gegen Rainer gegeben, sich Mitschülerinnen unsittlich genähert zu haben? Sie hoffte so, ein Motiv zu finden, warum Antje hatte sterben müssen.

»Kennen Sie eine Lehrerin oder einen Lehrer, der bereits 1988 hier an der Schule tätig war?«, wollte Clemens gerade wissen, als die Tür zum Sekretariat aufflog.

»Was machst du denn hier?«, wollte Jana wissen, die von dem Pappkarton aufschaute und direkt in das Gesicht von Dorothee Pflüger schaute.

»Jana, du? Ermittelt ihr hier wegen Antje?« Die ehemalige Kommilitonin von Claudia und Antje blickte ungläubig.

»Ach, Frau Pflüger, richtig? Wir haben uns kurz im Hotel in Schuld gesehen. Stimmt, Sie arbeiten hier«, sagte Clemens. Jana ahnte, dass er diesen Umstand die ganze Zeit schon bedacht hatte. Hatte er sie womöglich im Visier? Aber warum hatte er nicht erwähnt, dass sie hier auf Dorothee Pflüger treffen würden?

»Du hast uns alle ganz schön überrascht«, wandte sie sich an Jana, ohne auf Clemens' Bemerkung einzugehen. »Nie hätten wir gedacht, dass du als Fotografin bei der Polizei arbeitest.«

Offensichtlich hatte man über sie geredet. Auch wenn es Jana nicht behagte, sie hätte es sich denken müssen.

»Die Befragung haben meine Kollegen durchgeführt«, mischte sich Clemens ein. »Seit wann arbeiten Sie noch mal an dieser Schule?«

»Nach meinem Referendariat kam ich hierher. Mitte der 90er-Jahre.«

»Brauchen Sie mich noch?«, fragte Ariane Schnepp. »Ich würde gerne noch weiterarbeiten, damit ich diesen Mauern für einige Zeit den Rücken zuwenden kann.«

»Machen Sie nur«, entgegnete Clemens. »Aber könnten Sie mir bitte rausschreiben, welcher Lehrer …«

»Ach ja, das mache ich, dauert aber ein Weilchen.« Sie stöhnte leise. »Wenn Sie nebenan im Besucherzimmer Platz nehmen möchten, dann suche ich Ihnen die Namen raus.«

»Frau Schnepp, ich wollte nur noch das hier abgeben.« Dorothee reichte der Schulsekretärin eine blaue Mappe und steuerte den Ausgang an, doch Clemens hielt sie zurück.

»Würden Sie uns für eine informatorische Befragung noch einige Minuten zur Verfügung stehen?«

»Warum nicht«, antwortete Dorothee und ließ die Türklinke wieder los, um Jana und Clemens in das nebenan gelegene Besprechungszimmer zu folgen.

»Ist Ihnen möglicherweise noch etwas eingefallen, nachdem Sie nun ein wenig Abstand zu den Ereignissen haben? Irgendetwas, auch ein noch so unbedeutend erscheinendes Detail?«, fragte Clemens, nachdem sie sich auf die Schwingsessel, die um einen niedrigen Tisch gruppiert waren, gesetzt hatten.

»Wegen Antje? Sie meinen, am Abend? Nein, ich habe mir den Kopf zermartert, aber nein. Ich war müde und hatte auch ein wenig zu viel getrunken. Ich habe geschlafen wie ein Stein.«

»Und früher, damals, als ihr an der Uni zusammen wart und das Stück geprobt habt. Ist irgendwas in der Zeit vorgefallen?«, fragte Jana. Sie beugte sich zu Dorothee hinüber.

»Nein. Ich weiß nur, dass Antje und Claudia immer zusammenhockten. Insgeheim haben alle Männer damals Claudia angehimmelt. Ich könnte mir vorstellen, dass Antje ihr nachgeeifert hat.«

»Inwiefern?«, fragte Clemens.

»Ich hatte den Eindruck, dass sie versuchte, Claudia zu kopieren. Sie trug ähnliche Kleidung, begann sich wie sie zu benehmen …« Sie strich sich eine graublonde Haarsträhne aus dem Gesicht, die sofort wieder zurückfiel, sodass Dorothee sie ärgerlich hinter das Ohr klemmte.

Die Schulsekretärin stand plötzlich mit der Liste in der Tür. Clemens ging ihr entgegen. Auch Jana erhob sich.

»Hast du noch etwas auf dem Herzen?«, fragte Jana und setzte sich wieder.

»Ja, mir ist doch noch etwas eingefallen.«

Clemens deutete Ariane Schnepp an, dass sie allein sein wollten, und schloss hinter ihr die Tür.

»Ich habe an dem Abend nur wenige Worte mit Antje gewechselt. Aber mir ist aufgefallen, dass sie immer wieder in eine bestimmte Richtung gestarrt hat.«

»Sie meinen, sie hat jemanden angeschaut?«

Dorothee nickte.

»Wen?«, fragte Jana.

»Das ist es ja, was mich so ärgert. Ich konnte es einfach nicht erkennen. Sie blickte immer wieder zur Hütte, aber da standen ja so viele.«

»Auch Rainer Großmann?«

Dorothee überlegte. »Nein, der war da nicht dabei. Sie muss einen anderen im Visier gehabt haben.«

»Können Sie sich noch an die Personen erinnern?«

»Ein oder zwei Leute vom Hotel, dann Christoph und Jörg. Und Ruth, ja, die auch.«

Clemens notierte sich die Namen.

»War der Mann, der die Getränke gebracht hatte, auch dabei?«, fragte Jana.

»Nee, der kam erst später, oder war er doch schon da? Ich weiß es nicht mehr.«

»Können Sie die beiden Personen, die Hotelangestellten, näher beschreiben?«

»Eine Frau und ein Mann, sehr unscheinbar. Er vielleicht irgendwie osteuropäisch. Aber es war ja schon so dunkel«, sagte sie fast entschuldigend.

»Gut, Frau Pflüger, danke. Möglicherweise haben Sie uns mit dieser Beobachtung geholfen.«

Clemens gab Jana zu verstehen, dass er gehen wollte.

»Weißt du etwas von einer geplanten Aufführung eures Stückes hier an der Schule?«, fragte Jana.

Dorothee wirkte sehr überrascht. »Nein, hatte Rainer das geplant?«

»Du wusstest das nicht? Warst du nicht hier auf der Schule?«

»Nein, ich bin erst als Referendarin hierhergekommen, das sagte ich doch eben bereits.« Sie klang leicht gereizt. »Seid ihr deshalb hier, wegen des Stückes?«

Jana schwieg und stand auf. Dorothee hielt sie zurück.

»Ich habe hier noch etwas, das ich euch vielleicht zeigen sollte.« Sie warf einen Blick auf Clemens, bevor sie in ihrer Tasche zu kramen begann. Nach einer Weile holte sie ein zerknittertes Blatt Papier hervor. Clemens war inzwischen näher getreten. Dorothee faltete das Blatt auseinander und zeigte es erst Jana, die mit einem raschen Blick erfasst hatte, worum es in dem Schreiben ging. Auch Clemens erkannte die Handschrift sofort.

»Wann und wie kamen Sie an dieses Schreiben?«

»Es lag in meinem Briefkasten. Ich habe es gestern Abend entdeckt.«

»Kam es so? Ohne Umschlag?«, fragte Clemens.

Dorothee nickte. »Das hat mich auch gewundert.

»Sie sind nicht die Einzige, die ein solches Schreiben erhalten hat. Können wir es mitnehmen?«

Wieder nickte Dorothee. »Meinen Sie, es stammt wirklich von Claudia?«

Auf dem Rückweg zur Dienststelle waren Jana und Clemens sich einig, dass sie schnellstmöglich dem oder der ominösen Briefeschreiberin auf die Schliche kommen mussten.

»Weißt du schon, ob es einen DNA-Abgleich von dem Stofffetzen und den asservierten Proben gibt?«, wollte Jana wissen. Clemens musste sie enttäuschen, denn keine der DNA-Analysen war bereits fertig.

»Das würde uns um einiges weiterbringen. Lebt Claudia noch, ist sie es, die umherstreift und alle zum Narren hält?«, fragte Jana.

»Ich weiß«, antwortete Clemens. »Wir lassen nichts unversucht und sind gerade dabei, alles, was wir wissen, bei ViCLAS einzugeben. Nicht dass es schon einmal einen ähnlichen Fall gab und wir es mit einem Serientäter zu tun haben. Von dir brauche ich noch einige Daten, damit wir den Fragebogen möglichst detailliert ausfüllen können. Vielleicht findet sich ja ein Treffer und wir können anhand des Täterverhaltens eine überörtliche Tatserie ermitteln.«

Gerade kamen sie bei der Dienststelle an. »Soll ich das jetzt gleich machen, oder …?«

»Ach, ja, wir hatten gesagt, dass du Mittagspause machst und dich danach mit Konrad Brambach triffst. Ich fahr dich nach Hause und du kommst dann später noch mal rein. Wenn du magst, würde ich heute wieder bei dir übernachten.«

Natürlich hatte Jana nichts dagegen einzuwenden.

4. TAG: NACHMITTAG

Die Sonne blinzelte durch das Blätterdach der Platanen im Kaiser-Wilhelm-Park, dessen Lage direkt an der Ahr prädestiniert für einen nachmittäglichen Spaziergang mit Hund war. Clemens hatte Jana mitgeteilt, dass Konrad Brambach am Schwanenteich auf sie warten würde, als sie vorhin am Ahrtor aus seinem Auto gestiegen war. Usti war glücklich und stolzierte hoch erhobenen Hauptes neben seinem Frauchen her. Rund um den Teich spazierten viele Leute, manche mit Kindern, die die imposanten Nilgänse mit großen Augen beobachteten. Viele Ältere mit oder ohne Gehhilfen. Auf einer Bank im Schatten saß ein grauhaariger Mann. Ob das der ehemalige Hauptkommissar war? Jana trat näher, um sein Gesicht zu erkennen, das er dem Treiben auf dem Teich zugewandt hatte. Als sie ihn beinahe erreicht hatte, sah sie einen Rollator neben ihm stehen. Am anderen Ende des Teiches entdeckte sie einen weiteren Mann, der auf jemanden zu warten schien. Mittlerweile hatte auch er Jana bemerkt und lief auf sie zu. Seine sportlichen Bewegungen jedoch ließen Jana daran zweifeln, ob es sich bei ihm um Konrad Brambach handelte. Der Mann, so hatte sie herausgefunden, musste bereits sein 80. Lebensjahr überschritten haben.

»Ist das Usti?«, rief er ihr aus einiger Entfernung zu.

Somit bestand kein Zweifel an der Identität des Mannes. Clemens hatte nämlich erwähnt, dass er dem ehemaligen Hauptkommissar nicht nur Janas, sondern auch Ustis Namen verraten hatte. Usti, für den jedes Mal, wenn sein Name erklang, etwas Spannendes passierte, bellte einmal vor freudiger Erwartung.

»Ja«, sagte Jana lachend. »Und ich bin Jana Vogt«, sagte sie und ging ihrer Verabredung die letzten Schritte entgegen. Nach einem freundlichen Hallo, bei dem Usti wieder einmal die Hauptrolle spielte, beschlossen Jana und Konrad Brambach, sich auf die nun frei gewordene Bank im Schatten zu setzen. Während Usti verträumt die auf dem Wasser schwimmenden Enten beobachtete, wechselten sie einige allgemeine Worte, bis Jana auf den Altfall und den möglichen Zusammenhang mit dem aktuellen Tötungsdelikt zu sprechen kam.

»Ja, Hauptkommissar Wieland hat mir schon einen kurzen Abriss der Ereignisse gegeben. Wie ich erfahren habe, haben Sie sich die alte Akte vorgenommen?«

»Ja, eigentlich ging es um etwas ganz anderes, ich wollte nur die Entwicklung der Tatortfotografie für Herrn Wieland aufbereiten. Ich hatte in den anderen Akten interessantere Fälle für diese Fragestellung gefunden. Claudia Seilers Akte hatte ich eigentlich schon beiseitegelegt, jedoch noch nicht zurück ins Archiv gebracht. Und dann kam diese Gelegenheit, die ehemalige Theatergruppe kennenzulernen, die eine nicht unerhebliche Rolle in dem Vermisstenfall spielt.«

»So?«

»Ich wusste gleich, als ich mit einem der Namen konfrontiert wurde, dass neues Leben in den alten Fall kommen würde. Und nachdem ich den Menschen begegnet bin, bestanden keine Zweifel mehr. Manches kommt erst nach Jahrzehnten ans Licht, weil die Menschen sich verändern oder deren Leben plötzlich eine unerwartete Wendung nimmt.« Sie musste an Dr. Großmanns Krankheit denken.

Konrad Brambach schaute sie interessiert an.

»Sie erinnern sich vermutlich kaum noch an den Fall, oder?«, fragte Jana.

»Das stimmt, das letzte Mal habe ich mir den Vermisstenfall kurz vor meiner Pensionierung vorgenommen. Ich kann kaum noch etwas zu den heutigen Ermittlungen beitragen.«

»Mir geht es auch gar nicht so sehr um Details, eher um Ihre Eindrücke, die allgemeine Stimmung damals …«

»Sie sind auf dem richtigen Weg, liebe Jana Vogt. Die Fakten sind das eine, aber Sie lassen sich auf das ein, was nicht in Worte zu fassen ist. Das meine ich durchaus positiv. Wir beschäftigen uns schließlich mit Menschen, wie Sie sagten, mit deren Beziehungen, mit deren Psyche. Ein Gespür für Menschen zu haben, das ist das A und O in unserem Beruf.«

Hätte Jana die Neigung dazu, so wäre sie nun rot geworden.

»Ich schweife ab«, sagte er mit einem verschmitzten Lächeln. »Tatsächlich hatte ich eine Ahnung, dass die Leute im Ort mehr wussten, als sie aussagten. Aber ohne Anhaltspunkte konnten wir keine Verhöre durchführen. Es existierte eine Mauer des Schweigens einerseits, und doch gab es viele Andeutungen. Über Moral, Laster bis hin zu Hexenkram.«

Jana wusste, was er meinte, und erinnerte sich sofort wieder an das Gespräch mit Frau Effert in Aremberg.

»Kennen Sie den heutigen Ortschronisten, Manfred Effert?«

»Effert, Moment. Ach, Chronist ist der junge Mann von damals nun. Ja, ich erinnere mich. Seine Mutter war etwas seltsam.«

»Sie haben doch damals mit den Eltern von Claudia gesprochen. Dass sie bald gestorben sind, das weiß ich. Aber wieso lief das alles damals so … schleppend? Warum hat man nicht in der näheren Umgebung nach ihr gesucht, zum Beispiel mit Spürhunden? Ich meine das nicht als Vorwurf, bitte verstehen Sie das nicht falsch. Es hätte ja auch einen Unfall geben können …«

Konrad Brambach legte seine Hand auf Janas Oberarm. »Ich würde mich das an Ihrer Stelle ebenfalls fragen. Aber alles klang damals so plausibel. Die wilde Claudia war mit einem jungen Mann durchgebrannt. Man sagte damals, nach Spanien, nein, Frankreich.«

Jana fand die Erklärung aus heutiger Sicht recht dürftig.

»Da war diese Nachbarin, die auf den Sohn von Claudia Seiler aufgepasst hat«, fuhr Konrad Brambach fort. »Sie hat zu Protokoll gegeben, dass Claudia ihr anvertraut hat, dass sie nach Frankreich, Nordfrankreich, glaube ich, abhauen wollte.«

»Haben Sie das denn nie überprüft?«

»Schon, ohne Ergebnis. Aber auch damals war es doch so, dass ein Erwachsener, und das war Claudia zu der Zeit ja, seinen Aufenthaltsort frei wählen konnte. Es gab keine Anhaltspunkte für ein Verbrechen, wenn Sie das meinen.«

»Hat man denn gezielt danach gesucht?«, fragte Jana. Sie wollte den ehemaligen Ermittler nicht angreifen, aber sie wunderte sich, warum man sich auf die Aussage dieser einen Zeugin verlassen hatte. Sie musste sich das Protokoll der Vernehmung unbedingt noch einmal durchlesen, wenn sie wieder zu Hause war. Und wenn es nur einen Punkt gab, der sie stutzig werden ließ, wollte sie Clemens bitten, mit dieser Zeugin von damals Kontakt aufzunehmen.

»Nein, wir haben vermutlich einen Fehler gemacht«, räumte Konrad Brambach unumwunden ein. »Wir hatten damals einige Fälle zu bearbeiten. Das ist keine Entschuldigung, aber wir hatten hin und wieder personelle Engpässe.«

Jana ließ es dabei bewenden. »Wie alt war diese Nachbarin damals?«

»Ein wenig älter als die Vermisste, schätze ich. Aber sie wirkte älter, verbittert irgendwie. In dem Alter schon, dachte ich damals.«

»Und Manfred Effert, wie alt war er?«

»Der müsste in Claudia Seilers Alter gewesen sein.«

»Seltsam«, sagte Jana. »Denn er befindet sich gerade in Nordfrankreich, jetzt da alles wieder anfängt und diese ominösen Briefe auftauchen.«

Sie erzählte Konrad Brambach davon. Vielleicht hielt sich Manfred Effert gar nicht mehr in Frankreich auf, sondern hatte Claudia abgeholt und hierhergebracht? Um, ja, um was zu tun? Antje umzubringen? Dann wäre es töricht, mit den Briefen Claudias Anwesenheit erst wieder ins Spiel zu bringen. Oder hatte Effert aus Frankreich Claudias Kleidungsstücke mitgebracht, wo auch immer er sie besorgt hatte, um damit den Fokus auf Claudia zu lenken?

»Ich brauche ein Foto von ihm«, sagte Jana, nachdem

sie eine Weile stumm neben dem ehemaligen Hauptkommissar auf der Bank gesessen hatte.

»Von wem? Effert?«

Jana brummte ein »Ja«.

»Na, das lässt sich doch bestimmt finden. In einem Zeitungsbericht, auf Facebook.«

»Ja, das werde ich wohl in Angriff nehmen.«

4. TAG: ABEND

Jana war mit Konrad Brambach noch eine Weile durch den Kaiser-Wilhelm-Park spaziert. Dabei hatte sie zwar einiges aus seinem früheren Berufsleben erfahren, aber hinsichtlich des Falls hatte sie das Gespräch kaum weitergebracht. Oder vielleicht doch, denn sie hatte sich eine neue Hypothese zurechtgelegt. Dieser Spur ging sie gerade nach und suchte im Internet nach Fotos von Manfred Effert. Nachdem sie diese gefunden hatte, konnte sie zumindest ausschließen, dass der Ortschronist an jenem Abend in ein Frauenkleid geschlüpft war, um dieses Schauspiel vor der Martinshütte aufzuführen, denn Manfred Effert war untersetzt und von kräftiger Statur. Wenn die Frau doch Claudia gewesen war, schoss es ihr durch den Kopf. Aber warum inszenierte sie das alles? Jana blickte Hilfe suchend auf die Akte, die rechts von ihr auf dem Schreibtisch lag, konnte sich jedoch nicht dazu durchringen, erneut darin zu lesen. Sie hätte sich vorhin Notizen machen sollen, denn da war noch eine Spur, die sie verfolgen wollte. Erst jetzt merkte Jana, wie unkonzentriert sie war und wie wenig sie heute gegessen hatte. Sie holte sich einen Salat von der Dachterrasse, den sie dort in Kübeln zog, und bereitete ihn in der Küche zu. Gerade als sie das Geschirr abräumen und wieder an ihren Schreibtisch gehen wollte, hörte sie Geräusche an der Tür. Es war Clemens.

»Was für ein langer und ergebnisloser Tag«, murmelte er und gab Jana einen innigen Kuss. »Darf ich gleich mal duschen?«, fragte er und hielt Jana eine in Papier eingepackte warme Mahlzeit hin.

»Du warst noch im Bioladen?«

»Ja, ist aber leider nicht mehr viel da gewesen, nur noch einige Gemüseburger«, sagte er so, als könne er etwas dafür.

»Danke«, rief Jana und küsste ihn. »Du musst übrigens nicht fragen, ob du duschen darfst«, flüsterte sie ihm ins Ohr und kuschelte sich an ihn, die Tüte mit dem Abendessen zur Seite haltend. »So könnte es ewig sein«, seufzte sie.

»Aber erst muss ich duschen …«

»Spielverderber!«, schimpfte Jana albern und schob den verdutzten Clemens mit ihrer freien Hand zur Badezimmertür.

Während sie einen weiteren Salat zubereitete, lauschte sie dem Wasserrauschen im Badezimmer. Wie schön das klang. Endlich war sie abends nicht mehr so oft allein. Draußen war es herrlich, die Luft mild, sodass Jana den Tisch auf der Dachterrasse deckte. Pfeifend gesellte sich Clemens einige Minuten später zu ihr. Nachdem sie gegessen hatten, kamen sie, wie nicht anders zu erwarten, auf den Fall zu sprechen. Sie tauschten Neuigkeiten aus, doch viel war es nicht und ergiebig erst recht nicht. Clemens stellte Jana einige Fragen, um morgen den ViCLAS-Fragebogen zu vervollständigen.

»Ich denke nicht, dass dabei etwas rauskommt«, war sich Jana sicher. »Alles, was geschieht, steht in Bezug zu den uns bekannten beteiligten Personen. Da gibt es keine ähnlich gelagerten Fälle. Wir müssen nur wissen, worum es eigentlich geht.«

Clemens pflichtete ihr bei. »Soll ich uns einen Wein holen?«, bot er an. Unten auf der Straße waren abendliche Spaziergänger zur hören.

»In der Küche steht noch ein Spätburgunder aus dem Weingut in Rech«, sagte Jana.

Kaum war Clemens zurückgekehrt und hatte ihnen beiden eingeschenkt, begann Jana laut zu denken: »Wen hat Antje nur angestarrt? Du weißt, was ich meine?«

»Ja, die Bemerkung von Dorothee Pflüger heute Vormittag.«

»Und warum? Hat sie vielleicht jemanden wiedererkannt?«

»Wie kommst du darauf?«

»Na ja, wir haben uns bislang auf die ehemaligen Studenten konzentriert, also die Theatergruppe. Was ist, wenn sie gar nicht einen von denen angeschaut hat?«

»Du meinst …«

»Vielleicht jemanden vom Hotel? Ist doch möglich, oder?«

»Ja klar. Hm, auf eine Fahrt nach Schuld habe ich keine Lust. Mit dem einen Glas Wein würde es zwar noch gehen, aber das hat bis morgen Zeit. Oder?«

»Das musst du wissen, du bist der ermittelnde Hauptkommissar.«

»Ich rufe mal in der Dienststelle an, ob da noch jemand ist und mir wenigstens die Namen der Angestellten des Hotels mitteilen kann. Das muss ja in den Protokollen stehen.«

Während er telefonierte, ging Jana hinein, um ebenfalls kurz zu duschen. Als sie wiederkam, stand Clemens an der Brüstung der Dachterrasse und blickte in die Ferne. Die Kirchturmuhr zeigte kurz nach 21 Uhr an. Jana wusste, dass er sie gehört hatte, trotzdem schlich sie sich von hinten an und umarmte ihn.

»Du riechst gut«, sagte er und drehte sich um. »Gibt es eigentlich schon was Neues in Sachen Prozess?«, fragte er. Vermutlich hatte er beim Hereinkommen den Brief der Staatsanwaltschaft auf dem Schränkchen im Flur liegen gesehen.

»Ja, der Prozess wurde verschoben.«

»Was? Warum?«

»Keine Ahnung. Ich könnte grad … Ich möchte es einfach hinter mich bringen.«

Clemens nahm sie in den Arm. Sie standen eine Weile einfach nur so da. Jana hätte wegen des Kloßes im Hals ohnehin nichts sagen können.

»Und wie heißen nun die Angestellten des Hotels?«, fragte sie, als der Druck nachgelassen hatte.

»Dein Lutz jedenfalls hat mit dem Hotel nichts zu tun, er hilft nur manchmal aus.«

Jana zog eine Grimasse. »Ihr Lutz« war es ja nun wirklich nicht. Clemens registrierte ihre gespielte Empörung sehr wohl, entgegnete aber nichts.

»Ist wohl ein Bekannter von demjenigen, der die Hütte vermietet«, fuhr er fort. »Die Frau heißt Franziska Rohleder. Neben einem Janko Soundso, hab den Namen eben nicht verstanden, hat der Inhaber des Hotels auch ein paarmal an der Hütte nach dem Rechten gesehen.«

»Jürgen Köbes.«

»Ja, richtig.«

»Könnte er etwas mit Antjes Tod und Claudias Verschwinden zu tun haben?«

»Wir klären das morgen ab. Ich weiß gerade nicht auswendig, wie ihre Alibis im Detail aussehen.«

»Ja, gut. Glaubst du eigentlich, dass Claudia noch lebt?«

Clemens hatte sich mittlerweile wieder gesetzt und zog Jana zu sich heran. Ihre Hüfte streichelnd antwortete er: »Nein, das glaube ich nicht. Wie du schon richtig beobachtet hast, damals hat man sich zu schnell von dem Gerede im Ort von weiterführenden Ermittlungen abhalten lassen.«

»Hast du dir mal Gedanken gemacht, wer diese Briefe schreibt und wie …«, sagte Jana, holte ihren Stuhl und platzierte ihn neben Clemens, »und wie er an die Adressen gekommen ist? Vor allem von Dorothee Pflüger?«

»Ja, aber ich bin noch zu keiner Lösung gekommen.«

»Was hältst du davon. Es gibt mehrere Varianten: Rainer hat alle Adressen, es wäre ein Leichtes für ihn und er hält sich ja zurzeit im Ahrtal auf. Eine andere: Jemand hat im Hotel die Meldezettel eingesehen, dann käme jeder Gast in Betracht, sofern die Unterlagen nicht unter Verschluss sind. Oder es war ein Angestellter des Hotels. Habt ihr denn auch die Gäste, die nicht zu der Wandergruppe gehörten, registriert?«

»Ja, das haben wir. Auf jeden Fall ist es kein Hexenwerk, an die Adressen zu kommen, meinst du.«

Jana nickte. »Hexenwerk. Wieso sagst du das?«

»Das sagt man doch so, Jana.« Clemens gähnte.

»Entschuldige. Aber dieses Gerede über Hexen und Flüche, das geht mir etwas auf die Nerven. Clemens?« Sie blickte ihn von der Seite an. Seine Augen hatte er geschlossen. »Willst du dich nicht hinlegen?«, fragte sie zärtlich, während sie seinen Arm streichelte.

Er öffnete seine Augen. »Besser ist's«, antwortete er. Er stand schwerfällig auf. »Und du?«

»Ich würde gerne etwas in den Akten nachschauen und vorher bringe ich Usti noch mal vor die Tür.«

»Okay«, gähnte Clemens. »Mach aber nicht zu lange. Morgen wollen wir als Erstes versuchen, Dr. Großmann zu sprechen.« Clemens hauchte Jana einen Kuss auf ihr Haar und schwankte schließlich in die Wohnung.

»Schlaf schön«, rief Jana ihm hinterher.

Nach einem kurzen Gang mit Usti über das Pflaster der Ahrweiler Straßen hatte sich Jana in ihr Arbeitszimmer zurückgezogen. Usti schnarchte im Flur. Sie liebte es, nachts zu arbeiten, wenn alles um sie herum schlief. Von Clemens hörte sie keinen Laut. Er hatte schon während der letzten Tage ruhiger als sonst gewirkt, hoffentlich war er nicht krank. Als Erstes nahm sich Jana den Karton vor, den sie heute Morgen aus der Schule mitgebracht hatten. Wider Erwarten fand sie darin tatsächlich einige aufschlussreiche Schriftstücke, darunter mehrere Briefwechsel besorgter Eltern mit dem Direktor. Darin ging es nicht nur um die Assoziationen, die das Stück von Arthur Miller bei den Schülern wecken könnte, sondern auch um einzelne Schauspieler. Auf Claudia hatte man sich besonders eingeschossen. Irgendjemand musste die Eltern darüber in Kenntnis gesetzt haben, dass sie alleinerziehend war und der Vater des Kindes unbekannt. Ferner beklagte sich eine Mutter, die von einer anderen Mutter gehört haben wollte, dass Claudia nicht nur im Stück okkulten Riten frönte, sondern auch in ihrem Heimatort Aremberg. Diese Mutter schrieb tatsächlich: »Dort in dem Eifeldorf sollen ungeheuerliche Dinge passieren.« Jana hatte angenommen, dass man in den 80ern aufgeklärter gewesen war. Heute würden viele anders darüber denken, aber damals hatte man diese Bedenken derart ernst genommen, dass sich der Direktor schließlich gezwungen sah, von einer Aufführung des Stücks Abstand zu nehmen. Man hatte sogar Rainer Großmann, dem Regisseur und ehemaligen Schüler des Kurfürst-Konrad-Gymnasiums, einen übellaunigen Brief geschrieben, in dem man ihm zwischen den Zeilen vorwarf, die Schule mit seinem Ansinnen in Misskredit bringen zu wollen. Ob man ihm seine Anfrage als verspätete Rache an seinen früheren Lehrern ankreidete? Wie eine interne Stellungnahme verriet, hatte sich sein ehemaliger Englischlehrer nicht gerade positiv über ihn geäußert und Rainer unterstellt, schon früher aufmüpfig und renitent gewesen zu sein. Worin diese Renitenz bestanden habe, gaben die Akten allerdings nicht preis. Was sollte Jana mit alldem nur anfangen? Sie versuchte, sich in die Schulzeit der 80er- und 90er-Jahre hineinzuversetzen. Aber was sollte das mit Antjes Tod und Claudias Verschwinden zu tun haben? In Janas Kopf ratterte es, aber es herrschte wieder einmal heilloses Durcheinander.

Nachdem sie sich ein Glas Wasser in der Küche geholt hatte, schlich sie auf leisen Sohlen zur Schlafzimmertür und lauschte. Doch statt sich neben Clemens zu legen, ging sie zurück ins Arbeitszimmer und blätterte in den Heimatbüchern, die ihr Frau Effert überreicht hatte. In gleich mehreren fand sie Berichte und Artikel über das Hexenwesen früherer Jahrhunderte. Sie las darin von Hexenverfolgungen und -prozessen in dem damaligen

Herzogtum Arenberg sowie dem kurkölnischen Amt Altenahr und der Vogtei Ahrweiler. Über Kommissare, Schöffengerichte, Besagungen, Teufelsmale und Teufelsbuhlschaft, Zauberei und Hexerei, Richtplätze und Hinrichtungen. Jana wurde ganz unheimlich zumute, je mehr sie sich mit den Denunziationen und falschen Vorwürfen beschäftigte, und musste feststellen, dass es meistens um Grenzstreitigkeiten, Viehseuchen, die man nicht erklären konnte, und Ehebruch gegangen war. In einem Artikel fand sie auch Näheres über die Bedeutung des Johannisfeuers, das im Volksglauben dazu geeignet war, Dämonen abzuwehren. Die heutige aufgeklärte Gesellschaft würde sich von derlei Wahn nicht leiten lassen. Doch waren Fake News, Hass-Postings und Troll-Kommentare wirklich so viel anders? Legten sie es nicht ebenso darauf an, Menschen zu diffamieren und die Gesellschaft zu verunsichern?

5. TAG: MORGEN

Mit schweren Gedanken im Gepäck hatte sich Jana schließlich irgendwann in der Nacht neben Clemens ins Bett gelegt. Er hatte sich zu ihr umgedreht und eine Liebesbotschaft gesäuselt, die sie nicht verstanden hatte, bevor auch sie eingeschlafen war. In ihren Träumen tummelten sich allerlei Dämonen und Hexenwesen. Doch Jana wusste bereits, während sie träumte, dass nichts davon real war. Trotzdem erwachte sie unter dem Eindruck der nächtlichen Lektüre seltsam bedrückt. Erst als frischer Kaffeeduft durch die Wohnung zog, wusste sie, dass ihre Welt weitgehend in Ordnung war. Jana hüpfte aus dem Bett, duschte sich, föhnte sich die Haare und gesellte sich gut gelaunt zu Clemens, der in der Küche saß und telefonierte. Als er aufgelegt hatte, begrüßte er sie mit einem innigen Kuss.

»Für dich habe ich heißes Wasser bereitet, schau mal, ob es die richtige Temperatur für deinen grünen Tee hat.«

Während Jana ihren Tee zubereitete, erklärte ihr Clemens, dass er soeben mit seinen Kollegen telefoniert habe und es Neuigkeiten gebe. Außerdem habe er den Stofffetzen einer Kollegin gegeben, die direkt festgestellt habe, dass die Fasern aus Kunstseide seien. »Ein Stoff«, sagte Clemens, »der nach dem Ersten Weltkrieg in Mode kam. Vermutlich stammt das Kleid aus den 20ern oder 30ern.«

»Was bedeutet das für uns?«, fragte Jana und stellte ihre Teetasse auf den Tisch. Sie nahm sich ein Croissant, ging ins Arbeitszimmer und suchte das Foto der Theateraufführung heraus, auf dem Claudia zu sehen war. Als sie es gefunden hatte, kehrte sie damit in die Küche zurück. »Schau mal hier«, sagte sie und hielt Clemens das Foto unter die Nase.

»Du meinst, das könnte von diesem Kleid stammen?«

Jana nickte.

»In der Tat sieht das Kleid alt aus. Vielleicht ein Familienerbstück.«

»Aber wie kommt es in den Besitz dieser Person, die mir an der Martinshütte begegnet ist?«, fragte Jana und griff nach ihrer Teetasse. »Entweder es war wirklich Claudia, was wir beide eigentlich ausschließen, oder jemand hat das Kleid gestohlen. Oder Claudia hat es der Person irgendwann einmal geschenkt.«

»Gibt es Fotos, auf denen diese andere Studentin in Claudias Rolle zu sehen ist?«

»Du meinst, Ulrike Daus? Dass sie damals das Kleid von Claudia getragen hat? Gut möglich.«

»Kannst du dir vorstellen, dass Ulrike Daus uns eine solche Privataufführung darbietet?«, fragte Clemens.

»Zumindest ist sie heute von allen als Einzige in dem Metier tätig. Allerdings müsste sie eine Perücke getragen haben, denn die Person hatte keine dunkelbraunen Haare.«

»Du hast doch während der Wanderung mit ihr gesprochen. Könnte sie ein Motiv haben, das zu inszenieren?«

»Lass mal überlegen. So viel fällt mir zu ihr nicht ein. Nur, dass offensichtlich alle scharf auf die Rolle der Abigail Williams waren, die Rolle, die Ulrike dann auch bekam. Ach, noch etwas: Antje meinte zu mir, dass Ulrike schon immer etwas speziell gewesen sei.«

»Inwiefern?«

Jana war ratlos.

»Ich denke, wir sollten langsam los. Machst du dich fertig? Währenddessen versuche ich, Frau Großmann zu erreichen. Ob wir heute kommen können.«

5. TAG: VORMITTAG

Tatsächlich hatte sich Dr. Großmanns Zustand gebessert, doch er fühlte sich zu schwach, um auf die Dienststelle zu kommen, weshalb Jana und Clemens ihm in seinem Haus in Bad Neuenahr einen Besuch abstatteten. Frau Großmann führte Jana und Clemens ins Wohnzimmer, in dem Dr. Großmann in einem Sessel saß. Auf den ersten Blick wirkte der alte Mann nicht schwer krank, doch das Sauerstoffgerät, das in einer Ecke des Raumes stand, verriet etwas anderes. Frau Großmann konnte zunächst nicht glauben, dass man sie bei der Vernehmung nicht dabeihaben wollte. Doch auf Clemens' wiederholte Bitte sah sie sich gezwungen, das Zimmer zu verlassen und die drei allein zu lassen. Kaum hatten Jana und Clemens sich gesetzt, da fing Dr. Großmann bereits an zu erzählen. »Wissen Sie, es ist gut, wenn man seinem Herzen am Ende des Lebens Luft macht …«

Doch Clemens musste ihn unterbrechen, um ihn über die Art der Vernehmung und über seine Rechte zu informieren. Der alte Mann nahm diese Belehrung unaufgeregt zur Kenntnis und schien erleichtert, als er endlich weitersprechen konnte.

»Sie haben es vermutlich schon erfahren, dass ich Claudia Seiler gut gekannt habe.«

Jana wurde stutzig und war gespannt, welches Bekenntnis nun folgen würde.

»Nein? Niemand hat berichtet, dass ich Claudia Seiler sehr nahestand? Das ist merkwürdig.«

Jana merkte Clemens an, dass er nicht vorhatte, Dr. Großmann zu unterbrechen. Doch auch so blieb der alte Herr zunächst bei dieser vagen Andeutung.

»Wenn Sie etwas aussagen möchten, müssten Sie etwas konkreter werden, Dr. Großmann. Sonst wäre es besser, Sie nehmen von Ihrem Aussageverweigerungsrecht Gebrauch, vor allem wenn Sie sich selbst belasten würden. Sie wissen schon, dass wir in einem Mordfall ermitteln und dass dieser Mordfall in Zusammenhang mit Claudia Seilers Verschwinden stehen könnte?«

»Ich habe den Eindruck, dass Sie meinen Sohn verdächtigen, und das ist nicht richtig.« Er holte tief Luft und musste husten.

»Möchten Sie ein Glas Wasser oder irgendetwas anderes, Ihre Medizin?«, fragte Jana fürsorglich.

Dr. Großmann sah sie eine Weile an und schüttelte dann den Kopf. »Danke, Mädchen. Es geht schon.« Er versuchte ein erneutes Husten zu unterdrücken. »Halten Sie bitte meinen Sohn da raus. Er ist ein angesehener Politiker und handelte nur in meinem Auftrag.«

Clemens blickte verstohlen zu Jana herüber, die sich Notizen auf ihrem Tablet machte.

»Und der Auftrag lautete wie?«, fragte Clemens.

Wieder hustete Dr. Großmann. »Er sollte herausfinden, was mit Claudia passiert ist. Damals. Deshalb habe ich ihn gebeten, die Theatergruppe für dieses eine Wochenende noch einmal zusammenzurufen.«

Er steckte dahinter? Jana konnte es kaum glauben. Worum ging es hier?

»Herr Dr. Großmann, können sie näher ausführen,

wie Ihr Sohn das Verschwinden von Claudia Seiler aufdecken sollte?«, fragte Clemens.

»Nein, ich werde nichts weiter erläutern. Und lassen Sie meinen Sohn in Ruhe«, sagte er mit einer unerwarteten Vehemenz in der Stimme.

»Wann haben Sie Claudia Seiler zuletzt gesehen?«, fragte Clemens unbeirrt weiter.

»Das ist so lange her …«

»Sie wissen es«, entgegnete Clemens.

»Ja, ich weiß es«, antwortete Dr. Großmann feindselig. »Am Johannistag 1988, als die Studenten auf dem Aremberg das Stück ›The Crucible‹ von Arthur Miller probten. Und mehr sage ich nicht. Schon aus Rücksicht auf meine Frau.« Er drückte seinen Körper ganz tief in das Polster des Sessels und verschränkte die Arme vor seiner Brust.

»Hatten Sie ein Verhältnis mit Claudia Seiler?«, fragte Clemens unumwunden.

Dr. Großmann schaute keineswegs überrascht. Er musste mit dieser Frage gerechnet haben. »Nein«, sagte er klar und deutlich. »Auch wenn Sie mir das nicht glauben werden. Ich mochte sie sehr, aber da war nichts.« Er behielt seine Körperhaltung bei. »Und nun möchte ich alleine sein.« Er rief nach seiner Frau, die sofort ins Zimmer stürmte. »Die Herrschaften möchten gehen, bringst du sie bitte zur Tür.«

Clemens stand als Erster auf. »Wir fertigen von diesem Gespräch ein Protokoll an, das sie noch unterschreiben müssten.« Während Jana ihr Tablet einpackte, murmelte Dr. Großmann ein leises »Ja«. Nachdem sich Clemens von ihm verabschiedet hatte, folgte er Frau Großmann. Jana blieb zurück und reichte Dr. Großmann zum Abschied die Hand. Dabei blickte sie ihm tief in die Augen. Er wich ihrem Blick aus. Als Jana sich umdrehte, um das Wohnzimmer ebenfalls zu verlassen, hörte sie hinter sich ein trauriges Seufzen.

»Was meinst du dazu?«, fragte Clemens, als sie das Haus verlassen hatten und zu seinem Auto gingen.

»Ich weiß nicht. Der alte Mann ist traurig. Und er weiß mehr über Claudias Verschwinden.«

»Das denke ich auch. Ob er seinen Sohn schützen will?«, fragte Clemens und betätigte den Türöffner seines Autos.

»Im Fall Claudia: Nein«, sagte Jana.

»Du meinst, er weiß nicht, was mit Claudia passiert ist?« Er blieb neben Jana auf dem Bürgersteig stehen.

»Ob er vermutet, dass sein Sohn etwas mit ihrem Verschwinden zu tun hat? Oder mit Antjes Tod?«, überlegte Jana. »Alles passt hinten und vorne nicht. Und ich muss dir gestehen, ich bin einigermaßen ratlos. Wir haben so viele Spuren, so viele mögliche Szenarien, aber nichts passt. Wir haben noch nicht einmal an der Oberfläche gekratzt, fürchte ich.«

»Wir bräuchten die DNA von Rainer Großmann«, räumte Clemens ein.

»Was ist denn mit dem DNA-Abgleich von Lutz? Können wir ihn wenigstens langsam ausschließen?«

»Du bist immer noch davon überzeugt, dass er nichts mit Antjes Tod zu tun hat?«

»Mehr denn je. Nach der Geheimniskrämerei dieses Dr. Großmann allemal.« Jana öffnete die Beifahrertür. »Was liegt eigentlich jetzt an?«

»Wir fahren auf die Dienststelle und ich werde im Team die neuesten Ergebnisse besprechen.«

Auf der Fahrt nach Ahrweiler sagten sie nicht viel. Eine Frage hatte sich in Janas Kopf festgesetzt, und sie wusste nicht, wie sie diese lösen sollte, ohne Rainers DNA mit der von Lutz abzugleichen. War Rainer Lutz' Vater?«

5. TAG: NACHMITTAG

Die Dienstbesprechung hatte zwar allerlei Details offenbart, aber wie sie die Puzzleteile zusammensetzen sollten, wusste keiner. Lediglich Melanie Siemer hatte sich nach wie vor auf Lutz eingeschossen. Als jedoch die DNA-Analyse eintraf, musste sie kleinlaut zugeben, dass sie sich verrannt hatte. Die Fremd-DNA, die man an Antjes Leichnam gefunden hatte, passte nicht zu ihm. Clemens hatte mehrmals verstohlen zu Jana hinübergeblinzelt, während er den Laborbericht vorlas. Jana hatte sich ein Grinsen nicht verkneifen können, denn wieder einmal hatte sie den richtigen Riecher gehabt. Als Nächstes stand an, Vater und Sohn Großmann um eine DNA-Probe zu bitten. Wenn sie diese verweigerten, würde es schwierig werden, mehr Klarheit in den Fall zu bekommen. Bevor Jana sich zu Hause wieder dem Vermisstenfall Claudia Seiler widmen konnte, gab sie einer jungen Kollegin auf Clemens' Bitte hin noch ein wenig Nachhilfe in Sachen Auswertung von Tatortfotos. Als Grundlage dafür dienten die Aufnahmen der Spurensicherung vom aktuellen Fall. Die junge Kollegin gab sich sehr wissbegierig, und so blieb Jana länger in der Dienststelle, als sie es beabsichtigt hatte. So kam es, dass sie nahezu gleichzeitig mit Clemens das Treppenhaus des Polizeireviers betrat. Der Hauptkommissar war auf dem Weg nach Koblenz und bot Jana an, sie schnell nach Hause zu fahren. Sie steuerten gerade den Ausgang an, als Melanie Siemer hinter ihnen hergelaufen kam. Eben sei ein Anruf eingegangen, sagte sie außer Atem, der sie interessieren dürfte. Eine Ulrike Daus habe angerufen und mitgeteilt, dass sie heute Morgen einen Brief von Claudia Seiler erhalten habe. Melanie Siemer zeigte ihnen auf ihrem Tablet ein Foto, das die Schauspielerin soeben gemailt hatte. Wie nicht anders zu erwarten, stimmte der Inhalt mit dem der anderen Briefe überein. Und auch dieses Mal war es keine Fotokopie, wie kleinste Abweichungen im Schriftbild verrieten. »Wer macht sich die Mühe und geht dieses Risiko ein, jeden Brief neu mit der Hand zu schreiben?«, fragte Clemens, als sie auf dem Weg nach draußen waren.

»Jemand, den wir bisher noch nicht auf dem Radar hatten«, antwortete Jana.

Nachdem Clemens sie in der Nähe ihrer Wohnung abgesetzt hatte, hatte sich Jana von einer Pizzeria Pasta mitgenommen und zu Hause auf der Dachterrasse gegessen. Anschließend hatte sie mit Usti einen langen Spaziergang durch die Weinberge unternommen. Diesmal, so dachte sie beim Blick hinunter auf die Stadt, war Ahrweiler nicht der Ort eines Verbrechens. Manchmal musste sie an die Ereignisse zurückdenken, die sie mit Clemens zusammengeführt hatten. Damals war sie in keiner guten Verfassung gewesen. Es lag nur wenige Tage zurück, dass sie von den zwei Russen in der Kölner Halle überfallen und verletzt worden war. Ein Wunder, dass Clemens sich überhaupt mit ihr abgegeben hatte, so merkwürdig, wie sie sich manchmal verhalten hatte.

Wieder zurück in ihrer Wohnung klingelte das Handy,

das sie vergessen hatte mitzunehmen. Beim Annehmen des Telefonats sah sie, dass Clemens es bereits mehrfach versucht hatte.

»Wir haben jetzt das Einverständnis beider Großmanns. Eine Kollegin hat bereits die Speichelproben genommen, dabei aber erwähnt, dass Lutz Decker Claudias Sohn ist.«

Jana setzte sich auf den Fußboden und kraulte Usti unterm Kinn. »Ist das jetzt schlecht für unsere Ermittlungen?«, fragte sie mehr rhetorisch, als auf eine Antwort wartend.

»Keine Ahnung, hoffen wir mal nicht. Jedenfalls zeigte sich der Senior wenig überrascht. Der Name des Kindes war ihm offensichtlich geläufig. Schon seltsam, wenn man sich nur mochte, oder?«, antwortete Clemens.

»Nach all den Jahren«, pflichtete Jana ihm bei. »Und wenn wir doch auf der falschen Fährte sind und Claudia noch lebt?« Sie löste Ustis Leine vom Halsband und legte sie neben sich auf den Boden.

»Aus welchem Grund lässt er seinen Sohn nach ihr suchen?«, fragte Clemens.

»Ja. Vielleicht hat Dr. Großmann sie doch noch nach der Johannisnacht 1988 gesehen, zwischenzeitlich ist der Kontakt abgebrochen und er sucht sie aus einem Grund, der uns bislang verborgen ist?«

»Woran denkst du?«, fragte Clemens.

»Eine Erbschaft etwa. Könnte doch sein, dass er Claudia am Lebensende etwas vererben möchte? Ihr oder Lutz?«, überlegte Jana.

»Du meinst also, er könnte Lutz' Vater sein?«

»Warum nicht?«

»Wir haben einfach noch nicht die ganzen Beziehungen untereinander aufgeschlüsselt«, antwortete Clemens missmutig. »Ich bin ab sofort in einer Besprechung. Lass uns später noch einmal telefonieren. Bis später, Jana.« Er legte auf, ohne auf ihre Antwort zu warten. Sie rappelte sich hoch, hängte Ustis Leine auf und füllte frisches Wasser in seinen Napf. Dann streifte sie ihre Schuhe ab und lief barfuß ins Arbeitszimmer.

»Es ist zum Verzweifeln«, sagte sie laut vor sich hin und ließ sich auf ihren Schreibtischstuhl fallen. Nachdenklich rief sie die Datei mit der Liste der beteiligten Personen auf, die sie vorgestern erstellt hatte. Sie fügte Dr. Großmann hinzu sowie Lutz, den sie offensichtlich vergessen hatte. Dann ergänzte sie noch weitere Fakten:

Ulrike Daus: übernahm Claudias Rolle der Abigail Williams. Hat Brief von »Claudia« erhalten.
Dorothee Pflüger: Englischlehrerin an Rainers ehemaliger Schule. Erhielt ebenfalls Brief von »Claudia«.
Kordula Lück: War sie damals in Jörg verliebt?
Jörg Orlowski: äußerte sich despektierlich gegenüber Antje.
Christoph Würtz: ?
Ralph Kühn: undurchschaubar, Atheist?
Antje Haak: Freundin und Vertraute von C. S., wusste sie etwas über deren Verschwinden? Was wollte sie Rainer mitteilen?
Rainer Großmann: Initiator der Jubiläumswanderung, Interesse an Aufklärung des Vermisstenfalles C. S., Begegnung mit Antje vor ihrem Tod. Kein richtiges Alibi. Könnte er Lutz' Vater sein? DNA-Ergebnis abwarten.

Dr. Gerhard Großmann: Beziehung zu Claudia? Sah sie angeblich letztmalig in der Johannisnacht 1988.
Lutz Decker: Sohn von Claudia Seiler. Keine DNA-Übereinstimmung zu Fremdspuren an Antjes Leichnam. Hat ebenfalls Brief von »Claudia« erhalten.
Manfred Effert: Nordfrankreich?
Mutter Effert: Hexenglaube, redet schlecht über Familie Decker. Fluch?

Mittlerweile hatten also drei Personen Briefe von »Claudia« erhalten. Mit dem Brief, der Antje erreicht hatte, waren es bereits vier. Ihre Liste wies jedoch noch Lücken auf, denn die Kollegen hatten heute einige weitere sachdienliche Informationen beigesteuert, die in ihrer Zusammenstellung fehlten. So konnte sie nicht arbeiten und entschloss sich, noch einmal zur Dienststelle in Ahrweiler zu fahren, um die Liste auf den aktuellen Stand zu bringen, als ihr Handy klingelte. Die Nummer kannte sie nicht. Es war Lutz Decker, der sie darüber informierte, dass er im Nachlass seiner Adoptiveltern einige Schriftstücke aus dem Besitz seiner Mutter gefunden hatte. »Magst du vorbeikommen und wir gehen diese gemeinsam durch?«

»Warum nicht?«, antwortete Jana, die es kaum abwarten konnte, dieser verheißungsvollen Spur nachzugehen. Irgendwie betrachtete sie auch den Fall Claudia Seiler als den ihren, nicht zuletzt seitdem sie sich mit Konrad Brambach ausgetauscht hatte. Sie wünschte dem ehemaligen Kommissar, dass der Vermisstenfall doch noch aufgeklärt werden konnte. Zu gerne wollte sie das Ihrige dazu beitragen. Sie schrieb Clemens eine Nachricht, dass sie auf dem Weg zu Lutz Decker nach Schuld sei, schnappte sich Usti und lief zum Parkplatz ihres Autos.

Diesmal brauchte sie fast doppelt so lang nach Schuld wie sonst. Erst hatte am Ortsausgang von Ahrweiler ein Lkw minutenlang die Durchfahrt blockiert, dann ging es von Mayschoß bis Altenahr nur sehr langsam vorwärts, da mehrere Wohnmobile in Kolonne vor ihr herfuhren, die sie nicht überholen konnte. Als sie endlich bei Lutz vorfuhr, war es schon später Nachmittag. Vergnügt sprang Usti aus dem Auto und stürmte zum Tor. Jessy hatte ihn offensichtlich gleich bemerkt und begrüßte ihn stürmisch. Bald darauf tauchte auch Lutz auf und ließ Jana und Usti herein. Dieser verschwand, ohne zu zögern, mit Jessy irgendwo im hinteren Bereich des Anwesens. Lutz bat Jana diesmal ins Haus, obwohl eine Wasserflasche, eine Dose Kekse sowie ein Skizzenblock auf der Steinbank ihr verrieten, dass er bis vor Kurzem dort gesessen haben musste.

Im Haus war es angenehm kühl, ein wenig unordentlich, aber keineswegs chaotisch. Der würzige Geruch, den das alte Fachwerkhaus verströmte, kitzelte Jana in der Nase.

»Magst du einen Kaffee?«, fragte Lutz.

»Gerne«, antwortete Jana. »Ich merke gerade, wie erschöpft ich doch bin.«

Lutz ging in die offene Küche, die einige freigelegte Balken vom Wohnraum trennten. »Schwarz oder mit Milch oder …?«

»Ach, schwarz und stark. Wenn schon.«

»Einen Espresso?«

»Lieber einen normalen Kaffee.«

»Ah, das gefällt mir. Jedenfalls kein Latte«, sagte Lutz, drehte sich um und lächelte Jana ungeniert an. »Neumodischer Kram. Ich habe einiges gefunden, was meiner Mutter gehörte«, erklärte er, während er den Kaffeeautomaten bediente. »Vielleicht findest du etwas darunter, was euch weiterbringt. Ich hatte gehofft, sie hätte vielleicht Tagebuch geführt, das war damals üblicher, denke ich.«

Jana war ahnungslos. »Und?«

»Nichts gefunden, bisher.«

»Das wäre ja auch zu einfach«, murmelte Jana.

»Bitte?«

»Vielleicht gut versteckt?«, mutmaßte Jana.

»Du hast recht, ich werde noch mal danach suchen.«

»Wir hatten mal einen Fall, da waren wichtige Dokumente in einem Geheimfach im Mauerwerk versteckt.« Sie hätte das nicht sagen sollen, warum verhielt sie sich bei Lutz nur so vertrauensselig?

»Ich könnte noch mal in meinem früheren Kinderzimmer nachsehen.«

»Ich verstehe nicht, ich denke, du hast bei deinen Adoptiveltern gewohnt.«

»Ja, habe ich ja auch. Aber die haben das Haus meiner Großeltern übernommen. Und ich wohnte im ehemaligen Jugendzimmer meiner Mutter. Sollen wir gleich hinfahren und zusammen suchen?«

Wäre die DNA-Analyse nicht zu seinen Gunsten ausgefallen, hätte Jana vielleicht gezögert, allein mit ihm nach Aremberg zu fahren. Aber so fand sie, dass nichts dagegensprach, mit ihm im ehemaligen Seiler-Decker-Haus in Aremberg nach Hinweisen zu suchen. Da sie Usti nicht zurücklassen wollte, verzichtete Jana auf Lutz' verlockendes Angebot, mit dem Quad zu fahren.

»Du kanntest Antje Haak nicht persönlich, oder?«,

wollte Jana wissen, als sie einige Zeit später mit Janas Auto durch Fuchshofen kamen.

»Nein, ich habe sie nur einmal kurz gesehen, an dem Tag, an dem sie starb. Ach ja, und vorher, als sie an meinem Haus vorbeilief, kurz bevor wir uns begegnet sind. Aber ich habe Briefe von ihr an meine Mutter gefunden.«

»Das sagst du jetzt erst?« Jana hätte beinahe eine Vollbremsung hingelegt.

»Langsam«, sagte Lutz lachend. »Sie haben wohl eine Geheimsprache benutzt. Statt Buchstaben gibt es nur Kringel. Es sieht ähnlich aus wie eine Notenschrift. Wer weiß, wo sie die Entschlüsselung dafür aufbewahrt haben.«

»So ein Mist«, fluchte Jana. Beinahe hätte sie den Abzweig nach Aremberg verpasst.

»Du glaubst also auch, dass der Tod meiner Mutter und der von dieser Antje miteinander zu tun haben?«

Jana brachte den Wagen mitten auf der ansteigenden Straße nach Aremberg zum Stehen.

»Bitte, was hast du gesagt? Du hast gesagt, dass deine Mutter tot ist!«

»Ihr glaubt doch nicht allen Ernstes, dass sie noch lebt?«, antwortete Lutz ruhig. Jana setzte ihr Auto wieder in Bewegung.

»Hm, über den Stand der Ermittlungen kann ich dir nichts sagen.«

»Darfst du nicht oder kannst du nicht? Ihr wisst doch auch nichts, oder?« Statt eines Vorwurfs hörte Jana aus seiner Behauptung Resignation heraus.

»Es ist in der Tat ein ganz verzwickter Fall, aber wir werden ihn lösen.« Allerdings war sie sich dessen gerade gar nicht mehr so sicher. Immerhin hatten sie noch kein einziges wirklich fundiertes Tatmotiv. Und erst heute bei der Besprechung war herausgekommen, dass man das persönliche Umfeld von Antje wohl ausschließen konnte. Alles konzentrierte sich auf die Ahrregion. Und für Jana waren einige der Mitwanderer immer noch im Rennen. Allen voran Rainer, aber auch sein Vater, zumindest was Claudias Verschwinden betraf.

»Halt, wir sind da«, sagte Lutz und deutete auf ein Haus in der Straße, die zum Aremberg führte und auf der sie vor wenigen Tagen zusammen mit Meike gelaufen war – nicht ahnend, in was für eine komplizierte Geschichte sie schon bald darauf wieder geraten würde. Das Haus, auf das sie gerade zusteuerten, stammte aus den 1970er-Jahren, wenn man vom Baustil ausging. Jetzt erkannte sie, warum sie es am Wochenende nicht als Claudia Seilers Elternhaus identifiziert hatte. Die Hausnummer fehlte.

»Ganz früher stand hier ein altes Bauernhaus, einige Mauern stammen noch aus der Zeit. Aber drinnen ist alles Seventies«, sagte Lutz und steckte den Schlüssel ins Schloss. Die Aluminiumtür ließ sich leicht öffnen. Im Flur war es hell, die weiße Raufasertapete zeigte einige Abnutzungsspuren, schien jedoch vor nicht allzu vielen Jahren erneuert worden zu sein.

»Wir gehen direkt nach oben«, sagte Lutz und deutete auf die mit Marmorplatten belegte Treppe. »Schafft es Usti da hinauf? Es könnte etwas glatt sein. Jessy hat manchmal ihre Schwierigkeiten.«

Jana brauchte ihm die Frage gar nicht zu beantworten, denn Usti lief zielstrebig auf die Treppe zu und erklomm die ersten Stufen. Auf halber Höhe drehte er sich um, so, als wollte er fragen, ob er alles richtig mache. »Dann lauf, aber warte oben«, lachte Jana und folgte ihm.

»Das versteht dein Hund?«, fragte Lutz verwundert.

»Wir werden sehen.«

Als sie oben ankamen, saß Usti tatsächlich am Treppenabsatz und wartete auf die beiden.

»Hier entlang. Da hinten ist mein altes Kinderzimmer.«

Jana und Usti folgten Lutz und erreichten bald das Zimmer unter der Dachschräge, die mit nachgedunkeltem Kiefernholz ausgekleidet war.

»Das ist also dein Zimmer und auch das deiner Mutter?«, fragte Jana und blieb im Türrahmen stehen. Das Zimmer war bis auf einen alten Schreibtisch komplett leer geräumt.

»Ja, aber aus ihrem Besitz war schon zu meiner Zeit nichts mehr hier oben, nur dieser alte Schreibtisch, der schon ihrer Mutter gehört haben soll.«

»Und die Sachen, von denen du heute sprachst, wo hast du die gefunden?«

»Die standen in einem Abstellraum im Keller, neben der Waschküche. Einiges davon hat auch Wasser abbekommen.«

»Hast du dir den Schreibtisch einmal genauer angesehen?«

»Ja, aber in den Schubladen ist nichts mehr.«

»Dann schau doch bitte nach, ob es irgendwo ein loses Brett gibt, vielleicht im Sockel. Da versteckt man doch gerne etwas. Gerade junge Mädchen tun so etwas.«

»Du sprichst aus eigener Erfahrung?«, fragte Lutz und hockte sich neben den Schreibtisch. Als er an der ersten Stelle, an der er klopfte, nicht fündig wurde, krabbelte er auf allen vieren um den Schreibtisch herum. Usti wurde ganz ungeduldig und wollte dieses lustige Spiel mitspielen.

»Bleib hier, du Eumel«, sagte Jana lachend und hielt ihn am Halsband fest.

»Lass ihn doch mal, vielleicht findet er ja was?«

»Auf deine Verantwortung«, sagte Jana und ließ den Hund los.

Der senkte sofort seine Nase und arbeitete sich Zentimeter um Zentimeter auf Lutz zu.

»Der weiß doch gar nicht, was er suchen soll.«

»Nein, er weiß nicht, was er suchen soll, aber er interessiert sich für das, was du da tust. Soziale Nachahmung nennt man das.«

»Wow, hört sich gescheit an«, sagte Lutz und stieß sich beim Aufschauen den Kopf an der Dachschräge. In dem Moment war ein Kratzen zu hören. »Da, Usti kratzt an der Sockelleiste.«

»Dann schau mal nach, ob sie locker ist und sich dahinter etwas verbirgt«, sagte Jana und rief Usti zu sich. Der kam, aber nur widerwillig.

»Tatsache. Die ist locker. Ich versuche mal, meine Hand darunter zu schieben. Ah, ja! Ich glaub's nicht, da sind Papiere drunter. Ich hole sie mal raus.« Im Rückwärtsgang krabbelte Lutz schließlich hinter dem Schreibtisch hervor. Was er in der Hand hielt, sah nicht nach einem Tagebuch aus.

»Nur alte Zettel«, sagte Lutz enttäuscht.

»Du hattest auch gehofft, ihr Tagebuch zu finden, nicht wahr?«, fragte Jana mitfühlend. »Vielleicht hat sie es ja noch an einem anderen Ort versteckt, unter den Paneelen vielleicht, oder es gibt einfach keins. Nicht jedes Mädchen schreibt Tagebuch.«

»Hm, meine Mutter soll ja ganz schön lebenslustig gewesen sein, möglich, dass sie dafür keine Zeit hatte.«

Jana nickte. »Magst du mir zeigen, was du da hast?«

Lutz unterzog die Papiere einer ersten Untersuchung. »Nichts, womit ich was anfangen könnte. Alte Karten, Rechnungen. Das ist überhaupt nicht von meiner Mutter, das muss von meiner Großmutter stammen oder sogar von meiner Urgroßmutter.«

»Es schien wichtig gewesen zu sein. Warum hat man es sonst versteckt?«

»Ja, ich muss mir das mal in Ruhe anschauen.«

»Ob es was mit dem alten Kreuz zu tun hat, das du gerade restaurierst?«, überlegte Jana.

»Wie?«, fragte Lutz. »Wie kommst du denn auf das Kreuz? Mensch, Jana, das ist es! Dann weiß ich hoffentlich bald, was damals passiert ist. Ich würde mich am liebsten gleich damit beschäftigen. Hast du etwas dagegen, wenn wir zurückfahren?«

»Du willst nicht weiter nach dem Tagebuch suchen?«

»Vielleicht später.« Er ging zur Zimmertür.

»Hättest du etwas dagegen, wenn ich mich nur kurz im Haus umsehe? Ich würde so gerne den Ort, an dem deine Mutter gewohnt hat, ein wenig auf mich wirken lassen. Nur ein paar Minuten.«

»Na klar«, antwortete Lutz. »Sieh dich nur um. Ich setze mich in den Garten, dort steht eine Bank. Ich kann ja Usti mitnehmen, dann schaue ich mir die Unterlagen schon einmal an. Die Tür zum Garten befindet sich im Wohnzimmer. Sag einfach Bescheid, wenn du fertig bist.« Er ging mit Usti nach unten.

Jana wusste selbst nicht, warum sie diese Bitte geäußert hatte, da außer wenigen Möbeln nicht mehr viel in dem alten Haus stand. Doch vielleicht konnten ihr die Mauern, die Wände ein Gefühl von der Stimmung vermitteln, die einst in diesem Haus geherrscht hatte. Hier hatte also Claudia Seiler gewohnt, in ihrer Kindheit und ihrer Jugend sowie während der Studienjahre, bis sie eines Tages verschwand. Wie hatte das Zimmer nach ihrem Verschwinden ausgesehen? Was hatte sie zurückgelassen? Nichts davon würde sich rekonstruieren lassen. Noch nicht einmal Fotos hatten Brambachs Kollegen von diesem Raum angefertigt, keine Skizze, nichts. Vielleicht hätten Bilder an der Wand, Gegenstände, die sie hiergelassen hatte, die fehlten oder die ihr nicht gehörten, Aufschluss über ihr weiteres Schicksal geben können. Vertane Chancen, nicht zu ändern. Von ihrem Fenster hatte Claudia direkt auf die Kirche blicken können. Mit einem letzten Blick zurück verließ Jana das Zimmer und wanderte durch die weiteren Räume im Obergeschoss. Ein größeres Zimmer, vermutlich der Schlafraum von Lutz' Großeltern, ein grün gekacheltes Bad, ein Abstellraum. Im Untergeschoss eine kleine Küche, ein Esszimmer, ein enges Gästebad und das Wohnzimmer. Durch die offen stehende Tür konnte Jana Lutz beobachten. Usti lag auf dem Rasen, etwa einen Meter von ihm entfernt, und genoss die letzten Sonnenstrahlen. Ein friedliches Bild. Sie trat durch die Tür. Lutz hatte sie kommen gehört.

»Setz dich eine Weile zu mir«, winkte er sie heran.

Jana kam seiner Bitte nur zu gerne nach. Hier hatten sich die Seilers und die Deckers ein wahres Idyll geschaffen. Offensichtlich hatte sich bis zuletzt jemand um den Garten gekümmert.

»Wieso löst du eigentlich jetzt erst das Haus auf? Deine Eltern sind doch schon vor einer Weile verstorben, oder?«

»Es gab noch eine ältere Verwandte, die das Haus zunächst haben wollte. Sie konnte sich aber nicht entscheiden. Ich habe lange mit ihr verhandelt, schließlich, als wir schon den Termin beim Notar gemacht hatten, sagte sie plötzlich, dass sie mit den Erinnerungen doch nicht leben könnte. Dann haben wir beschlossen, dass ich es leer räume und verkaufe. Und nun ist auch sie vor Kurzem gestorben, ohne Nachkommen. Alles schon traurig. That's life«, sagte er, um seine Traurigkeit zu verdrängen.

»Weißt du schon, worum es in den Papieren geht?«, fragte Jana.

»Irgendwelche Grundstückssachen. Ich steige noch nicht durch.« Er blickte wehmütig zum alten Kirschbaum. »Dort bin ich als Kind oft hochgeklettert. Mal was anderes, Jana. Du kennst dich doch mit Hunden aus.«

»Ein bisschen. Was möchtest du wissen?«

»Jana«, er sah sie von der Seite an. »glaubst du, es ist möglich, dass Hunde erkennen, welcher Mensch gut oder böse ist?« Der Ton in seiner Stimme verriet, dass es ihm nicht ganz leichtfiel, diese Frage zu stellen.

»Was meinst du mit gut oder böse? Im moralischen Sinn?«

Lutz nickte.

»Oder doch eher konkret?«

Lutz zögerte. »Eher so allgemein.« Jana war bewusst, dass diese Antwort nicht ganz der Wahrheit entsprach. »Ob Hunde den wahren Charakter eines Menschen erkennen können, was meinst du?«

»Schon, das kann ich mir gut vorstellen. Zumindest verstehen sie, ob jemand ihnen wohlgesinnt ist. Ich habe neulich gelesen, dass Hunde zwischen Menschen, die hilfsbereit sind, und solchen, die nur an sich denken, unterscheiden können. Und Meister im Lesen menschlicher Mimik und Gestik sind sie bekanntermaßen ja auch. Manches Zucken um die Mundwinkel, das wir gar nicht registrieren, nehmen sie wahr. Deshalb tricksen sie uns ja manchmal bei der Erziehung aus, wenn sie merken, dass wir manches, was wir tun, gar nicht so meinen.«

»Interessant.«

»Du meinst doch eine ganz konkrete Situation oder eine ganz konkrete Person, oder?« Jana rückte auf der Bank einige Zentimeter von Lutz weg und sah ihm geradewegs ins Gesicht.

»Vielleicht.«

»Lutz, wenn du etwas weißt, einen Verdacht hast, dann musst du uns das sagen. Ich meine, wenn es um den Fall geht. Wenn es etwas Privates betrifft, natürlich nicht.«

»Ich kann doch niemanden verdächtigen, nur weil Jessy komisch reagiert hat.«

»Du verdächtigst doch keinen. Schildere uns deine Eindrücke oder Beobachtungen und wir klären den Rest.«

»Lass mir noch etwas Zeit«, sagte Lutz und vermied den Augenkontakt mit ihr.

»Du darfst nichts auf eigene Faust unternehmen, Lutz. Davor muss ich dich eindringlich warnen. Du weißt, was mit Antje passiert ist.«

Lutz stand auf, Usti wurde hellhörig und spitzte seine Ohren. »Nein, mach dir keine Sorgen. Ich mache nichts Unüberlegtes.«

Jana erhob sich ebenfalls von der Bank und strich ihre Hose glatt. »Es geht nicht nur darum, dass du dich selbst in Gefahr bringst, Lutz. Es geht auch darum, dass du uns nichts vorenthalten darfst, was tatrelevant ist.«

Lutz drehte sich zu ihr um, sodass er nur wenige Zentimeter vor ihr stand. Usti sprang auf und eilte mit langen Schritten an Janas Seite. Lutz' Augen weiteten sich. »Ich enthalte euch nichts vor«, sagte er leise. »Es war wirklich nur ein Eindruck. Bitte glaube mir.« Er umfasste mit seiner kräftigen Hand Janas linken Oberarm. Genau jene Stelle, an der sie in der Kölner Halle eine Prellung abbekommen hatte. Jetzt entdeckte er die Narbe an ihrem Hals. Jana konnte in seinen Augen sehen, dass er innerlich zurückwich. Usti, der leise zu knurren begonnen hatte, stellte dies sofort wieder ein.

»Entschuldige, ich wollte dir nicht zu nahe treten. Es belastet mich alles doch mehr, als ich dachte. Und ich habe niemanden, mit dem ich über all das reden kann.« Er ließ ihren Arm los.

»Schon gut«, sagte Jana. Sein Griff hatte nicht geschmerzt, nur die Erinnerung.

5. TAG: ABEND

Während der Rückfahrt gingen Jana so viele Gedanken durch den Kopf, dass sie beinahe vergessen hatte, Lutz eine weitere Frage zu stellen. Eine Frage, die ihr erst wieder eingefallen war, als sie vor seinem Haus in Schuld vorfuhr. »Lutz, ich brauche deine Hilfe«, sagte sie mit Nachdruck in der Stimme.

»Ja?«, fragte Lutz und machte keine Anstalten auszusteigen.

»Hast du denn wirklich keine Vermutung, wer dein Vater sein könnte?«

»Das ist jetzt aber schon persönlich«, antwortete er zögerlich.

»Es ist wichtig für den Fall«, sagte Jana betont sachlich.

»Doch«, antwortete Lutz.

Jana hatte damit gar nicht gerechnet.

»Vor Jahren habe ich den Steinmetz kennengelernt, dem all das hier gehörte. Ich ging bei ihm in die Lehre. Als ich meine Lehre gerade abgeschlossen hatte, erkrankte er plötzlich an Bauchspeicheldrüsenkrebs und verstarb nur wenige Monate nach der Diagnose.«

»Du meinst, er war dein Vater?«

»Ja, er hat mir alles hier vererbt.«

»Den ganzen Betrieb? Und darauf bist du erst kürzlich gekommen?« Jana konnte es nicht fassen. Wie viele

Spekulationen hätte er ihr erspart, wäre er früher mit der Sprache herausgerückt.

»Ich dachte immer, es lag an unserem kameradschaftlichen Verhältnis …«

»Und was hat dich nun dazu bewogen, anders darüber zu denken?«

»Ich habe viel nachgedacht, Jana. Und dann habe ich neulich eine Fotografie gefunden.« Lutz blickte durch die Windschutzscheibe auf sein Haus.

»Ja?«, fragte Jana.

»Äh, die Fotografie. Wir sehen uns sehr ähnlich, der Steinmetz und ich …«

Ob Lutz sich das vielleicht nicht nur wünschte? »Kannst du mir den Namen des Steinmetzes geben?«

Lutz öffnete die Autotür. »Ist das wichtig für euch?«

»Du würdest uns sehr weiterhelfen.« Mittlerweile war Lutz ausgestiegen. »Ich bin mir plötzlich gar nicht mehr so sicher …« Er warf die Autotür zu.

Jana sprang aus ihrem Auto. »Lutz, was ist los?«, fragte sie.

»Ich melde mich bei dir«, rief er, während er das Eisentor hinter sich schloss.

Jana kam der plötzliche Stimmungsumschwung nicht nachvollziehbar vor. Sie überlegte, ob sie ihn gleich zur Rede stellen sollte, aber sie entschied sich dafür, Lutz erst einmal in Ruhe zu lassen. Seine Vergangenheit hatte ihn mit voller Wucht heimgesucht.

Jana wendete ihren Wagen und setzte die Fahrt zurück nach Ahrweiler fort – während sie auf dem Weg nach Insul einem Wohnmobil hinterherschlich. Jana dachte über Lutz nach, während der Fahrer vor ihr an den Engstellen, an denen der Fels bis an den Fahrbahnrand reichte, beinahe Schrittgeschwindigkeit fuhr und anscheinend große Angst um die Karosserie seines Gefährtes hatte. Hoffentlich tat Lutz nichts Unüberlegtes. Ahnte er, wie die Ereignisse zusammenhingen? Warum hatte er während des Gesprächs über seinen vermeintlichen Vater plötzlich überreagiert? Und welche Person hatte er vorhin gemeint, als er von den Fähigkeiten der Hunde gesprochen hatte? Was auch immer es war, er hätte es ihr sagen sollen. Das ungute Gefühl verringerte sich nicht etwa, sondern verstärkte sich, je länger sie nachdachte, und als Jana endlich in Ahrweiler angekommen war, wäre sie am liebsten wieder umgekehrt, um Lutz ins Gewissen zu reden. Aber wäre das klug? Auf dem Weg vom Parkplatz zu ihrer Wohnung warf sie einen Blick auf die über den Weinbergen untergehende Sonne. An einem der Tische vor einem Lokal am Marktplatz entdeckte sie Meike, die mit einigen Frauen Wein trank. Jana jedoch war ganz und gar nicht nach Small Talk zumute und so lief sie weiter. Usti war müde und hatte seit heute Morgen nichts mehr gegessen. Auch Jana hätte eigentlich hungrig sein müssen, aber es stellte sich kein Appetit ein. Clemens hatte sich bislang nicht mehr gemeldet und so war Jana mehr als überrascht, als ihr beim Aufschließen der Wohnungstür Musik entgegenschallte. Sie warf den Schlüssel auf die Kommode und rannte in die Küche, wo sie Clemens werkeln hörte.

»Du hier?«, fragte sie erstaunt und glücklich zugleich.

»Ja, in voller – Größe.«

»Du wolltest nicht Schönheit sagen, oder?«, entgegnete Jana lachend und umarmte ihn stürmisch.

»Halt, Vorsicht!« Er schwang ein Messer in die Höhe.

»Kommissar befördert junge Kollegin ins Jenseits, keine gute Schlagzeile«, feixte er.

Jana boxte ihn in die Seite. »Schön, dass du da bist.«

Sie alberten eine Weile herum, und nachdem sich Jana frisch gemacht und Usti sein Futter hingestellt hatte, machten sie es sich bei Kerzenschein auf der Dachterrasse gemütlich. Clemens hatte Pasta mit Brokkoli-Sahne-Soße gekocht. Nachdem sie gegessen hatten, räumte Clemens ab, trug das Geschirr in die Küche und brachte eine neue Flasche Wein mit. Während er eingoss, begann Jana von ihrem Ausflug mit Lutz zu erzählen. Trotz des schummrigen Lichtes konnte Jana die Sorgenfalten auf Clemens' Stirn gut erkennen. Zu allem Überfluss klingelte ihr Handy gerade in dem Moment, als sie ihr Vorgehen begründen wollte. Es war ausgerechnet Lutz. Er berichtete ihr, dass er unter den Unterlagen aus dem Keller einen Lösungszettel für die Geheimschrift gefunden habe, die die Mädchen benutzt hatten. Er steckte zwischen zwei Seiten eines Buches über Mädchen- und Jungennamen, auf denen auch der Name »Lutz« aufgeführt war.

»Würdest du uns morgen die Briefe bitte vorbeibringen, mit dem Zettel?«, bat Jana und hoffte, dass Lutz keine Ausrede finden würde, es nicht zu tun. Er versprach, in die Dienststelle nach Ahrweiler zu kommen. »Sollte ich nicht da sein, frag bitte nach mir. Und warte auf mich.«

Nachdem Jana Clemens erklärt hatte, worum es ging, zeigte er sich versöhnlich. »Das ist gut, Briefe von Antje. Die können uns weiterbringen.«

»Welche Aufgaben hast du denn für mich vorgesehen?«, fragte Jana.

»Sehe ich das richtig? Du willst die Briefe übersetzen? Das ist doch keine Aufgabe für dich!«

»Warum nicht, aber ich wollte mich gar nicht anbieten.«

»Okay.« Clemens lächelte und streichelte Janas Hand, mit der sie den Stiel ihres Weinglases umfasste. »Ich würde morgen mit dir gerne noch einmal alle Fakten durchgehen. Wie ich dich kenne, hast du dir selbst wieder eine Liste oder so was in der Art zusammengestellt.« In seinen Augen spiegelte sich der Schein der Kerzen, als er sie durchdringend ansah. In Janas Bauch kribbelte es.

6. TAG: VORMITTAG

Als Jana am Morgen erwacht war, hatte sie sich so ausgeruht gefühlt wie seit Langem nicht mehr. Sie hatte die Nacht gemeinsam mit Clemens verbracht, ohne irgendwann aus dem Bett zu flüchten, um in ihrem Arbeitszimmer Akten zu durchforsten oder alte Fotos anzuschauen. Clemens und sie hatten gerade im Büro der Ahrweiler Polizeidienststelle Platz genommen, als ein Beamter an der Tür klopfte, um sie über die Ankunft von Lutz Decker zu informieren. Clemens bat den Kollegen, den Steinmetz in den Besprechungsraum zu führen. »Ich will den jungen Mann nun auch persönlich kennenlernen«, sagte er zu Jana.

Auf dem Flur vor dem Besprechungsraum trafen sie auf Lutz, der eine Plastikbox mit sich trug. Nachdem sich Clemens vorgestellt hatte, nahmen sie drinnen Platz. Clemens ergriff als Erster das Wort und stellte Lutz einige Fragen allgemeinerer Art. Außerdem informierte er ihn über die Ergebnisse seines DNA-Testes. Lutz blickte Jana an, so als wolle er ihr versichern, dass es tatsächlich kein Fehler gewesen war, ihm zu vertrauen.

»Hast du denn schon etwas entdeckt, was uns weiterhelfen könnte?«, fragte sie sachlich.

»Ich konnte natürlich noch nicht alle Briefe lesen. Außerdem kenne ich den Inhalt der Briefe nicht, die meine Mutter an Antje schrieb, sodass sich vieles ein wenig nebulös anhört, was Antje schreibt. Aus einigen von Antjes Antworten werde ich nicht ganz schlau.«

»Meinst du etwas Konkretes?«

»Nein, es ist nur so, dass sie sich auf Dinge bezieht, die meine Mutter wohl in ihren Briefen geschrieben hat.«

»Oder sie haben sich darüber unterhalten, und es gibt gar nicht so viele Briefe, wie du vielleicht vermutest«, räumte Jana ein. »Schließlich sahen sie sich doch an der Uni.«

»Könnte gut sein.«

»Welchen Eindruck hast du denn von Antje?«

»Ich … Es ist so … Heute würde man wohl sagen, sie hat meine Mutter gestalkt.«

»Was?«, fragte Jana überrascht.

»Haben Sie ein Beispiel für uns?«, wollte Clemens wissen.

Lutz schüttelte den Kopf. »Ein konkretes nicht, aber lesen Sie selbst. Ich habe die Nacht durchgemacht und habe die meisten Briefe bereits übersetzt.« Er reichte Jana einige Computerausdrucke. »Sie können gerne nachprüfen, ob ich alles eins zu eins übersetzt habe. Bei manchen Worten war ich mir allerdings unschlüssig, was sie heißen könnten. Einige Briefe müssten noch übersetzt werden. Ich bin, so gut es ging, chronologisch vorgegangen. Manche Briefe allerdings kamen nicht per Post und sind undatiert. Ich vermute, die Briefe mit dem interessantesten Inhalt sind die, die sie wenige Tage vor ihrem Verschwinden erhielt. Diese Geheimschrift ist echt anstrengend zu entziffern. Was sich Mädchen in dem Alter ausgedacht haben …«

»Danke, Sie haben uns wirklich sehr geholfen, schon

jetzt«, sagte Clemens und nahm die Box an sich. »Ich lege die Briefe einem Kollegen vor, der soll sie sich ansehen.« Clemens ging hinaus und ließ Jana mit Lutz allein.

»Ist dir noch etwa eingefallen?«, fragte Jana.

Lutz schüttelte den Kopf. »Ihr seid zusammen, oder?«, platzte es aus ihm heraus.

Jana war zu perplex, um zu antworten, brachte schließlich jedoch ein »Ja« heraus. »Merkt man das?«, fragte sie.

Lutz nickte. »Ich wollte dich damit nicht in Verlegenheit bringen. Er ist aber auch ein toller Typ.«

Jana begriff schnell und war erleichtert zu wissen, dass Lutz sie als Freundin betrachtete und nicht mehr von ihr wollte.

»Ach, mir fällt noch etwas ein«, kam Jana wieder auf den Fall zu sprechen. »Hast du zufällig im Haus deiner Großeltern, äh, und Adoptiveltern irgendwelche Kleidungsstücke von deiner Mutter gefunden? Ich meine ganz konkret irgendwas aus dem Stück ›The Crucible‹ von Arthur Miller, das sie damals geprobt haben. Ein Kleid, ein helles Kleid?«

»Das ist ja komisch, dass du danach fragst.«

»Wieso?«

»Weil ich vor ein paar Tagen genau so ein Kleid gefunden habe.«

Jana konnte es kaum glauben. »Wie sah es aus, was war das für ein Stoff? Beschreibe es bitte.«

»Es fasste sich ungewohnt an, so wie künstliche Seide.«

»Und wo ist es jetzt?«, fragte Jana.

»Das ist es ja. Ich hatte alles in einen Sack gelegt und wollte es zu einem Secondhandhändler bringen. Da waren echt ganz originelle Sachen dabei.«

»Und?«

»Ich hatte den Sack mit nach Schuld genommen und hatte ihn auf dem Quad liegen gelassen, das ich vor dem Haus abgestellt habe, weil der Wagen eines Kumpels vor meiner Einfahrt stand und ich nicht reinkam. Wir haben dann, also mein Kumpel und ich, einige Bierchen getrunken. Und als ich später die Kleider reinholen wollte, waren sie weg.«

»Lutz!«

»Was?«

»Das darf doch nicht wahr sein. Wann war das?«

»Keine Ahnung, vor ein paar Tagen.«

»Vor oder nach dem Tod von Antje?«

»Ich glaube, sogar an dem Tag, an dem man sie gefunden hat.«

»Ich dachte, du hast dein Quad repariert?«

»Moment, jetzt bring mich nicht durcheinander. Ich muss nachdenken. Nein, es war einen Tag, bevor wir uns kennengelernt haben, Jana. Ist das wichtig?«

»Vermutlich ja.«

»Du, noch was anderes«, sagte Lutz und wurde dabei ernst. »Wer ist Rainer Großmann?«

»Wieso willst du das wissen?«

»Er hat mir eine Mail geschrieben.«

»Woher kennt er dich?«

»Mich persönlich ja nicht. Er schrieb mir an meine Firmenadresse und wollte wissen, ob ich Claudia Seilers Sohn sei.«

»Hast du ihm schon geantwortet?«

»Nein, die Mail kam heute Morgen. Was er wohl von mir will?«

»Ich kenne ihn. Nur so viel: Ihn scheint das Schicksal deiner Mutter auch zu interessieren.«

»Du darfst nicht mehr sagen, oder? Meinst du, er hat irgendwas mit dem Verschwinden meiner Mutter zu tun?« Der Ton in seiner Stimme verriet, dass er von Jana keine Antwort erwartete.

»Gut, dass du es mir gesagt hast, Lutz. Und wenn dir irgendwas auffällt oder du dir unsicher bist, bitte kontaktiere mich. Und, Lutz?«

»Ja?« Er wusste genau, was sie fragen wollte. »Der Name des Steinmetzes?«

Jana sah ihn eindringlich an, sagte aber nichts. Es war an ihm, sein merkwürdiges Verhalten von gestern zu erklären.

»Karl Wolter«, sagte er leise. »Aber ich bin mir nicht mehr sicher.«

»Ob er dein Vater sein könnte?«

»Ja.«

»Ich weiß, dass alles gerade etwas viel für dich ist, aber gehe noch einmal in dich. Wir brauchen wirklich deine Hilfe. Oder du findest doch noch Schriftstücke, die eine Verbindung zwischen diesem Steinmetz und deiner Mutter beweisen. Würdest du uns das unverzüglich mitteilen?«

Mit dem Versprechen, genau das zu tun, verabschiedete Lutz sich von Jana.

»Warte, du bekommst noch eine Quittung von uns für die Schriftstücke aus dem Besitz deiner Mutter.«

»Mach sie mir fertig und bring sie mir einfach mit, wenn wir uns das nächste Mal sehen«, sagte Lutz.

»Du meinst, wir sehen uns bald?«, fragte Jana lachend und geleitete ihn zur Tür.

In der Tat hatte sie vor, möglichst bald noch einmal bei Frau Effert in Aremberg vorbeizufahren, um die Heimatbücher zurückzubringen, die sie nicht mehr benötigte. Außerdem hoffte sie, ihren Sohn, Manfred Effert, doch noch zu Gesicht zu bekommen. Dummerweise hatte sie es versäumt zu fragen, wann er aus Nordfrankreich zurück sein würde. Wenn er sich denn überhaupt dort aufhielt.

»Du grübelst über etwas«, sagte Lutz und berührte sie unter dem Kinn. »Verzeihung«, sagte er verlegen. »Aber ich mag dich einfach.«

Sie sah Lutz noch eine Weile nach, wie er den Flur hinunterschlenderte. Bis ein Räuspern sie aus ihren Überlegungen riss. »Ich habe Neuigkeiten, kommst du mal?« Clemens winkte Jana ins Büro. Er verlor kein Wort darüber, ob er sie und Lutz eben beobachtet hatte. »Bei der Analyse der Fremdspuren an Antjes Körper konnte auch die Blutgruppe des Täters bestimmt werden.«

»Ah, und?«

Clemens setzte sich an den Schreibtisch. »Der Täter hat die Blutgruppe A, und die Großmanns die Blutgruppe 0, sie scheiden also als Täter aus.«

»Hm«, antwortete Jana. »Und das Geschlecht?«

»Männlich.«

»Und was ist mit der DNA-Analyse? Ist die DNA denn irgendwo registriert?«

»Das Ergebnis liegt noch nicht vor.«

»Also weiter warten?«

»Na ja, vielleicht finden wir ja in den Briefen neue Anhaltspunkte.«

Jana stand immer noch im Türrahmen. Sie fühlte sich seltsam unentschlossen.

»Interessanter Typ, dein Lutz«, sagte Clemens.

»Ich glaube, er findet dich auch interessant«, entgegnete Jana. »Ich habe übrigens auch eine Neuigkeit für dich«, fügte Jana hinzu und informierte Clemens über Lutz' möglichen Vater. Dessen Zweifel an der Richtigkeit seiner Annahme verschwieg sie ihm ebenfalls nicht. Kamen Rainer und Dr. Großmann für die Vaterschaft nicht mehr infrage?

6. TAG: NACHMITTAG

Da sie nicht recht weiterkamen, hatte Jana sich mit Clemens' Einverständnis auf die Fahrt nach Aremberg begeben, um den Efferts einen Besuch abzustatten. Sie hatte Usti mitgenommen, da er sonst viel zu lange allein wäre. Jana hatte Clemens allerdings versprechen müssen, keine offizielle Befragung durchzuführen, wenn sie Manfred Effert denn antreffen sollte. Schließlich bestand die Möglichkeit, dass er an einer der Taten beteiligt gewesen sein könnte. Doch Clemens' Bedenken waren unbegründet, denn bei der Abgabe der Heimatbücher erfuhr Jana, dass Frau Efferts Sohn seine Rückkehr erst für das Wochenende angekündigt hatte. So stand sie bereits wenig später wieder vor dem Haus der Efferts, unschlüssig, was sie als Nächstes tun sollte. Auf dem Hinweg war sie bei Lutz in Schuld vorbeigefahren, doch er öffnete ihr nicht, und Jessy konnte sie ebenfalls nirgends ausmachen, was Usti ganz und gar nicht gefiel. Sehnsüchtig hatte er seine Nase in den Wind gehalten. Kurzerhand meldete Jana sich telefonisch bei Clemens ab mit der Begründung, dass sie noch einige Überstunden abzubauen habe. Sie wollte die freie Zeit nutzen, um rund um Aremberg spazieren zu gehen. Clemens hatte nichts dagegen einzuwenden und meinte nur, dass ihr die frische Luft mit Sicherheit guttun würde. So fuhr Jana mit ihrem Auto zum Parkplatz nahe der Schutzengelkapelle und genoss die Aussicht über die sommerliche Landschaft und ließ den Blick bis hin zur Bergkuppe schweifen, auf der die Nürburg thronte. Eigentlich hatte sie vor, an dieser Stelle in den Ahrsteig einzusteigen und südlich vom Burgberg den Aremberg zu umrunden, als sie auf der Zufahrt zur Schutzengelkapelle zwei Fahrzeuge entdeckte, eines davon ein Quad. Neugierig schlug sie den Weg zur Allee ein und je mehr sie sich dem Quad näherte, desto sicherer war sie, dass es Lutz gehörte. Als sie dort angekommen war, konnte sie auch das Kennzeichen des daneben abgestellten Autos erkennen. Es trug ein Düsseldorfer Kennzeichen mit der Buchstabenkombination »RG«. Aus dem Wald hinter der Schutzengelkapelle waren Stimmen zu hören. Usti hielt nun nichts mehr und er zog immer stärker an der Leine. Doch Jana wollte nicht, dass man sie zu früh bemerkte und sorgte dafür, dass Usti sich beruhigte. Hier ging etwas vor und sie wollte unbedingt wissen, was. Langsam pirschte sie sich durchs Unterholz, lauschte, versuchte auszumachen, aus welcher Richtung die Stimmen genau kamen. Manchmal war es verdächtig ruhig, dann hörte sie wieder das Rascheln von Laub und das Knacken irgendwelcher Ästchen. Schließlich sah sie Lutz, vielleicht 50 Meter von ihr entfernt. Jana versteckte sich hinter einem dickeren Baum und gab Usti erneut ein Zeichen, still zu sein. Sie merkte ihm an, dass er sich arg beherrschen musste, doch er verhielt sich ruhig. Dass Lutz hier nicht allein umherirrte, war offenkundig. Jana hegte bereits einen konkreten Verdacht, mit wem er unterwegs war. Immer wieder sah sich Jana um, aber Rainer Großmann, dem das Düsseldorfer Auto gehören musste, blieb für sie unsichtbar.

»Rainer, komm mal!«, rief Lutz plötzlich.

»Scheißzecken!«, hörte sie Rainer fluchen, der sich weiter hinten im Dickicht außerhalb von Janas Blickfeld aufhalten musste. »Ja, hast du was?«

»Ja, komm mal her, Jessy hat was gefunden.« Er klang beunruhigt.

Plötzlich war es mucksmäuschenstill. Nur der Wind rauschte leise in den Blättern. Jana wagte sich hinter dem Baum hervor, um besser sehen zu können. Vor ihr sah sie zwei verstört blickende Männer, die etwas auf dem Waldboden Liegendes anstarrten. Jana schlich näher, merkte jedoch rasch, dass es keinen Zweck hatte, sich weiter zu verstecken.

»Was habt ihr da?«, rief sie.

»Meine Güte, hast du mich erschreckt«, sagte Rainer. »Wo kommst du her?«

»Hallo, Jana«, sagte Lutz. Er klang nicht so, als sei er übermäßig überrascht, ausgerechnet sie hier zu treffen.

»Ich bin spazieren gegangen und habe dein Quad gesehen«, erklärte sie wahrheitsgemäß.

»Ausgerechnet hier in Aremberg?«, mischte Rainer sich ein. »Du beschattest uns?«

»Nein, wirklich nicht. Ich baue gerade Überstunden ab, bin also gar nicht im Dienst.«

»Das wirst du wohl ändern müssen«, entgegnete Lutz betroffen.

Jana erkannte sofort, warum er das sagte. Sie waren auf menschliche Überreste gestoßen. Es bestand kein Zweifel.

»Wieso seid ihr überhaupt auf die Idee gekommen, hier zu suchen?«, fragte Jana und steckte ihr Handy zurück in den Rucksack, nachdem sie Clemens informiert hatte.

»Geht ihr bitte nun einmal etwas weiter in diese Richtung?« Jana zeigte hinter sich und kramte die Kamera hervor, die Clemens ihr geschenkt hatte.

»Dürfen wir dir noch erklären, warum wir hier sind?«, fragte Lutz beschämt. »Tut mir leid, wir hätten dich informieren sollen.«

»Worüber denn überhaupt?« Jana betrachtete den Teil eines menschlichen Unterkiefers, der aus der Laubschicht hervorlugte.

»Ich habe mich an die Erzählungen meiner Verwandten und der Leute im Dorf erinnert. Die sagten immer, dass ich hier im Wald hinter der Schutzengelkapelle nicht spielen soll.«

»Warum das?«, fragte Jana.

»Damals hieß es, der Wald sei verhext.«

»Und dann hast du jetzt gedacht, dass im Wald deine Mutter liegen könnte?«

»Ja, irgendwie …«

»Lutz? Wieso haben deine Verwandten so was gesagt? Das hieße doch, dass sie all die Jahre wussten, was mit deiner Mutter passiert ist«, sagte Jana.

»Könnte das wirklich Claudia …« Rainer verzog das Gesicht. »Könnte das Claudia sein?«

»Das zu klären ist an uns«, entgegnete Jana. Sie klang unbeteiligter, als sie sich fühlte.

Lutz blickte auf den Boden, vermied es, den Knochen anzuschauen. »Ich glaube nicht, dass meine Verwandten es wussten«, murmelte er. »Ich denke eher, dass andere Leute ihnen das eingetrichtert haben.«

»Wer? Weißt du, wer?«, fragte Jana ungeduldig.

»Nein«, sagte Lutz. »Du denkst, jemand von denen hat meine Mutter auf dem Gewissen?«

»Lutz, noch gibt es erst mal keine Beweise, dass hier deine Mutter liegt«, versuchte ihn Jana zu beruhigen. Rainer stand regungslos neben ihnen.

»Aber sie ist doch die Einzige, die hier in der Region verschwunden ist«, sagte Lutz trotzig.

»Theoretisch könnte es ein Leichnam sein, der hier vor vielen Jahrhunderten abgelegt oder begraben wurde. Weißt du, ob sich hier mal ein Friedhof befunden hat?«

»Nein, keine Ahnung, eher nicht.«

»Lutz, die Kapelle ist aus dem 17. Jahrhundert. Wer weiß, was hier alles passiert ist. Warten wir die forensischen Ergebnisse ab. Wir müssen ja erst einmal herausfinden, ob hier nur ein Unterkiefer liegt oder ob noch weitere Knochen zu finden sind. Also bitte erst einmal keine Panik.« Jana blickte genauer auf den Knochen und glaubte eine Amalgamfüllung entdeckt zu haben. Es war offensichtlich, dass die verstorbene Person nicht im 17. oder 18. Jahrhundert gelebt haben konnte. Die genauere Analyse des Amalgams und des gesamten Kiefers war für die zeitliche Einordnung maßgeblich.

»Wieso ist er eigentlich hier?«, fragte Jana und deutete mit dem Kopf in Rainers Richtung. Er stand nun einige Meter von ihnen entfernt und tippte auf seinem Handy herum. Sollte sie ihm verbieten, zu telefonieren? Aber aus welchem Grund? Ob er seinen Vater anrief? »Lutz?«

»Ja, ach so. Ich habe dir doch von seiner Mail erzählt. Ich habe ihn dann noch von Ahrweiler aus angerufen und er meinte, dass er meine Mutter ganz gut gekannt habe und dass es ihm wichtig sei, zu wissen, was mit ihr passiert ist.«

»Und dann seid ihr einfach so zusammen in den Wald gefahren und habt nach ihr gesucht?«, fasste Jana zusammen.

»Nein, so war es nicht. Wir haben uns erst hier in Aremberg am Haus getroffen. Und da fielen mir die Bemerkungen der Leute ein …«

»Du meinst diese Warnungen in deiner Kindheit?«

»Ja, tut mir leid, ehrlich …«

»Schon gut.« Jana blickte sich um. Nach einer Weile des Schweigens fragte sie: »Hättet ihr die Polizei gerufen, wenn ich nicht zufällig hier gewesen wäre?«

»Ich auf jeden Fall.«

»Und du meinst, Rainer vielleicht nicht?«, fragte Jana suggestiv.

»Hm.«

»Was heißt das? Ja, nein, vielleicht?«

»Du bist sauer auf mich, stimmt's?«

Natürlich war Jana das. Nicht zuletzt, weil sie nun alles richtig machen wollte und Angst hatte, man könne sie für Lutz' Alleingang mitverantwortlich machen. Schließlich konnten alle sehen, dass sie einen guten Draht zueinander hatten. »Was hatte ich dir gesagt? Nichts auf eigene Faust unternehmen«, sagte sie lauter als nötig. Dann dämpfte sie ihre Stimme wieder. »Und wie lange ist das her, dass ich dich darum gebeten habe?«

»Du hast ja recht.« Lutz schaute zu Boden.

»Bitte mach das nie wieder, und bevor du jemanden das nächste Mal zu einer solchen Sache anstiftest, ruf uns an. Wir sind doch auf deiner Seite.«

»Meinst du, es war gefährlich, mit Rainer Großmann hierherzukommen?«

Jana antwortete nicht, sondern warf ihm lediglich

einen ermahnenden Blick zu. »Lass uns zur Kapelle gehen«, schlug sie zerknirscht vor.

Auf dem Weg zurück zur Schutzengelkapelle brachte Jana Usti ins Auto und warf im Vorbeigehen einen Blick in Rainers Wagen. Er saß hinter dem Lenkrad. In der Ferne näherten sich weitere Fahrzeuge.

»Habt ihr denn schon die Briefe meiner Mutter gelesen und weiter entziffert?«, fragte Lutz, der ihr zögerlich gefolgt war.

»Nein, zumindest weiß ich nichts Näheres, da ich heute Nachmittag früher gegangen bin. Ich frage nachher mal nach.«

Eine Kolonne von Einsatzfahrzeugen bog in die Allee ein. Wenig später hielten sie an und die Kollegen begannen, ihr Equipment aus den Autos zu holen. Alles würde gleich seinen gewohnten Gang gehen. Clemens stand mitten im Pulk und gab erste Anweisungen. Als er Jana sah, winkte er sie zu sich. Sie bat Lutz mitzukommen und gemeinsam gingen sie ihm entgegen.

»Jana, ich fass es nicht! Langsam wirst du mir unheimlich«, schimpfte Clemens und lächelte dabei.

»Sie kann nichts dafür«, sagte Lutz kleinlaut. »Wir haben eine Dummheit gemacht.«

»Wer ist wir?«, fragte Clemens an Jana gewandt.

»Er und Rainer Großmann.«

»Wo ist er eigentlich?«, fragte Clemens. »Er ist hoffentlich noch hier.«

»Eben habe ich ihn noch in seinem Auto gesehen«, antwortete Jana.

»Hat Rainer Großmann die Idee gehabt?«, fragte Clemens. Das interessierte Jana ebenfalls brennend.

»Was meinen Sie?«, fragte Lutz leise.

»Dass Sie hier auf eigene Faust tätig werden«, sagte Clemens unwirsch. Jana zuckte zusammen.

»Wenn ich es mir überlege, ja. Er hat es vorgeschlagen, nein, eigentlich war es mehr eine Aufforderung.«

»Was genau hat er gesagt?«

»Lass uns direkt suchen, hat er gesagt.«

»Das war nicht gut. Sie hätten ihn stoppen müssen«, sagte Clemens.

»Bekomme ich nun Ärger?«, fragte Lutz und kratzte sich am Bart.

»Ich denke nicht …«, entgegnete Jana.

»Und nun möchte ich die Stelle sehen.«

Lutz wollte vorausgehen.

»Halt! Sie bleiben hier und geben zu Protokoll, was genau passiert ist. Jana, du zeigst mir den Fundort.«

Jana warf Lutz einen ermutigenden Blick zu und geleitete Clemens dann zur Stelle im Dickicht hinter der Kapelle.« In einiger Entfernung zum Ort, an dem der Kiefer lag, blieben sie stehen. Hinter ihnen hörten sie die Geräusche weiterer Fahrzeuge. Wieder knallten Autotüren.

»Es wird nicht einfach, hier vernünftig zu arbeiten«, sagte Clemens, während er Jana am Arm hielt und aus dem Wald geleitete.

Nun ging alles ganz schnell. Die Kollegen begannen, die Stelle, an der der Kieferknochen gefunden wurde, großräumig abzusperren. Jana lehnte sich an ihr Auto und wartete ab, ob man sie überhaupt brauchte.

»Wonach sucht ihr?«, wollte Lutz wissen, der offensichtlich alles zu Protokoll gegeben hatte, was relevant war.

»Nach dem Rest«, mischte sich plötzlich Melanie Siemer ein. Wie taktlos, dachte Jana und vermied es, Lutz direkt anzusehen.

»Frau Vogt, wenn Sie hier nichts zu tun haben, dann könnten Sie doch eigentlich fahren.«

Jana biss sich auf die Zunge. Hatte Melanie Siemer ihr überhaupt Anweisungen zu geben?

»Herr Decker, Sie könnten ebenfalls nach Hause fahren«, verfügte sie.

Da mischte sich Clemens ein. »Das können Sie wirklich und wir informieren Sie, wenn wir mehr wissen«

»Ja, vielleicht ist das keine schlechte Idee, Lutz«, entgegnete Jana. »Wir melden uns, Lutz«, versprach sie. Der junge Mann tat ihr leid. Wer wusste schon, was gerade in ihm vorging. Nachdem er auf sein Quad gestiegen und langsam die Allee hinaufgefahren war, sahen Jana und Clemens sich schweigend an. Melanie Siemer befand sich gerade auf dem Weg zur Fundstelle.

»Was denkst du?«, fragte Clemens.

»Worüber?«, antwortete Jana schroff.

Clemens blickte verunsichert. »Was meinst du?«

»Vergiss es!« Es war kein geeigneter Zeitpunkt, um über Melanie Siemer zu sprechen.

»Über Lutz Decker zum Beispiel?«

»Er wirkt so verletzt. Ich möchte nicht die Knochen meiner Mutter …« Jana redete nicht weiter.

»Wir wissen es doch noch gar nicht.«

»Ich weiß.« Jana war plötzlich zum Heulen zumute. Was für eine merkwürdige Kindheit mochte Lutz erlebt haben. »Wo ist eigentlich Rainer Großmann?« Ihr fiel plötzlich auf, dass sie ihn schon länger nicht mehr gesehen hatte.

6. TAG: ABEND

»Bald geht die Sonne unter«, bemerkte Melanie Siemer übellaunig, als sie an Jana vorbeihuschte. Diese schlüpfte gerade aus den Ärmeln ihres Schutzanzuges, nachdem sie ihren Teil der Tatortarbeit erledigt hatte. Der menschliche Kiefer war bereits geborgen und fotografiert. Einige der Fotos hatte Jana gerade dem zuständigen Mitarbeiter am rechtsmedizinischen Institut per Mail geschickt, um über den Zahnstatus die Identität der oder des Toten zu klären. Eine Abfrage bei den Zahnärzten der Region – man wollte sich zunächst jene im näheren Umkreis vornehmen – würde frühestens morgen Ergebnisse bringen. Plötzlich wurde es unruhig im Wald.

»Ich glaube, sie haben was gefunden«, sagte Clemens und tippte Jana gegen den Arm. Melanie Siemer stapfte vorweg, Jana und Clemens ließen sie ziehen.

»Ich werde wohl noch mal gebraucht«, sagte Jana müde, zog den Schutzanzug wieder vollständig an und schloss die Kofferraumtür ihres Autos. Usti schlief zwar, aber wohl war Jana nicht bei dem Gedanken, ihn nun noch länger auf seinen Abendspaziergang warten zu lassen. »Warum ist Frau Siemer neuerdings so zickig?«, wollte Jana wissen, während Clemens und sie sich schließlich auf den Weg in den Wald machten.

»Keine Ahnung«, brummte Clemens.

Natürlich wusste er es, aber nun rief erst einmal die Arbeit. Jana würde ihn bei anderer Gelegenheit zur Rede stellen, um herauszufinden, ob die beiden früher ein Paar gewesen waren oder ob unerwiderte Liebe eine Rolle spielte. Denn für Jana stand fest, dass Melanie Siemers abschätziges Verhalten ihr gegenüber nur einen Grund haben konnte: Sie war eifersüchtig.

»Wir haben hier eine Art Grab gefunden«, rief einer der Kollegen, als Jana und Clemens in Sichtweite kamen. Erst jetzt erkannte Jana ihn wieder. Es war Rudolf Meng, Roland Bergers untersetzter Kollege.

Gut, dass das Lutz nicht sehen musste, dachte Jana, als wenig später nach und nach die Knochen eines Menschen freigelegt wurden, die gar nicht einmal tief in der Erde lagen. Jana dokumentierte jeden Schritt fotografisch und beobachtete mit einem gewissen Unbehagen, wie sich Knochen um Knochen auf einer bereit gelegten Plane zu einem menschlichen Skelett zusammensetzen ließ. Bis auf wenige Knochen, die unauffindbar blieben, war das Skelett komplett. »Die sind vermutlich von Tieren weggeschleppt worden«, sagte einer der Rechtsmediziner. »Wie der Unterkiefer auch. Mein Kollege vom Institut hat mich eben angerufen, es finden sich daran einige frische Bissspuren.«

»Welche Tiere machen denn so was?«, fragte Rudolf Meng.

»Ach, alle möglichen«, antwortete der Rechtsmediziner.

»Auch Wildschweine übrigens«, ergänzte Jana, »und von denen gibt es in den hiesigen Wäldern ziemlich viele.«

»Kann man denn schon sagen, ob wir es mit einer Frau

oder einem Mann zu tun haben?«, fragte Clemens und betrachtete das Skelett von allen Seiten.

»Ich tippe auf eine junge Frau«, sagte der Rechtsmediziner. »Das Becken, eindeutig weiblich. Genaueres dann, wenn wir die DNA ausgewertet haben.«

»Wir müssten den Auftrag erteilen, dass man die DNA mit der von Lutz Decker abgleicht«, sagte Clemens.

Jana nickte betroffen. Natürlich war das die logische Konsequenz.

»Lutz Decker ist wer?«, fragte der Rechtsmediziner.

»Wenn unsere Vermutungen stimmen, dann ist er der Sohn der Frau«, antwortete Clemens.

7. TAG: MITTEN IN DER NACHT

Nachdem Jana und Clemens aus Aremberg zurückgekehrt waren, hatten sie sich in der Dienststelle in Ahrweiler getroffen und alle Formalitäten erledigt. Jana hatte auf ihrem Nachhauseweg noch Lutz Decker persönlich über den Fund des Skeletts informiert. Er trug es mit Fassung, schien beinahe erleichtert gewesen zu sein, angesichts der Aussicht darauf, bald Gewissheit über das Schicksal seiner Mutter zu erlangen. Clemens, dem ein gewisser Unmut über Rainer Großmanns plötzliches Verschwinden deutlich anzumerken war, hatte zwei Kollegen zu dessen elterlicher Wohnung geschickt, um ihn für den Morgen zu einer Zeugenvernehmung einzubestellen. Glücklicherweise war Rainer nicht nach Düsseldorf gefahren.

Noch war es dunkel, aber bald würde die Sonne wieder aufgehen. Jana saß auf ihrer Dachterrasse und blickte in den Sternenhimmel. Clemens hatte sich gleich hingelegt, nachdem sie nach Hause gekommen waren. Er war völlig erschöpft gewesen. Wie üblich konnte Jana nicht schlafen, zu viel ging ihr durch den Kopf. Eigentlich sollte sie auch ins Bett gehen, aber bevor sie sich neben Clemens legte, wollte sie noch einmal in die alte Vermisstenakte schauen. Zwar gab es keine Gewissheit, doch es konnte nicht anders sein, als dass sie heute die

Überreste von Claudia Seiler gefunden haben. Nur, wer hatte sie dort vergraben? Und welches Motiv hatte der oder die Täterin? War sie ermordet worden? Hatte es einen Unfall gegeben? Über die aufgeschlagene Akte auf ihrem Schreibtisch gebeugt, wurden ihr die Augenlider nun schwer und bevor sie mit dem Kopf auf die Tischplatte knallte, ging sie ins Schlafzimmer, warf ihre Klamotten von sich und kuschelte sich an Clemens' Körper. Bald schon war sie eingeschlafen.

7. TAG: VORMITTAG

Als sie auf den Hof des Polizeigebäudes in Ahrweiler fuhren, erkannte Jana auf der Straße davor Rainer Großmanns Auto. Er wartete bereits im Besucherzimmer auf sie. Clemens führte ihn in den Besprechungsraum und las ihm zunächst ungeniert die Leviten. Streng zwar, aber keineswegs laut oder aufgebracht. Rainer Großmann hatte verstanden, dass er sich nicht einfach so vom Fundort hätte entfernen dürfen. Schlimmer jedoch wog die eigenmächtige Suchaktion, zu der er Lutz angestiftet hatte. Kleinlaut legte er daraufhin einen glitzernden Gegenstand auf den Tisch. Jana blickte wie gebannt auf das Silberkreuz. Die Öse, durch die man eine Kette ziehen konnte, war deformiert.

»Wo haben Sie das her?«, fragte Clemens.

Jana ahnte, wo er das Kreuz gefunden hatte. Sie konnte Erdanhaftungen erkennen.

»Ich habe es auf dem Waldboden gefunden«, gab Rainer kleinlaut zu Protokoll.

»Ist Ihnen bewusst, dass Sie damit eine grobe Nachlässigkeit begangen haben? Schließlich ermitteln wir hier in einer Straftat«, sagte Clemens.

»Ja … Ich wollte das Kreuz meinem Vater zeigen.«

Jana und Clemens sahen einander entgeistert an. »Sie

hätten es uns zeigen, nein, uns übergeben müssen.« Clemens war wütend.

»Was hat dein Vater denn mit dem Kreuz zu tun?«, fragte Jana in gemäßigtem Ton, um Rainer nicht völlig zu verschrecken.

»Er hat damals Claudia eine Kette mit Kreuzanhänger geschenkt.«

»Dieses Kreuz?«, fragte Clemens.

Rainer nickte.

»Wo genau haben Sie es gefunden?«

»Einige Meter von der Stelle entfernt, an der wir den Menschenknochen gefunden haben.«

»Wenn Sie da geblieben wären, hätten Sie uns die Stelle zeigen können.«

»Ich war einfach so … verwirrt. Wissen Sie, ich befinde mich wirklich in einer Zwickmühle.«

»Wegen deines Vaters?«, fragte Jana vorsichtig.

Wieder nickte Rainer.

»Bitte erzählen Sie, sofern Sie nicht von Ihrem …«

»Ich kenne meine Rechte«, fiel ihm Rainer ins Wort. »Ich weiß langsam nicht mehr, was ich noch glauben soll, und vor allem, wem.«

»Wollen Sie aussagen oder nicht?«, fragte Clemens.

»Ja.«

»Ich muss Sie nochmals darauf hinweisen, dass Sie schweigen dürfen und Sie keinen direkten Verwandten Ihrerseits belasten müssen.«

»Das weiß ich.«

Clemens stellte das Mikrofon an. Viel hatte Rainer nicht zu berichten, aber dafür brachte seine Aussage die Ermittlungen einen entscheidenden Schritt voran. »Ich habe gestern meinen Vater so lange gelöchert, bis er zumindest zugegeben hat, dass er schon all die Jahre wusste, dass Claudia tot ist«, sagte er mit zittriger Stimme.

Jana stockte der Atem.

»Er ahnte es oder er wusste es?«, fragte Clemens nach.

»Er hat sie damals tot aufgefunden.«

»Wie bitte?«, entfuhr es Jana.

»Jetzt mal der Reihe nach«, sagte Clemens.

Rainer kratzte sich nervös am Kinn. »Wir befinden uns da in einem echten Schlamassel, oder?«

»Wir, eher Sie, oder?«

»Er hat mir nicht alles erzählt, dessen bin ich mir sicher. Aber was ich weiß, ist Folgendes: Mein Vater und ich – daran erinnere ich mich noch gut –, wir waren am Johannistag 1988 gemeinsam mit den anderen auf dem Burgplateau auf dem Aremberg.« Er sprach nicht weiter.

»Wieso haben Sie sich denn genau an dem Tag dort getroffen?«

»Einmal wegen der Johannisnacht – Sie wissen schon, Dämonenabwehr und so – und außerdem war es einer der wenigen Tage, an dem kein Spiel der Fußballeuropameisterschaft anberaumt war. Als wir den Termin abgesprochen hatten, hat doch keiner damit gerechnet, dass die deutschen Jungs im eigenen Land in Hamburg mit 1:2 gegen Holland ausscheiden würden. Gegen Holland!«

Zwischendurch hatte Clemens das Gesicht verzogen. Mit Dämonenabwehr konnte er rein gar nichts anfangen. »Was geschah auf dem Plateau an jenem Abend?«, fragte er, als Rainer keine Anstalten machte fortzufahren.

»Wir haben einige Szenen des Stückes ›The Crucible‹ von Arthur Miller geprobt, ein großes Lagerfeuer gemacht, was illegal war, aber Claudia meinte, wir sollten uns keine Gedanken machen, die Aremberger hätten schon öfter Feuer dort oben gemacht. Claudia hatte ihr Kind bei der Nachbarin abgegeben, damit sie in Ruhe ihre Rolle vortragen konnte. Sie war sehr überzeugend in der Rolle. Diese leicht wirre Abigail passte zu ihr, aber auch das Hinterhältige konnte sie gut herausarbeiten. Also, es wurde spät und ich habe ein paar Kommilitonen mit meinem Auto mitgenommen. Wir haben damals im Studentenwohnheim gewohnt, einige aus der Gruppe. Mein Vater hat angeboten, zwei andere zur Bahnhaltestelle nach Ahrbrück zu bringen. Wen genau, daran erinnere ich mich nicht mehr. Komischerweise konnte ich in der Nacht nicht schlafen, als ob ich etwas geahnt hätte. Ich habe dann noch eine Weile Musik gehört. Das war die Zeit von Tracy Chapman, Herbert Grönemeyer, ich glaube, sein Album hörte ich in der Zeit monatelang rauf und runter. Die 80er …«

»Sie schweifen ab«, ermahnte ihn Clemens.

»Entschuldigung. Erinnerungen an gute Zeiten, wie ich bis vor Kurzem dachte. Woran ich mich ebenfalls erinnere, in den letzten Tagen kam alles wieder … Als ich am Wochenende danach zu Hause war, da verhielt sich mein Vater so merkwürdig abwesend. Und einige Tage später fragte mich meine Mutter, ob ich wüsste, was mit ihm los sei. Ich dachte, er habe Stress an der Uni, wegen der Prüfungsvorbereitungen oder so. Jetzt bekommt das alles eine ganz neue Dimension.«

»Sie sagten, dass er Claudia tot aufgefunden hatte. Wann und wo?«

»Darüber spricht er nicht. Es ist fast so, als habe er ein Trauma erlitten. Wissen Sie?«

»Hat er sie hinter der Kapelle vergraben? Oder sagt

er nur, dass er sie tot aufgefunden hat? Nicht mehr?«, fragte Jana ungläubig.

»Ja, nicht mehr. Er mauert.« Rainer wirkte hilflos.

»Wir können nicht anders, wir müssen Ihren Vater vernehmen. Hoffentlich lässt das sein Gesundheitszustand überhaupt zu«, raunte er Jana zu.

»Aber wenn er sie tot aufgefunden hat, dann hat er sie doch nicht umgebracht?«, fragte Rainer beinahe flehend.

»Wenn er die Wahrheit sagt. Aber warum hat er dann nicht die Polizei verständigt?«, fragte Clemens.

»Kurzschlussreaktion, wegen meiner Mutter, weil er Angst um seinen universitären Ruf hatte. Suchen Sie sich etwas aus«, antwortete Rainer etwas patzig. Jana konnte seine Gereiztheit verstehen, doch sie begann allmählich, an seiner Version Zweifel zu hegen. Einerseits gab sich Rainer als beherrschter Politiker, andererseits wirkte er in manchen Situationen regelrecht überfordert. Schob er seinen Vater vor, um von seiner Beteiligung abzulenken?

Clemens ließ Rainer Großmann gehen.

»Was sagt man dazu?«, fragte Jana, als sich die Tür schloss.

»Ich bin gerade wirklich am Limit«, sagte Clemens. In meinem Kopf ist ein völliges Durcheinander. Heute ist Freitag. Bekommen wir das noch irgendwie hin, Dr. Großmann einzubestellen? Moment, ich bespreche mich mal mit den Kollegen.« Mit diesen Worten ließ er Jana allein. Nur Sekunden später steckte er wieder den Kopf zur Tür herein. »Setz dich doch ins Büro. Kannst dir ja was zu trinken holen.«

Jana folgte ihm zum Getränkeautomaten und zog sich ein Wasser und für Clemens einen schwarzen Kaffee.

Jana tat die Ruhe gut. In ihrem Kopf setzten sich allmählich die Puzzleteile zusammen.

»Na?«, unterbrach Clemens ihre Gedanken. Er hockte sich neben sie und sah sie aus seinen grünbraunen Augen an.

Jana rieb sich das Gesicht.

»Doch etwas wenig Schlaf gehabt, Jana?«

»Ja, auch, aber ich denke nach.«

»Dann trinke ich in der Zeit Kaffee. Ich nehme doch an, er ist für mich?«

»Ja, aber vermutlich kalt.«

»Macht nichts, mir ist sowieso zu warm.« Er krempelte sich wie zur Bestätigung des Gesagten die Hemdsärmel auf. Dann zog er einen Stuhl heran und setzte sich neben Jana.

»Ich habe Neuigkeiten.«

»Ah?«

»Der Rechtsmediziner hat erste Ergebnisse durchgegeben. Der Schädel zeigt Anzeichen stumpfer Gewalt und ein Nackenwirbel ist angebrochen. Vermutlich ist das die Todesursache.«

»Oh. Meinst du, Fremdeinwirkung oder ein Unfall?«

»Schwierig zu sagen, da ja die Weichteile fehlen. Jedenfalls hat jemand die Leiche vergraben.«

»Der oder die an der Tat beteiligte Person oder jemand Drittes?«

»Vielleicht Dr. Großmann?«

»Du meinst, er könnte Claudia vergraben haben?«

Jana rieb sich die Augen. »Könnte es nicht sein, dass jemand aus Claudias Familie sie getötet hat, um ihr Kind zu adoptieren?«

»Wie kommst du denn auf so etwas?«

»Na, es ist doch ungewöhnlich, dass ein Bruder der Mutter das Kind seiner … ja wie ist da eigentlich die Verwandtschaftsbeziehung? – also von Claudia adoptiert hat. Weiß man eigentlich mit Sicherheit, dass Claudias Vater sich selbst getötet hat?«

»Hm, das ist in der Tat eine ganz neue, aber keinesfalls abwegige Theorie«, stellte Clemens fest.

»Weißt du, ich frage mich schon, wieso niemand von Lutz' Vater spricht. Ob das wirklich keiner weiß?«

»Hast du dazu auch eine Theorie?«

»Du meinst, welche Vermutungen über Lutz' Vater im Umlauf sind und ob sich jemand für den Vater hält, der es unter Umständen gar nicht ist?«

Clemens blickte entgeistert auf. »Warum haben wir darauf eigentlich noch keinen Gedanken verwendet? Das ist gut, sehr gut, Jana.«

»Und da wären wir schon bei der nächsten Frage: Wie passt Antje in das Puzzle? Sie schien kaum etwas über Lutz zu wissen. Was geben denn die Briefe her?«

»Unsere Auszubildende beschäftigt sich gerade damit. Die Auswertung von ViCLAS hat übrigens keine Übereinstimmung ergeben, kein Muster.«

»Hätte mich auch gewundert. Clemens, ich bin vollkommen erschöpft.« Jana wurde plötzlich schummrig.

»Es ist aber auch warm heute, und du hast viel zu wenig geschlafen. Weißt du was? Fahr doch nach Hause, leg dich mal ein, zwei Stunden hin, iss was und wir machen dann heute Nachmittag weiter.«

»Meinst du, das geht?«

Clemens nickte und streichelte ihre Hand.

»Was hast du denn heute noch vor?«

»Ich möchte später noch einmal nach Schuld und nach

Aremberg fahren. Mit deiner Intuition kommen wir vielleicht hinter die Abfolge der Ereignisse.«

In dem Moment flog die Bürotür auf. »Es ist Claudia Seiler«, rief Melanie Siemer. Als sie merkte, wie nah beieinander Clemens und Jana saßen, entwischte ihr ein »Oh«.

»Sagt wer?«, fragte Clemens kühl.

Melanie Siemer blieb in der Tür stehen. »Der Rechtsmediziner hat den Zahnarzt gefunden, der Claudia behandelt hat. Es hat zwar einige Zeit gedauert, bis er die Röntgenaufnahmen gefunden hat, damals war ja noch nichts digitalisiert. Aber die Plomben und eine Zahnfehlstellung lassen keinen Zweifel daran.«

»Dann werden wir nachher auch noch bei Lutz Decker vorbeifahren«, sagte Clemens zu Jana. »Danke, Frau Siemer.« Die Kollegin hatte verstanden und ließ die beiden allein. Kaum war sie gegangen, klopfte es zaghaft an der Tür.

»Herein!«

Es war die Auszubildende. »Entschuldigen Sie bitte, Herr Hauptkommissar. Ich habe in den Briefen, die ich entziffern sollte, einen Hinweis gefunden.«

»Kommen Sie doch herein«, sagte Clemens und stellte seinen Stuhl wieder vor den Schreibtisch. »Nehmen Sie Platz.«

»Ich?«

Clemens nickte freundlich. »Dann erzählen Sie mal, wir sind schon gespannt.«

»Die letzten Briefe sind merkwürdig. Antje schien Claudia beruhigen zu wollen. Sie solle sich keine Sorgen machen. Und ein Satz ist besonders aufschlussreich. Ich habe hier eine Kopie angefertigt und den Satz unterstrichen, darunter die Übersetzung.« Sie reichte Clemens das Blatt.

»›Wieso hast du denn Angst vor F.?‹«, las er vor.

»Da steht wirklich nur ›F.‹, und ich habe auch in keinem anderen Brief einen Namen gefunden. Allerdings, wenn ich es richtig deute, dann handelt es sich bei ›F.‹ um eine Frau.«

7. TAG: SPÄTER NACHMITTAG

Es hatte durchaus Vorteile, so eng und vor allem konstruktiv mit seinem Chef zusammenzuarbeiten. Auch wenn sie keine Sonderbehandlung mochte und sie sich vor dem Kollegentratsch fürchtete, so hatte Jana beschlossen, diesen Zustand zu genießen und die Vorteile zu nutzen. Wieso sollte sie in ihrem Leben nicht auch einmal Glück haben? Bisher hatten ihr die Chefs immer nur vieles versprochen, das sie nicht einhielten, und hatten sie umgarnt, solange sie ihre Arbeit, ohne zu murren, erledigte. So wie es aussah, hatte Clemens ihre charakterlichen Strukturen schneller begriffen als seine Vorgänger. Natürlich enthielt die private und berufliche Vermengung einigen Zündstoff, aber im Gegensatz zu ihrem Umfeld wusste Jana, wie sie damit umgehen musste. Clemens offenbar auch. Seine Souveränität erfüllte sie mit Stolz. So hatte sie sein Angebot, sie solle sich heute Mittag ausruhen, dankend angenommen und konnte jetzt wieder klarer denken. Das war auch dringend notwendig, denn sie befanden sich gerade auf dem Weg nach Aremberg. Zunächst hatten sie Lutz die traurige Nachricht übermittelt. Er hatte es mit Fassung getragen, ja, er zeigte sich sogar dankbar, dass er nun Gewissheit über das Schicksal seiner Mutter hatte. Als Clemens außer Hörweite war, hatte Jana Lutz am Eisentor stehend ermahnt, nicht auf eigene Faust zu forschen, und ihm versprochen – wenn auch mit einigen Bauchschmerzen –, dass sie der Lösung des Falles näher kamen. Vielleicht konnte sie ihm dieses Versprechen nur geben, weil ihre Bauchschmerzen eher dem rationalen Teil ihres Ermittler-Ichs zuzuordnen waren. Ihr Bauchgefühl sagte nämlich etwas anderes. Immer wenn sie an einem gewissen Punkt der Ermittlungen mit Clemens zu einem Tatort aufgebrochen war, um die Ereignisse vor Ort in Ruhe zu rekonstruieren, ließ der Durchbruch in dem Fall nicht mehr lange auf sich warten.

»Beginnen wir in Aremberg, da hat schließlich alles seinen Anfang genommen«, sagte Clemens, als sie wenig später am Auto eintraf.

»Ja, Antjes Tod ist nur die Folge, da hast du recht. Auf nach Aremberg.«

Während sie einstieg, grummelte Usti im Kofferraum. Jana drehte sich zu ihm um und sah, wie er durch die Seitenscheibe hinaussah und etwas fixierte. Jetzt knurrte er sogar, doch Jana konnte nicht ausmachen, was seinen Unmut erregte. Unterdessen startete Clemens den Wagen und Jana blickte wieder nach vorn. Die von der Abendsonne beleuchtete Landschaft genießend hing sie ihren Gedanken nach.

»Wir haben mit unserem gestrigen Einsatz übrigens in ein Wespennest gestochen«, sagte Clemens einige Zeit später trocken, während er angespannt auf die kurvenreiche Straße blickte.

»Wie das?«

»Seit gestern mehren sich bei der Dienststelle in Adenau die Anrufe besorgter, aber auch plötzlich sehr auskunftsfreudiger Aremberger.«

»So? Was haben sie denn auf dem Herzen?«

»Mancher fragt direkt danach, was wir im Wald hinter der Schutzengelkapelle gemacht haben. Mancher erinnert sich plötzlich an einen alten Fluch, der den dortigen Wald umgibt. Andere sprechen ganz wirr.«

»Also keine tatrelevanten Hinweise?«, fragte Jana.

»Mal sehen, ein Anruf scheint vielversprechend zu sein. Ein junger Mann hat angegeben, dass er den damaligen Freund von Claudia gut kannte. Vielleicht bestätigt er uns die Vermutung, die Lutz dir gegenüber geäußert hat.«

»Das wäre gut. Aber ob derjenige, den der Anrufer meint, dann auch wirklich sein Vater ist?«

»Hm«, brummte Clemens.

»Ist denn schon durchgesickert, dass wir dort die sterblichen Überreste eines Menschen gefunden haben?«, fragte Jana.

»Vermutlich ja.«

»Und wer dort begraben lag?«

»Von uns nicht, es sei denn, Lutz hat seine Befürchtungen herumerzählt.«

»Das glaube ich nicht«, sagte Jana. »Ich könnte mir eher denken, dass einige längst wussten, dass dort in dem Wäldchen hinter der Kapelle Claudias sterbliche Überreste zu finden waren. Wieso sonst hat man Lutz davor gewarnt, dort zu spielen?«

»Hm«, antwortete Clemens, als er seinen Wagen gerade nach Aremberg hinauflenkte. »Wo fangen wir an?«

»Ich würde vorschlagen, im Haus, in dem Claudia gewohnt hat.«

»Du meinst sicher, am Haus?«

»Nein, ich habe einen Schlüssel.«

»Wie das?«

»Als du dir vorhin das Steinkreuz vor Lutz' Haus angesehen hast, worum ich dich gebeten hatte, da habe ich Lutz einfach gefragt, ob wir ins Haus können. Und wie du siehst«, sie klimperte mit dem Schlüssel, »hatte er nichts dagegen. Halt, hier kannst du anhalten«, sagte sie und Clemens folgte ihrer Anweisung.

Sie ließen Usti im Wagen, auch wenn er das gerade wenig spannend fand. Jana führte Clemens direkt in Claudias ehemaliges Zimmer und beim Anblick des alten Schreibtisches fiel ihr wieder ein, dass sie eigentlich mit Lutz über seine Bemerkung hatte reden wollen, dass aus den Unterlagen, die sie in dem Geheimfach gefunden hatten, irgendwelche Grundstücksangelegenheiten seiner Vorfahren hervorgingen.

»Hier hat Claudia gewohnt. Und nach ihr Lutz. Das Mobiliar fehlt, bis eben auf diesen alten Schreibtisch aus dem Familienbesitz mütterlicherseits. Die Spur führt nach Aremberg und nirgendwo anders hin. Das letzte Mal hat man sie lebend am Johannistag auf dem Burgplateau gesehen.«

»Wir müssen natürlich noch abwarten, was uns Dr. Großmann erzählt.«

»Wenn er denn etwas sagt«, entgegnete Jana gedankenversunken. »Weiter – unterbrich mich bitte nicht …« Sie sah Clemens an. »Entschuldige, aber wenn ich …«

»Mach weiter, ich kenne dich mittlerweile ganz gut«, sagte er schmunzelnd.

»Also. Claudia hatte dort oben Lutz dabei, richtig? Eine Nachbarin hat auf den Jungen aufgepasst. Und soweit ich mich erinnere, ist die Vermisstenanzeige erst am 30.6.1988 aufgegeben worden. Von Claudias Eltern. Da frage ich mich, was ist in den immerhin sechs Tagen passiert? Hatte die Nachbarin Lutz die ganze Zeit über in ihrer Obhut? Warum ist sie nicht zur Polizei gegangen? Claudia war mit ihr auf dem Aremberg. Und plötzlich war sie weg und da hat sie sich keine Gedanken gemacht? Niemanden informiert? Das ist doch völlig unlogisch. Und bitte, wieso ist dein Vorgänger im Amt darüber einfach so hinweggegangen?«

»Du hast recht.«

»Ist Claudia an dem Abend, nachdem alle weg waren, alleine hierher zurückgekehrt, hat ihre Sachen gepackt und ist seitdem spurlos verschwunden? Mit wem ist sie mitgegangen? Wen hat sie getroffen? Ist sie überhaupt nach Hause gegangen und wo sind ihr Pass und ihre persönlichen Habseligkeiten? Ist sie jemandem begegnet, der sie vergewaltigt und ermordet hat?«

Clemens hörte aufmerksam zu.

»Hat sie sich eigentlich nach den Proben umgezogen?«

»Warum fragst du?«

»Wegen des Kleides. Der Stofffetzen, den Usti vom Kleid abgerissen hat, gehörte mit großer Wahrscheinlichkeit zu jenem Kleid, das Claudia bei den Proben trug. Wie sieht es mit Kleidungsresten im Grab aus oder an den sterblichen Überresten?«

»Puh, ich weiß es nicht. Du meinst, sie könnte auch unbekleidet dort abgelegt worden sein?«

»Was für ein Sexualdelikt sprechen würde.«

»Und was ist dann mit Dr. Großmann? Angenommen, er hat die tote Claudia nur gefunden. Wann war das? Und wo? Hat er sie begraben?«

»Oder er ist panisch davongelaufen und der Mörder ist zurückgekehrt«, überlegte Clemens.

»Oder Dr. Großmann hat sich selbst nur immer wieder eingeredet, er habe Claudia nicht auf dem Gewissen, bis er es selbst geglaubt hat. Vielleicht hat er sie ja angefahren, überfahren?«

»Meinst du so etwas wie eine dissoziative Amnesie?«

»Ja.«

»Wir müssen uns unbedingt diese frühere Nachbarin mal vornehmen«, sagte Clemens. »Es muss doch in den Unterlagen stehen, wer sie war, wie sie heißt.«

»Auswendig weiß ich das nicht. Ich hätte eine Handakte anlegen sollen. Die komplette Akte liegt zu Hause auf meinem Schreibtisch. Ärgerlich. Aber wir könnten doch nachher den Nachbarn einen Besuch abstatten.«

»Warum nicht«, entgegnete Clemens. »Wohin wollen wir als Nächstes? Gibt es noch eine bestimmte Stelle im Haus, die du mir zeigen möchtest?«

»Ich habe mir den Keller noch gar nicht angeschaut«, murmelte Jana vor sich hin.

»Wann? Als du mit Lutz hier warst?«

»Ja.« Sie ließ Clemens stehen und rannte die Stufen hinab. Unten im Flur suchte sie nach einer Tür, die zu den Kellerräumen hinabführte, wurde jedoch nicht fündig. »Wenn das Haus einen Keller hat, dann muss es doch auch einen Zugang geben«, brummte sie, als Clemens sich zu ihr gesellte.

»Vielleicht nur von außen?« Clemens' Frage hing noch nach, da war Jana bereits im ehemaligen Wohnzimmer verschwunden, öffnete die Terrassentür und ging hinaus in den Garten. Sie orientierte sich, erblickte die Bank, auf der sie vor wenigen Tagen mit Lutz gesessen hatte, drehte sich einmal um die eigene Achse und fand schließlich das, was sie gesucht hatte. »Clemens, hier!«, rief sie und nahm die Außentreppe, an deren Ende sie eine Kellertür vermutete. Sie griff nach dem Schlüsselbund in ihrer Tasche und holte ihn heraus. Neben dem Haustürschlüssel baumelten zwei weitere an dem Ring, einer davon sah aus wie der Schlüssel zu einem Fahrradschloss.

»Jana, warte mal!« Clemens war ihr gefolgt. »Schau mal da hinten, hinter dem Kirschbaum, da endet doch das Grundstück.«

»Ja, und?«

»Wenn ich es richtig zuordne, kommt man von dort direkt zum Wanderweg, der auf den Aremberg führt.«

»Du hast recht«, entgegnete Jana. »Man könnte sich von hinten anschleichen und ungesehen ins Haus gelangen, wenn man denn einen Schlüssel zum Keller hat.« Jana ließ sich auf die Bank fallen. »Oh Mann, jetzt geht gerade die Fantasie mit mir durch.«

»Was hast du?«, fragte Clemens erwartungsvoll.

»Jemand könnte Claudia doch gefolgt sein, vielleicht ging sie immer hier hinten ins Haus. Vielleicht traf sie sich mit dem Vater von Lutz, der der Familie ein Dorn im Auge war, oder mit einem anderen jungen Mann. Und Dr. Großmann ist ihr gefolgt, weil er doch mehr für sie empfand als nur … ja was empfand er eigentlich? Na ja, ist egal. Und hier kam es zu einem Streit aus Eifersucht oder weil Claudia sich von ihm bedrängt fühlte? Das würde erklären, warum niemand irgendetwas beobachtet hat.«

»Zumindest steht nichts im Protokoll«, gab Clemens zu bedenken. »Du hast recht. Probieren wir aus, ob wir in den Keller kommen.«

Jana stand auf, Clemens folgte ihr die Stufen hinab. Tatsächlich passte einer der Schlüssel. Doch das Schloss ließ sich zunächst nicht öffnen. Nach einigem Probieren funktionierte der Mechanismus schließlich doch. Drinnen war es dunkel und es roch modrig.

»Meinst du, es ist sinnvoll, hier zu suchen? Was suchen wir hier überhaupt?«, fragte Clemens.

»Ich will nur nachschauen, ob hier irgendwelche Kleidersäcke stehen, dann können wir weiter.«

Clemens wartete draußen an der frischen Luft. Nachdem Jana das Licht eingeschaltet hatte, huschte sie durch die einzelnen Räume, die jedoch beinahe besenrein waren. Von irgendwelchen Kleidungsstücken aus dem Besitz von Claudia oder ihrer Großmutter fand sich jedenfalls keine Spur. Missmutig verschloss Jana die Kellertür wieder und gesellte sich zu Clemens, der sich auf die Bank gesetzt hatte und leise schnarchte. Sie lauschte den Geräuschen eine Weile, die aus seinem Rachen kamen, und dachte bei sich, dass sie diesen Mann sehr liebte. Schließlich wurde Clemens von selbst wieder wach. Seine Augen begannen zu strahlen, als er realisierte, wie liebevoll Jana ihn betrachtete. »Und, hast du etwas gefunden?«, fragte er müde. Seine Knie knackten, als er die Beine ausstreckte.

Jana schüttelte enttäuscht den Kopf.

»Was machen wir nun? Zum Aremberg?« Clemens erhob sich, immer noch müde.

»Sofern du kannst«, feixte Jana und erhielt dafür prompt einen Klaps auf den Po.

»Sollen wir mal schauen, wer rechts und links wohnt?«, schlug Jana vor. »Vielleicht erinnere ich mich beim Lesen der Klingelschilder auch wieder an den Namen der Babysitterin.«

Die Namen an den Nachbarhäusern in unmittelbarer Nähe sagten Jana nichts. An einem fehlte die Beschriftung, was Jana dazu veranlasste, dort zu klingeln. Doch niemand öffnete. Schließlich stiegen die beiden ins Auto und fuhren zu einem kleinen Parkplatz am Fuße des Berges. Usti zeigte sich erleichtert, nun mitzudürfen. Noch einmal hätte er nicht so brav im Wagen gewartet. Das alte Pflaster im unteren Teilstück war feucht, weshalb Jana Clemens warnte, dass es rutschig sein könnte. Doch sie kamen gut voran, die Waldesluft tat Jana gut, so gut, dass sie Clemens vor lauter Lebensfreude umarmte und ihn dazu bewegte, ein kleines Tänzchen unter dem Blätterdach mit ihm aufzuführen.

»Wenn uns jemand sieht«, lachte Clemens verlegen und Usti bellte dazu. Bis zum Bergplateau begegnete ihnen niemand, doch als sie oben vor dem Aussichtsturm ankamen, bemerkte Jana, dass sie sich nicht allein dort aufhielten. Ein Paar verließ gerade den offen gehaltenen Bereich des Plateaus und entfernte sich in entgegengesetzter Richtung, vorbei an den alten Mauern, die nur wenig von der einstigen Größe der Schlossanlage verrieten.

»Gibt es da noch einen Weg?«, murmelte Jana.

»Was meinst du?«, fragte Clemens und blickte den beiden nach. »Scheint ein alter Weg zu sein, oder?«

Jana musste ihm recht geben. Sie wartete eine Weile, ob die beiden zurückkehrten, doch als sie es nicht taten, begann sie Clemens ihre Erkenntnisse vorzutragen: »Also. Hier haben sich die Studenten am Johannistag 1988 getroffen, ein Feuer gemacht und einige Szenen des Stückes geprobt. Es war zwar Abend, aber noch hell genug. Lutz' Babysitterin war auch hier, schaute vermutlich zu. Als es dunkel wurde, haben sich die Studenten voneinander verabschiedet. Einige fuhren mit Rainer, andere wurden von Dr. Großmann zur Bahnhaltestelle nach Ahrbrück gebracht. Sagen sie. Wer war noch mit dem eigenen Auto hier? Was geschah mit Claudia? Am wahrscheinlichsten ist es doch, dass sie mit der Babysitterin und Lutz zusammen nach Hause gegangen ist. Aber wo hat Dr. Großmann sie tot aufgefunden?«

»Vor allem, wann«, warf Clemens ein.

»Ja. Ist er noch einmal zurückgekehrt? Sonst hätte es doch Zeugen geben müssen. Was ist in der Zwischenzeit passiert? Hier passiert? Oder bei Claudia zu Hause?«

»Gibt es in den Akten Hinweise darauf, dass die Kripo damals die Spurensicherung auch ins Haus geschickt hat?«, fragte Clemens.

»Ich kann mich nicht erinnern, darüber etwas gelesen zu haben.«

»Wenn sie eine Kopfverletzung hatte, gab es vielleicht ja auch Blutspuren«, überlegte Clemens.

»Im Haus, vor dem Haus, auf der Straße, hier?« Jana drehte sich um. Erst jetzt entdeckte sie, dass etwas vor dem Turm auf dem Boden neben der verwitterten Bank lag. »Was ist das?«

»Sieht aus wie ein Kleidungsstück«, entgegnete Clemens.

Jana und Clemens betrachteten das Kleidungsstück zunächst aus einigem Abstand und näherten sich. Usti erkannte es als Erster wieder. Es war das helle Kleid aus Kunstseide, dem ein Stück fehlte.

»Was soll das?«, fluchte Jana.

»Ob die beiden es gerade dorthin gelegt haben?«, rief

Clemens und eilte in die Richtung, in der die beiden Personen eben verschwunden waren. Jana hockte sich vor das Kleid und starrte es an, als würde es ihr sein Geheimnis verraten. Sie musste währenddessen Usti in Schach halten, der unentwegt Anstalten machte, in den Stoff hineinzubeißen. Als sich Usti endlich beruhigt hatte, konnte sie in Ruhe einige Fotos schießen. Anschließend ging sie zu der Infotafel bei der Sitzgruppe und versuchte, sich ein Bild von der Anlage und dem alten Wegesystem zu machen. Einen dieser Pfade mussten die beiden gerade genommen haben, wenn sie sich nicht einfach durchs Dickicht geschlagen hatten. Das wiederum wäre ein Hinweis darauf, dass sich beide hier sehr gut auskannten. Erst jetzt kehrte Clemens zurück.

»Da gibt es tatsächlich einen Weg, der ist aber zugewachsen, bestimmt voller Zecken«, sagte Clemens außer Atem und fuhr mit seiner rechten Hand hektisch über seine Hosenbeine. »Man sieht genau, dass da gerade zwei Personen entlanggelaufen sind. Man kommt da zum Hauptweg, der zu der Stelle führt, an der wir den Wagen abgestellt haben.«

»Also ins Dorf.«

»Ja. Ich bin ein Stück weitergelaufen, aber da war niemand mehr«, sagte er. »Dafür habe ich gerade noch die Tasche mit dem kleinen Besteck mitgebracht.« Er holte einen großen Beutel daraus hervor. »Du hast schon Fotos gemacht, nehme ich an.«

»Ja, es wirkt so, als sei das Kleid von der Bank heruntergerutscht.«

Clemens pflichtete ihr bei. »Inszeniert also. Und wer sollte es finden?«

»Wir«, war Jana überzeugt.

»Meinst du?«

»Ja. Ich habe mir schon die ganze Zeit überlegt, was für eine Person so was macht, ich meine, die Briefe schreiben und in dem Kleid eine Theateraufführung zu geben …«, sagte Jana.

»Also doch eine der ehemaligen Studentinnen?«

»Nein, Clemens. Mir schwebt eher eine einfältige Person mit kindlichem Gemüt vor.«

»Und so würdest du keinen aus der Theatergruppe einschätzen?«

»Nein. Ralf war mir zwar ein wenig suspekt, aber nein …«

Clemens atmete tief ein. »Hast du einen Verdacht?«

»Nein. Aber vielleicht waren es die zwei, die uns gerade entwischt sind«, überlegte Jana.

»Im Gegensatz zu uns wissen sie, wer wir sind, oder? Und dass wir uns in Claudias Wohnhaus aufgehalten haben, ist sicher nicht vielen aus dem Dorf verborgen geblieben.«

»So sehe ich das auch«, pflichtete Jana ihm bei. Clemens inspizierte derweil erneut das Kleid, bevor er es in einen Beutel packte.

»Was machen wir jetzt?«, fragte Jana.

»Schutzengelkapelle?«, schlug Clemens vor. »Ich rufe die Kollegen von Adenau an, ob sie uns Amtshilfe leisten und das Kleid direkt ins Labor weiterleiten.«

»Ist das denn schneller?«

»Bis wir zurück in Ahrweiler sind und von da aus einen Boten losschicken.« Während sie sich auf den Rückweg machten, telefonierte Clemens mit den Kollegen. Man wollte sich vor der Schutzengelkapelle treffen. Als sie in die Allee, die zur Schutzengelkapelle führte, einbogen, sah Jana aus dem Augenwinkel ein Quad an ihnen vorbei Richtung Ortsmitte fahren.

»War das eben Lutz?«, fragte sie und reckte ihren Hals, um das Nummernschild zu erkennen. Doch die Linden versperrten den Blick und bald schon war das Quad nur noch ein kleiner Punkt in der Ferne.

»Hast du ihn erkannt?«

»Ich denke schon, dass es sein Quad war, aber ob es wirklich Lutz gelenkt hat? Mit Helm sehen doch alle Leute gleich aus, also fast«, sagte Jana, während Clemens das Auto zum Stehen brachte. Jana holte Usti aus dem Kofferraum, der über den erneuten Halt nach so kurzer Fahrzeit verdutzt zu sein schien. Es dauerte eine Weile, bis er heraussprang. Direkt hinter der Kapelle konnte man bei genauem Hinsehen durch das Dickicht die polizeiliche Absperrung erkennen.

»Wie kam Claudia hierher?«, fragte Jana und blickte in den Wald hinein. Sie wunderte sich, dass Clemens ihr nicht antwortete. Als sie sich zu ihm umdrehte, musste sie lachen. Er lehnte an seinem Auto und gähnte. Über seinen Kopf hinweg registrierte sie in einiger Entfernung ein Paar, das auf sie zulief.

»Schau mal, sind das nicht die zwei von eben?«

Müde wandte Clemens seinen Kopf. »Hm, könnte sein.«

»Doch, das sind die«, sagte Jana, als sie näherkamen.

»Was machen die hier?«, fragte Clemens.

»Spazieren gehen, vermutlich«, antwortete Jana. Doch sie hatte einen Verdacht, der sie ganz kribbelig werden ließ. »Ich bin mir sicher, die haben das Kleid an den Turm gelegt«, raunte sie Clemens zu.

»Guten Tag«, sagte er, als die beiden an ihnen vorbeischlenderten. Da sie keine Anstalten machten, stehen zu bleiben, stellte er sich vor. »Wir sind uns übrigens vor einigen Tagen im Hotel Gertrudis begegnet«, fügte er hinzu.

Jana registrierte sofort, dass den beiden die Situation unangenehm war. »Wir dürfen hier doch laufen, oder?«, fragte der Mann mit einem leichten Akzent in der Stimme. Usti stand stocksteif neben Jana und brummte leise.

»Wenn Sie auf dem Weg bleiben, ja«, antwortete Clemens. Natürlich konnte er ihnen nicht verbieten, in den Wald zu gehen, doch Jana wusste, dass er solche Aussagen ganz gerne traf, um sein Gegenüber zu testen.

»Was ist denn da in dem Wald?«, fragte die Frau neugierig. Jetzt erkannte Jana sie wieder. Es war die Frau, die sich an der Martinshütte um das Catering gekümmert hatte und die das Johannisfeuer erwähnt hatte.

»Hat sich das noch nicht bis zu Ihnen herumgesprochen?«, fragte Clemens.

»Komm, Schatz«, sagte der Mann. »Wir sind hier unerwünscht und gehen besser wieder.« Er hakte sich bei der Frau unter und schob sie mit mäßigem Druck in die Richtung, aus der sie gekommen waren.

»Wolltest du sie nicht befragen?«, wollte Jana wissen, nachdem die beiden sie nicht mehr hören konnten. Sie hatte sehr wohl Ustis Anspannung registriert.

»Ich habe ihre Personalien eh schon.«

»Clemens, die haben etwas mit den Todesfällen zu tun. Ich bin mir sicher.«

»Du weißt, dass wir sie auf Verdacht nicht befragen können.«

»Dann sammeln wir Beweise. Clemens, sie sind es.«

Jana und Clemens blieben nicht mehr lange. Auf dem Nachhauseweg begleitete Jana nur ein Gedanke: Was hatten die beiden Angestellten des Hotels mit Claudia und Antje zu tun?

8. TAG: FRÜHMORGENS

Irgendwann in der Nacht hatte Jana aufgehört zu grübeln und war völlig übermüdet neben Clemens eingeschlafen. Auch er schlief unruhiger als sonst. Sein ständiges Rumoren brachte Jana schließlich dazu, mit dem Sonnenaufgang aufzustehen und sich die Akte Claudia Seiler noch einmal durchzulesen. Der Altfall hatte sich zu einem aktuellen Mordfall entwickelt. Das hätte sie nicht gedacht, als sie die Akte vor einer Weile nach der ersten Lektüre beiseitegelegt hatte. Jana suchte nach etwas Bestimmtem, einem Namen. Als sie ihn schließlich gefunden hatte, war die Sonne bereits aufgegangen. Ein Schrei hallte durch die Wohnung.

»Clemens!«, rief sie, während sie ins Schlafzimmer rannte, ohne Rücksicht darauf zu nehmen, ob er noch schlief. »Clemens!« Sie setzte sich neben ihn aufs Bett und streichelte sanft seine Schulter. Es fiel ihr schwer, die Lautstärke ihrer Stimme zu dämpfen. »Clemens, wach auf, es gibt Neuigkeiten«, flüsterte sie und fuhr mit den Fingerspitzen über seine Wange.

»Was ist?«, murmelte er. »Wie spät ist es?« Seine Augenlider zuckten.

»Du, ich weiß nun, wie die Babysitterin von damals heißt.«

»Welche Babysitterin?«, fragte er völlig verschlafen.

»Claudias, ich meine die von Lutz'.«

Clemens war mit einem Schlag hellwach.

»Also. Die Frau von damals heißt Franziska Rohleder.«

»Was, Franziska Rohleder? Sie arbeitet doch im Hotel Gertrudis.«

»Ist das die Frau, der wir gestern begegnet sind?«, fragte Jana hektisch.

»Ja.« Clemens saß mittlerweile auf der Bettkante. Ihm war es offensichtlich gerade egal, dass er völlig nackt war. Auch Jana gelang es, diesen angenehmen Anblick auszublenden.

»Oh, nein«, rief sie und sprang auf.

»Was?«

»F.«

»Was?«

»›F.‹ Antje schrieb in ihren Briefen, dass Claudia vor einer ›F.‹ Angst hatte. Wenn das diese Franziska war? Das würde auch erklären, warum niemand früher nach Claudia gesucht hat.«

»Und es gedauert hat, bis Claudias Eltern zurückkamen, bis überhaupt eine Vermisstenmeldung bei der Polizei einging«, sagte Clemens und zog sich an. Kaum hatte er seine Jeans bis zur Hüfte hochgezogen, da hüpfte er im Zimmer umher. »Weißt du, wo ich gestern Abend mein Handy hingelegt habe?«

Jana zeigte lachend auf die Fensterbank.

»Hä, wie kommt es dahin? Egal …« Er hüpfte weiter und versuchte, seine Jeans zuzuknöpfen.

»Reißverschluss«, sagte Jana lachend.

»Was? Ach so. Ich rufe direkt Melanie Siemer an. Die

soll sich um diese Franziska Rohleder kümmern und sie einbestellen.«

Während Clemens auf seinem Handy herumwischte, ging Jana ins Bad.

8. TAG: VORMITTAG

Das Verbrechen kennt kein Wochenende und deshalb hatte Clemens Dr. Großmann für den heutigen Samstag zu einer Vernehmung in die Ahrweiler Dienststelle bestellt. Seine Frau begleitete ihn. Jana sah gleich, dass es zwischen den Ehepartnern kriselte, als sie ihnen auf dem Flur begegnete. Dr. Großmann wirkte auf den ersten Blick nicht sterbenskrank.

»Sie warten bitte vor der Tür«, sagte Clemens zu Frau Großmann, als diese sich anschickte, ihrem Mann in den Vernehmungsraum zu folgen. Dr. Großmann schien das recht zu sein. Clemens fragte den ehemaligen Universitätsdozenten, ob er in eigener Sache aussagen wolle. Er werde als Zeuge vernommen, sei aber verpflichtet, wahrheitsgemäß zu antworten, wenn er aussage und nicht von dem Zeugnisverweigerungsrecht Gebrauch mache. Dr. Großmann zeigte sich kooperativ und begann bereits zu berichten, was am Johannistag 1988 in Aremberg geschehen war, noch bevor Clemens mit seiner Belehrung geendet hatte. Die Ereignisse der letzten Tage mussten ihn beschäftigt haben. Denn er wirkte anders als zuvor, schien endlich Licht in die Sache von damals zu bringen wollen. Mit fester Stimme gab er zu Protokoll, was Jana und Clemens insgeheim vermutet hatten.

»An jenem Abend fuhr ich noch einmal nach Aremberg zurück, nachdem ich die beiden Studentinnen am Bahnhof Ahrbrück abgesetzt hatte. Es war bereits dunkel, aber ich wusste, dass Claudia vor dem Turm auf mich warten wollte. Sie hatte eine Taschenlampe bei sich, und ich nahm meine aus dem Auto mit, als ich mich zu Fuß auf den Weg zu unserem Treffpunkt machte. Fragen Sie mich nicht warum, aber ich hatte den ganzen Abend über schon das Gefühl, dass etwas Schlimmes passieren würde. Vielleicht lag es an den vielen Erzählungen rund um Hexen, Wahnvorstellungen, moralische Verfehlungen, mit denen sich die Studenten an diesem Abend zu übertreffen versuchten. Claudia wirkte so losgelöst, so … als sei sie nicht von dieser Welt. Ich hatte sie mehrmals gefragt, ob sie Drogen nimmt, aber sie bestritt das jedes Mal mit einer derartigen Vehemenz, dass ich misstrauisch wurde und an ihrer Aufrichtigkeit zu zweifeln begann. Sie antwortete mir, dass sie ihren Sohn nicht verlieren wolle und schon deshalb die Finger von Drogen lasse. Ihre Antwort klingt mir noch im Ohr, als sei es erst gestern gewesen. Sie sagte, dass bereits ihre Mutter darunter litt, dass ihr die Leute unterstellten, sie führe ein lasterhaftes Leben. ›Wir Deckermädchen sind einfach anders‹, hat sie gesagt. Nicht nur einmal, und dann lachte sie dabei. Ihr Lachen … ach, Sie können sich nicht vorstellen, wie mich ihr Lachen mitriss. Sie war so anders als meine Frau. Ja, auch viel jünger, das wollen Sie doch sagen.«

Clemens unterließ es, Dr. Großmann zu unterbrechen. Jana hatten seine Erinnerungen ganz in ihren Bann gezogen. Sie konnte sich die Situation nur allzu gut bildlich vorstellen: der Universitätsdozent, den die jugendliche Unbeschwertheit seiner Studentin völlig faszinierte.

»Sie verurteilen mich nicht?«, fragte Dr. Großmann verwundert.

»Erzählen Sie weiter«, sagte Clemens nur.

»Gut, also: Ich lief zum Aremberg, kam recht gut voran, es war ja auch nicht stockdunkel an dem Abend. Nachdem ich mein Auto auf dem Parkplatz abgestellt hatte, war da dieser Schrei, oder waren es mehrere? Das war der Grund, warum ich mich beeilte. Als hätte ich eine Vorahnung gehabt. Dann lag sie plötzlich vor mir, auf dem Pflaster. Auf dem kalten Pflaster. Gekrümmt, ihre Kleidung verschmutzt. Ich leuchtete mit meiner Taschenlampe in ihr Gesicht. Sie war tot, verstehen Sie? Tot! Ich nahm ihren Kopf in beide Hände, das war, wie ich heute weiß, ein Fehler. An ihrem Hinterkopf war Blut, meine Hände waren blutig. Die Taschenlampe war blutig. Was sollte ich nur machen? Was? Ich war völlig verzweifelt. Und dann, ganz plötzlich, wurde mir bewusst, dass mich jemand beobachtete. Ich spürte es einfach. Was sollte ich tun? Die Polizei rufen? Mit meinen blutverschmierten Händen? Meine Karriere, meine Reputation! Was würde meine Frau sagen, die strenge und korrekte Rike?« Er hielt inne und trank aus dem bereitgestellten Glas.

»Sollen wir aufhören?«, fragte Clemens.

»Nein, aber ich habe alles gesagt«, entgegnete Dr. Großmann.

»Was passierte weiter?«

»Sie meinen, nachdem ich bemerkt hatte, dass ich nicht allein war? Nun, ich sah zu, dass ich wegkam. Ich stolperte einige Male, da ich mich nicht traute, die Taschenlampe einzuschalten. Jeder würde sonst sehen, wo ich mich gerade befand. Ich stieg ins Auto, fuhr nach Hause. Wechselte in der Garage meine Kleidung, die ich mir in der Waschküche holte, und wusch mich. Also ich wusch mich und wechselte dann die Kleidung.«

»Was haben Sie mit den Kleidungsstücken gemacht?«

Dr. Großmann überlegte. »Ich habe es vergessen, aber gestern ist es mir wieder eingefallen. Ich warf sie irgendwo auf dem Weg zur Uni auf der Autobahn aus dem Fenster.«

»Apropos Kleidung«, sagte Jana. »Was trug Claudia zu dem Zeitpunkt, als Sie sie fanden?«

»Ist das wichtig? Das ist vermutlich wichtig, sonst würden Sie nicht fragen, oder?« Er überlegte, was ihn anzustrengen schien. »Ich glaube, sie trug noch ihr Kostüm, aber sicher bin ich mir nicht.« Er seufzte.

»Was haben Sie eigentlich an diesem Abend von Claudia gewollt?«, fragte Jana weiter.

Dr. Großmann blickte sie aus geweiteten Augen an. »Heute kommt mir das so dumm und unreif vor. Aber ich habe das Mädchen geliebt. Ich weiß nicht, was ich mir von unserem Treffen versprach. Sie hatte mir schon mehrfach gesagt, dass sie in mir nur einen väterlichen Freund sah. Vielleicht ließ das meine Eitelkeit einfach nicht als Argument gelten. So alt war ich damals ja nun wirklich nicht. Heute wäre es sicher einfacher, um vieles einfacher.« Sein Blick kehrte sich nach innen. »Ich möchte nun wieder nach Hause, wenn das möglich ist. Mir geht es nun doch nicht so gut.«

»Sollen wir einen Arzt holen?«, fragte Clemens.

»Nein, das nicht, aber ich benötige eine Pause.«

Clemens half ihm aus dem Stuhl. »Wir haben nichts dagegen, dass Sie gehen. Bitte halten Sie sich zu unserer Verfügung«, sagte er, während er Dr. Großmann zur Tür geleitete.

»Ich komme ja nicht mehr weit«, entgegnete Dr. Großmann niedergeschlagen.

Clemens hatte gerade die Tür hinter ihm geschlossen, da schwang diese wieder auf und Melanie Siemer stand vor ihnen.

»Ich habe Neuigkeiten. Zum einen. Das Kleid, das Sie gestern ins Labor gegeben haben, wurde erst kürzlich sorgfältig gewaschen. Die Kollegen geben ihr Bestes, da noch brauchbare Ergebnisse zu finden.«

Das hatte sich Jana bereits gedacht. Das Kleid hatte so sauber ausgesehen und nach Waschmittel gerochen. »So, und dann zu dieser Franziska«, Melanie Siemer blickte auf ihr Tablet, »Rohleder.«

»Ja?«, fragte Clemens etwas zu ungeduldig. Jana musterte ihn.

»Frau Rohleder ist weder an ihrem Wohnort noch an ihrer Arbeitsstelle anzutreffen.«

»Wo wohnt sie?«, wollte Jana wissen.

»Gleich neben Claudia Seilers früherem Elternhaus in Aremberg.« Jana hatte es sich gedacht. Dass an der Adresse niemand geöffnet hatte, lag auf der Hand, denn genau zu der Zeit, als sie gestern dort klingelte, trieb sich diese Franziska auf dem Bergplateau herum.

»Na dann.« Clemens' Reaktion fiel erstaunlich nüchtern aus.

»Sollen wir eine Fahndung einleiten?«, wollte Melanie Siemer voller Eifer wissen.

»Auf welcher Grundlage, Frau Siemer? Es besteht kein dringender Tatverdacht. Bisher sprechen wir lediglich von Indizien. Alles, was wir machen können, ist, sie als Zeugin einzubestellen. Schicken Sie eine Streife los, bitten Sie die Kollegen aus Adenau, das zu übernehmen.

Sie sollen die Nachbarn befragen, den Arbeitgeber. Aber möglichst sofort.«

»Der Arbeitgeber, Sie meinen den Inhaber des Hotel Gertrudis?«

»Na ja, oder hat sie noch andere Jobs?«, fragte Clemens.

»Ich kümmere mich drum.«

»Ach, noch etwas«, sagte Clemens, als Melanie Siemer bereits die Klinke in der Hand hielt. »Was ist mit dem Mann, mit dem wir sie gestern gesehen haben? Soweit ich weiß, haben wir ihn ebenfalls als Zeugen befragt.«

»Ja.« Melanie Siemer wischte auf ihrem Tablet. »Moment. Ah, da haben wir ihn. Janko Jeftić. Er ist Koch im Hotel. Hat aber noch weitere Nebenjobs.«

»Lassen Sie auch nach ihm suchen, also keine offizielle Fahndung. Beide gelten als Verdächtige, aber nicht als Beschuldigte. Haben Sie das verinnerlicht?« Langsam begriff Jana, dass Clemens und Melanie Siemer nichts Persönliches verband. Irgendetwas musste vorgefallen sein, was ihn veranlasste, derart kühl mit ihr umzugehen. Hatte sie ähnlich wie Jana selbst einmal zu eigenmächtig gehandelt?

Als Melanie Siemer das Zimmer verlassen hatte, folgten ihr Clemens und Jana, um sich im Büro zu besprechen. Auf dem Weg dorthin zogen sie sich Tee und Kaffee aus dem Automaten. Clemens bot Jana seinen bequemen Schreibtischstuhl an, doch sie winkte ab. Ihr Freund wirkte abgespannter, als sie es war. Wie recht sie mit ihrer Einschätzung hatte, merkte sie, als er sich erschöpft darauf fallen ließ. Jana lehnte sich neben ihn an den Schreibtisch. Sie hoffte, dass er nach ihrer Hüfte greifen oder ihr Bein streicheln würde, doch ihre Erwartungen erfüllten sich nicht. Sie blickte nachdenklich in ihren Becher, nippte an dem Tee, als sie ein Gedanke durchzuckte.

»Clemens, wir sind dumm!« Sie wandte sich ihm zu. »Rike, Dr. Großmann hat seine Frau Rike genannt.«

»Ja?«

»Verstehst du nicht, Rike ist die Abkürzung von Friederike, oder Frederike oder wie auch immer.«

»Und Friederike beginnt mit F. Ist sie die Frau, die wir suchen? Die Antje in ihrem Brief an Claudia erwähnt hat?«, sagte Clemens.

»Dann hätte Claudia Angst vor Dr. Großmanns Ehefrau gehabt. Das wäre doch denkbar«, schlussfolgerte Jana.

»Und die wusste mit Sicherheit, dass sich ihr Mann und ihr Sohn an dem Abend in Aremberg aufhielten. Wenn sie wusste, dass … Ja, was eigentlich? Dr. Großmann und Claudia hatten ja angeblich kein Verhältnis.«

»Wusste das Frau Großmann auch? Ich meine, Claudia war viel jünger, flippig, verrückt. Frau Großmann ist das genaue Gegenteil«, entgegnete Jana.

»Eifersucht ist immer ein Motiv.«

»Vielleicht war es gar nicht Eifersucht?«

»Hm.«

»Ihr Mann verhielt sich in ihren Augen unmoralisch und seine Karriere stand auf dem Spiel«, sagte Jana.

»Ein starkes Motiv.«

»Und alles wäre gut gegangen, wenn ihr Mann nicht noch einmal zurückgekehrt wäre.«

»Ja, Jana, aber dann hatte sie einen Komplizen. Wie hätte sie sonst den Leichnam zur Schutzengelkapelle bringen können, um ihn dort zu vergraben?«

»Du hast recht. Totschlag ja, aber wie dann die Leiche von dort wegbringen? Und wenn sie die zwei aus dem Dorf engagiert hat, ihr zu helfen? Die Leute waren ja auf Claudia offensichtlich nicht gut zu sprechen. Vielleicht hatte man sich das sogar gemeinsam ausgedacht?«

»Aber warum taucht das Kleid plötzlich wieder auf? Warum die Briefe? Warum …«, gab Clemens zu bedenken.

»Das ist nicht wirklich plausibel, meinst du?«, fragte Jana.

»Doch, nur passt einfach einiges noch nicht zusammen. Wir werden Frau Großmann als Zeugin einbestellen. Warte …« Er verließ den Raum und kam kurz darauf wieder. »Melanie Siemer übernimmt das.«

»Was ist da eigentlich zwischen euch? Die gespannte Stimmung kann man ja beinahe mit den Händen greifen, wenn ihr zusammensteht.« Sie musste es jetzt einfach wissen.

»Dienstlich, Jana, nichts, worüber du dir Sorgen machen müsstest.« Er strich ihr liebevoll eine Haarsträhne aus dem Gesicht. »Willst du Lutz Decker anrufen und ihn fragen, warum er gestern Abend durch Aremberg fuhr?«

»Na, er wird wohl zu seinem Elternhaus gefahren sein«, antwortete Jana unleidlich. »Gut, ich mach's.«

Jana hatte gerade ihr Handy in die Hand genommen und suchte nach Lutz' Telefonnummer, als Melanie Siemer zurückkehrte. »Dieser Jeftić hat heute Spätdienst, er kommt erst am Nachmittag ins Hotel. Und die Nachbarn haben diese Franziska schon seit ein paar Tagen nicht gesehen.«

»Hm, mit deren Beobachtungsgabe ist es dann aber auch nicht weit her«, brummte Clemens.

»Na ja, die meisten arbeiten und nur wenige sind darunter, die nicht nach Köln oder Bonn oder Koblenz oder wohin auch immer pendeln. Abends haben sie was anderes zu tun, als Nachbarn zu beobachten«, gab Jana zu bedenken.

»Dann haben die Kollegen nicht die richtigen Nachbarn befragt. Heute ist Samstag, da sind viele zu Hause, also hopp«, sagte er zu Melanie Siemer. Zum ersten Mal lächelte er in ihrer Gegenwart. Auch Melanie Siemer huschte ein zaghaftes Lächeln über das Gesicht. Ein Friedensangebot von Clemens, wie es Jana schien, hatte hier auf fruchtbaren Boden getroffen.

»Könnte ich Sie einmal sprechen?«, bat Melanie Siemer zaghaft. Clemens nickte, gab Jana ein Zeichen und verließ mit der Kollegin den Raum.

Das gab ihr die Gelegenheit, ungestört mit Lutz zu telefonieren. Er nahm ihren Anruf sofort entgegen. Jana fragte ihn geradeheraus, warum er gestern Abend nach Aremberg gefahren sei. Seine Antwort fiel überraschend aus: »Ich hatte einen seltsamen Anruf auf meiner Mailbox. Jemand sprach mit verstellter Stimme. Aber ich glaube, es war ein Mann. Oder doch eine Frau mit tiefer oder mit modulierter Stimme. Keine Ahnung.«

»Was sagte der Anrufer?«

»Dass ich umgehend zum Burgberg nach Aremberg kommen solle. Dort liege etwas, das mich interessieren würde.«

»Wann kam der Anruf?«

»Meine Mailbox habe ich erst eine Weile, nachdem der Anruf eingegangen war, abgehört. Ich hab es zwar klingeln gehört, war aber mit dem Kreuz beschäftigt. Danach bin ich dann gleich los. Ich hatte noch überlegt, dich anzurufen, aber mir kam das so albern vor.«

»Woher hatte der Anrufer deine Nummer?«, fragte Jana.

»Die steht auf meinen Visitenkarten und im Telefonbuch. Ich bin ja oft auf Außenterminen. Wie soll man mich sonst erreichen?«

»Kanntest du die angezeigte Nummer?«

»Nein, es war irgendeine Handynummer.«

»Aber du kannst sie uns geben. Wir prüfen nach, wem der Anschluss gehört.«

»Ich schicke sie dir gleich, ist das okay?«

»Ja, aber direkt«, mahnte Jana. »Du weißt, dass das, was du da wieder einmal im Alleingang unternommen hast, gefährlich hätte werden können.«

»Ja«, druckste Lutz. »Aber es war ja nichts dort zu finden.«

»Kein Wunder«, sagte Jana leise.

»Was?«

»Nichts. Und was hast du danach gemacht?«

»Ich bin zum Haus meiner Eltern gefahren, wenn ich mich schon in Aremberg aufhalte.«

»Ist dir dort etwas aufgefallen?«

»Was denn?«

»Ging irgendjemand am Haus vorbei?«

»Ihr wisst was, oder?«, fragte Lutz erwartungsvoll.

»Also?«, fragte Jana.

»Doch, unsere Nachbarin. Die arbeitet im Hotel als Küchenhilfe, glaube ich. Und dieser Janko, die kamen nach Hause, als ich gerade oben am Fenster stand und die alten Gardinen runternahm.«

»Sind sie gleich ins Haus gegangen?«

»Ich konnte es nicht sehen, ich nehme doch an. Ihr interessiert euch für sie? Ihr meint, sie könnte etwas mit dem Tod meiner Mutter zu tun haben? Und dieser Antje?«

»Danke, das war's fürs Erste. Würdest du uns informieren, wenn du Frau Rohleder oder diesen Herrn Jefić zu Gesicht bekommst?«

»Ihr habt die beiden wirklich im Verdacht, oder?«

»Machst du das bitte und sprich sie keinesfalls auf irgendetwas an, was im Zusammenhang mit unseren Ermittlungen steht, hörst du? Und schick mir sofort die Telefonnummer des Anrufers!«

Lutz versprach es. Gerade als sie aufgelegt hatte, kam Clemens zurück. Er wirkte nachdenklich. »Und, hast du Lutz Decker erreicht?«, fragte er.

»Eine echt absurde Geschichte«, begann Jana und erzählte ihm daraufhin, was Lutz ihr nur wenige Minuten zuvor berichtet hatte. »Offensichtlich treibt da jemand ein ganz perfides Spiel mit uns und allen Beteiligten.«

»Langsam glaube ich, dass du mit deiner Theorie von eben gar nicht so falsch liegst.«

»Oder«, relativierte Jana, »wir haben es mit einer Person zu tun, die ein psychisches Problem hat.« Ihr Handy meldete den Eingang einer neuen Nachricht. Tatsächlich hatte Lutz Wort gehalten. Jana schrieb die Nummer ab und reichte Clemens den Zettel. »Das ist die Nummer des Anrufers, der Lutz zum Burgplateau gelockt hat.«

»Ich lasse sie überprüfen und wir vernehmen Frau Großmann, dann sehen wir weiter.«

Jana war einverstanden. Auf Clemens' Anruf hin kam Frau Großmann in nur wenigen Minuten zur Dienststelle. Sie sei mit dem Rad gefahren. Da ihr Sohn sich um den Vater kümmern wollte, sei sie gerade abkömmlich. Ohne mit der Wimper zu zucken, ging sie in den folgenden Minuten detailliert auf Clemens' und Janas Fragen ein. Nach der Vernehmung waren sich Jana und Clemens einig, dass sie die Frau des Universitätsdozenten von der Liste der Verdächtigen streichen konnten. Frau Großmann hatte bis vor wenigen Tagen, als ihr Mann sich ihr offenbarte, keine Ahnung von seiner Schwärmerei für Claudia Seiler gehabt. »Wenn, dann hätte ich ihm den Marsch geblasen, statt dem armen Ding etwas anzutun«, hatte sie verlauten lassen. Jana konnte sich das gut vorstellen. Außerdem hatten sie keine Idee, warum sie irgendeinen Vorteil aus Antjes Tod hätte ziehen können und woher sie sie überhaupt hätte kennen sollen. Ja, Antjes Fall durften sie nicht aus den Augen verlieren, vor allem wenn die beiden Todesfälle miteinander in Verbindung standen. Doch was verband sie wirklich?« Erneut meldete sich Lutz auf Janas Handy.

»Ja, Lutz?«

»Mir ist noch etwas eingefallen. Beziehungsweise, ich glaube, ich sollte dir doch schildern, was ich beobachtet habe.«

»Dann schieß mal los.« Jana gab Clemens ein Zeichen, dass sie sich eine wichtige Nachricht erhoffte und setzte sich auf die Kante des Schreibtischs.

»Jessy hasst Franziska, Franziska Rohleder.«

Jana musste eine Weile überlegen, welchen Wert diese Beobachtung haben konnte. Sie stand auf dem Schlauch, doch dann wusste sie, dass sie tatsächlich die Spur des oder der Täter gefunden hatten. Mit einem Dank an Lutz beendete sie das Gespräch.

»Jessy hasst Frau Rohleder.«

»Wer bitte ist Jessy?«, fragte Clemens. Er hatte offenbar eine aufschlussreichere Neuigkeit erwartet.

Nachdem Jana ihm die Zusammenhänge erklärt hatte, griff Clemens zum Telefon. »Intensivieren Sie die Suche nach Frau Rohleder und Herrn Jeftić. Ausschreibung zur Aufenthaltsermittlung, Sofortfahndung, genau.« Er legte auf.

»Er hatte sie die ganze Zeit über schon im Verdacht«, überlegte Jana und erinnerte sich an seine Frage bezüglich der Sinnesleistungen der Hunde.

»Was haben wir in der Hand gegen diese Frau?«, fragte Clemens.

»Eine ganze Menge. Vor allem hat sie Lutz damals tagelang behalten, und wären Claudias Eltern nicht aus dem Urlaub zurückgekommen, wäre das Verschwinden ihrer Tochter wohl noch lange nicht aufgefallen. Was könnte damals passiert sein?«, fragte Jana.

»Franziska Rohleder hatte offensichtlich ein verstärktes Interesse an Lutz.«

»Du meinst, sie wollte ihn Claudia wegnehmen?«

»Wir müssen in Erfahrung bringen, wo sich die Dame aufhält«, sagte Clemens und verließ das Zimmer.

Es dauerte eine Weile, bis er zurückkam. »Ich habe Neuigkeiten. Gerade rief Frau Großmann an. Dr. Großmann bat seine Frau, alte Kontoauszüge zu entsorgen. Ganz alte.«

»Mach's nicht so spannend, Clemens!«

»Auch aus den 80ern. Kaum noch zu entziffern. Dr. Großmann hat Anfang Juli 1988 einen größeren Geldbetrag bar abgehoben.«

»Und? Wie hoch?«

»100.000 DM.«

»Warum er die aufgehoben hat und nicht vernichtet hat?«, überlegte Jana.

»Vergessen? Keine Ahnung! Um später doch noch etwas beweisen zu können?«

»Na ja, wofür er das Geld abgehoben hat, wird ja durch den Ausdruck nicht erklärt. Woher hatte er so viel Geld?«, fragte Jana.

»Das Geld stammte aus einer Erbschaft einige Jahre zuvor.«

»Und seine Frau hat nie bemerkt, dass das Geld nicht mehr da war?«, fragte Jana ungläubig.

»Doch, als vor Jahren einmal der Anbau eines Wintergartens im Gespräch war, ihr Mann jedoch wieder davon abrückte, da hatte sie vermutet, dass er Geld abzweigt.«

»Sie hatte keinen Zugang zu diesem Konto?«

»Nein, das war damals noch die Regel, dass die Männer die Konten verwalteten.«

»Frau Großmann ist dem nie nachgegangen?«

»Sie sagt, nein.«

»Und seine Frau findet diese Abhebung nun also erwähnenswert, weil …?«

»Weil sie der Zeitpunkt hatte stutzig werden lassen. Sie brachte die Überweisung in Zusammenhang mit Claudias Tod, dessen Zeitpunkt sie ja nun kennt.«

»Was glaubt sie denn, wofür das Geld verwendet wurde?«

»Sie glaubt, dass ihr Mann erpresst wurde.«

»Wie das?«

»Neulich habe sie ein Telefonat mitbekommen, das ihr Sohn am Apparat der Eltern entgegengenommen hatte.

Der Sohn habe aufgelegt, mit den Worten: ›Da wollte jemand den Enkeltrick anwenden.‹«

»Das ist doch gut möglich. Was hat der Enkeltrick mit der Überweisung zu tun?«

»Nun, das macht man mit einer falschen Rufnummer oder einer unterdrückten.«

»Und das war sie nicht?«

»Nein, Frau Großmann hat die Nummer des letzten Anrufes aufgerufen und einfach zurückgerufen.«

»Woher …?«

»Der Anruf kam aus dem Hotel Gertrudis in Schuld.«

»Wann?«

»Am Tag des Mordes an Antje.«

»Was für ein Durcheinander. Ich kapiere gar nichts mehr.« Jana ließ sich auf den Stuhl Clemens gegenüber fallen und legte den Kopf auf ihre Arme, die sie auf der Schreibtischplatte ausgestreckt hatte. »Dann also kein Enkeltrick, sondern eine weitere Erpressung?« Jana hob den Kopf. In ihrem Nacken knackte es.

»Oder eine Mitteilung?«

»An wen?«

»Herrn Dr. Großmann, vermute ich«, antwortete Clemens.

»Ob es einer von den Studenten war, der da angerufen hat? Oder eine Studentin? Aber wenn Rainer bereits bei seinen Eltern war, dann muss der Anruf doch später am Tag erfolgt sein. Hat Frau Großmann etwas über den Zeitpunkt gesagt?«

»Sie konnte sich nicht erinnern, findet den Anruf in der Telefonanlage nicht mehr.«

»Also hat ihn jemand gelöscht?«

»Möglich. Wir werden Dr. Großmann gezielt auf eine

mutmaßliche Erpressung in der Vergangenheit ansprechen müssen«, brachte es Clemens auf den Punkt.

»Ob der uns sagt, wer ihn erpresst hat?«, überlegte Jana. »Andererseits, was hat er noch zu verlieren? Aber wenn er Claudia doch ermordet hat, was dann? Kann es sein, dass er es vielleicht verdrängt hat oder an einer Amnesie litt? Und die Erinnerung kehrt erst jetzt, durch die aktuellen Ereignisse, wieder zurück?«

Clemens pflichtete ihr an mehreren Stellen ihrer Theorie bei. Insgesamt war Jana jedoch mit ihrem Latein am Ende. Clemens offensichtlich auch, denn er rieb sich die Augen.

»Was diese Geldabhebung angeht …«, begann Jana zu schlussfolgern. Doch ein Klopfen an der Tür unterbrach sie.

»Herr Wieland, ich habe gerade eine Nachricht von Europol bekommen. Sie haben doch was über diesen Herrn im System. Diesen Herrn …«, die Auszubildende schaute auf einen Ausdruck, »Jeftić.«

»Oh, zeigen Sie mal her.« Clemens nahm ihr das Blatt ab. »Das ist ja interessant. Der Bekannte von Frau Rohleder ist in einem Tötungsdelikt in seiner Heimat Kroatien erkennungsdienstlich behandelt worden.«

»Konnte ihm etwas nachgewiesen werden?«, fragte Jana und erwartete aufgeregt Clemens' Antwort. Doch er schüttelte nur den Kopf.

»Zumindest gab es keine Verurteilung. Aber laut einem Gutachten neigt er zu Kurzschlusshandlungen und ist immer wieder durch Schlägereien aufgefallen.«

»Hat er denn in Kroatien noch einen Wohnsitz?«

»Soweit ich es hier erkennen kann, nein. Er ist nur in Deutschland gemeldet.«

»Haben Sie schon die Handynummer ausfindig gemacht, die ich Ihnen genannt hatte?«

»Leider nein«, entgegnete die Auszubildende.

»Aber was haben er und diese Franziska überhaupt für ein Motiv, ich verstehe das alles gerade nicht«, überlegte Clemens laut, als er wieder mit Jana alleine war.

»Erpressung, die aus dem Ruder gelaufen ist?«, sagte Jana trocken. »Vielleicht haben wir es doch mit mehreren Tätern zu tun?«

»Du meinst, jemand schlägt aus dem Tod von Claudia Kapital und Antje wurde von jemand anderem vom Felsen gestürzt?«

»Derjenige, der Claudia auf dem Gewissen hatte, könnte aber auch Antje auf dem Gewissen haben. Sag mal, wo hat sich Antje eigentlich in der Johannisnacht 1988 aufgehalten, als Dr. Großmann später wieder nach Aremberg zurückkehrte? Mit wem ist sie an dem Abend gefahren? Hatte sie auch ein Zimmer im Studentenwohnheim?«

»Oh …, warte. Haben wir das überhaupt irgendwo erfasst?«

»Sonst bleibt nur, Rainer und die anderen noch einmal zu befragen. Irgendwer wird sich vielleicht erinnern.«

Clemens wollte telefonieren, doch dann verließ er hastig das Büro. Jana hing völlig in den Seilen und um ihre scharfe Kombinationsgabe hatte sich ein wattiger Schleier gelegt. Sie hatte Hunger und musste dringend etwas trinken. Aus dem Automaten im Flur zog sie sich einen Schokoriegel und ein Wasser. Nach der Stärkung kehrten ihre Lebensgeister zurück, und als Clemens wiederkam, hatte sie sich eine neue Theorie zurechtgelegt.

»Was ist, wenn Antje nicht nur das Opfer war?«, fragte sie. »Entschuldige, ich wollte dich nicht überfallen mit meiner neuen Theorie.«

»Nur zu«, sagte er. Erst als Jana sich zu ihm umdrehte, bemerkte sie, dass er zwei Becher in den Händen hielt. »Wasser, zum Beflügeln unserer geistigen Fähigkeiten.« Jana dankte artig, ohne darauf einzugehen, dass sie gerade erst etwas getrunken hatte.

»Also: Antje hat Claudia am Johannistag bei einem Streit getötet. Bei dem ging es vielleicht um die Rolle. Es waren angeblich alle scharf auf die Rolle der Abigail. Es war ja sehr rutschig dort. Antje ist an dem Tag unserer Wanderung dort selbst ausgerutscht. Einer von den Kommilitonen hat Antje bei der Beseitigung der Leiche geholfen, vielleicht auch deshalb die ganzen Spannungen, die ich während der Wanderung und anschließend am Lagerfeuer wahrgenommen habe. Und dieser Jörg, dieser Typ mit dem Kinnbärtchen, was machte er noch gleich beruflich? Ach ja, irgendwas mit Gastronomie. Der jedenfalls hackte ständig auf Antje rum, warum auch immer. Vielleicht hat Rainer einem seiner Kumpels den wahren Grund für die Wanderung offenbart und der wusste, mit wem zusammen Antje Claudias Leiche beseitigt hat, oder er war es sogar selbst. Und sie wollten dann Antje zur Rede stellen, oder Antje hat sie sogar selbst zum Aussichtspunkt bestellt, um ihnen Geld anzubieten, vielleicht so? Wir haben uns ja bisher nur auf die DNA der Großmanns und die von Lutz beschränkt. Aber nicht die von Christoph Würtz oder Jörg Orlowski berücksichtigt. Und was ist überhaupt mit diesem Ralf Kuhn, dem Aufmüpfigen, der ein wenig wie der ewige Verlierer wirkt?«

»Puh, wir müssen alles noch einmal neu überdenken, Jana. Ich gebe diese neue Theorie mal an mein Team weiter, die sollen Hinweise dafür zusammentragen. Ich brauche eine Pause und du auch. Ich fahr dich jetzt nach Hause.«

In dem Fall war Jana ganz seiner Meinung.

8. TAG: NACHMITTAG

Da heute Samstag war, würden sie keine neuen Laborergebnisse erhalten. Jana und Clemens mussten mit dem arbeiten, was ihnen zur Verfügung stand. Und bezüglich der sicheren Ergebnisse sah es einigermaßen unerfreulich aus. Um den Kopf etwas frei zu bekommen und um vielleicht besser nachdenken zu können, hatten beide nach einer kurzen Mittagspause auf Janas Dachterrasse beschlossen, mit Usti eine Landpartie zu unternehmen. Sie wollten an der Ahr entlangfahren und bald wieder anhalten, damit Usti wieder einmal frei rennen konnte. Doch insgeheim war beiden klar, dass sie früher oder später ohnehin an einem der Tatorte landen würden. Die Felsformation der Bunten Kuh zog an ihnen vorbei, ebenso der Abzweig nach Marienthal.

»Wie viele Verdächtige haben wir jetzt?«, fragte Clemens, als sie auf der Bundesstraße an den Dernauer Weinbergen entlangfuhren.

»Kommt drauf an, von welchem Delikt wir gerade ausgehen«, antwortete Jana resigniert. »Antje für die mutmaßliche Erpressung und eventuell den Mord an Claudia.«

»Wieso Antje? Denkst du das wirklich?«

»Nein. Zudem fehlt uns dann ja auch ihr Mörder.«

»Ich sehe immer noch Dr. Großmann ganz weit vorn,

wenn es um den Tod von Claudia geht. Und sein Sohn hat dann Antje den Felsen hinuntergestoßen, weil sie zu viel wusste? Aber warum nach 30 Jahren?«

»Sein Sohn Rainer für den Mord an Claudia, wäre doch auch denkbar«, ergänzte Jana. »Im Auftrag seiner Frau, also Rainers Mutter?«

»Und erpresst haben könnte die Großmanns jeder, der an dem Abend dort entlangkam«, überlegte Clemens. Mittlerweile fuhren sie auf Rech zu.

»Ja, und dann meine Theorie von heute Mittag: Rainer hat zusammen mit einem anderen Mann Antje zur Rede gestellt und von dem findet sich die DNA an ihrer Leiche.«

»Wir haben doch noch diese ominöse Person mit dem Buchstaben F. Kann das wirklich Großmanns Frau sein? Die beiden, diese Nachbarin von früher und ihr Bekannter, sind für dich ganz aus dem Rennen?«, fragte Clemens, während er den Wagen an der Recher Nepomukbrücke vorbeilenkte.

»Nein, auf keinen Fall. Nur wieso sollte Claudia Angst vor Franziska Rohleder gehabt haben? Aber das mit dem Kleid, das traue ich ihr irgendwie zu. Franziska Rohleder kam vielleicht an Lutz' Quad mit dem Kleidersack vorbei und hat die Sachen entwendet.«

»Wusste sie denn, was sich darin befindet?«

»Wenn sie ihn den Sack aus seinem ehemaligen Elternhaus hat tragen sehen. Sie könnte ihm gefolgt sein.«

»Ja. Und sie hätte auch Zugang zu den Meldedaten der Hotelgäste«, sagte Clemens überzeugt.

»Richtig, so konnte sie die Briefe schreiben. Das hätte ich beinahe vergessen«, bemerkte Jana. Die Pausen in ihrer Unterhaltung wurden immer länger. Mittlerweile hatten sie Mayschoß und Altenahr hinter sich gelassen. Usti wimmerte vor Langeweile. Sie befuhren den Lingenbergtunnel Richtung Ahrbrück. An dessen Ausgang klingelte Clemens' Handy. Er drückte auf die Freisprechanlage.

»Es wurde ein Feuer in Pützfeld gemeldet«, sagte eine Stimme, die Jana nicht zuordnen konnte. »Die Kollegen von der Feuerwehr haben etwas gefunden, was wir uns unbedingt ansehen müssen.«

»Du wirst es nicht glauben, wir sind beinahe dort«, antwortete Clemens der Stimme. »Wo müssen wir genau hin?«

»Zur Silvesterhütte oberhalb des Ortes. Am besten, ihr biegt am Einkaufszentrum ab. Es gibt oben einen Notfallpunkt, ich schicke dir die Daten per SMS.«

»Und was sollte uns interessieren?«

»Melanie meinte, es hängt mit eurem aktuellen Mordfall zusammen. Mehr weiß ich auch nicht.« Die Verbindung brach ab.

»Warum hat dich Frau Siemer denn nicht direkt angerufen, sondern der Kollege?«

Clemens blickte stur geradeaus und blieb Jana eine Antwort schuldig. Dann eben nicht, dachte sie verschnupft. Allmählich ging ihr das merkwürdige Verhalten der beiden auf die Nerven. Der Weg zu dem angegebenen Ort war nicht leicht zu finden. Clemens fuhr nun auf einer Straße, die immer steiler wurde. Es ging vorbei an weitläufigen Wiesen scheinbar ins Nirgendwo, doch auf einer Anhöhe erblickten sie ein großes Löschfahrzeug der Feuerwehr. »Da müssen wir wohl hin«, sagte Clemens, der seit einer Weile nicht mehr gesprochen hatte. Er lenkte den Wagen auf eine Wiese. Während er zu einem der Feuerwehrmänner eilte, stieg Jana aus. Zunächst zog sie der weite Blick über die Ahrhöhen völlig in seinen Bann. Auf der gegenüberliegenden Seite der Ahr erkannte sie eine hell getünchte Kapelle, die auf einem Felssporn thronte. Fast hätte sie vergessen, warum sie hier waren. Sie inspizierte die nähere Umgebung genauer. Zu ihrer Linken befand sich ein großer Gedenkstein, hinter dem Feuerwehrwagen lugten die Umrisse einer hölzernen Schutzhütte hervor. Sie hatte angenommen, dass man dort ein Lagerfeuer gemacht hatte, das außer Kontrolle geraten war, doch die Feuerstelle einige Meter vor der Hütte war erloschen. Es zogen dort noch nicht einmal Rauchschwaden auf. Etwas musste an der Hütte passiert sein. Jana ließ den maulenden Usti im Auto und ging Clemens hinterher. Als sie um das Feuerwehrfahrzeug herumgelaufen war, erkannte sie, dass die Hütte deutliche Brandspuren aufwies. Ursache dafür schien ein Feuer gewesen zu sein, das jemand direkt vor dem Gebäude entfacht hatte. Clemens stand mit zwei uniformierten Kollegen an der Frontseite der Hütte. Ihre Blicke waren nach oben gerichtet. An einem der Balken hing eine menschliche Gestalt. Als Jana näher kam, sah sie, dass das Feuer den Menschen, der sich dort offensichtlich erhängt hatte, noch nicht erfasst hatte. Clemens drehte sich um und ging Jana einige Schritte entgegen. »Wir kennen den Mann«, sagte er bedrückt.

»Wer?«, fragte Jana, so sachlich sie es nur konnte. Doch auch sie ließ ein solcher Anblick nicht kalt und würde es nie tun.

»Der Koch aus dem Hotel Gertrudis.«

»Dieser Jeftić? Der Bekannte von Franziska Rohleder?«

»Hm. Ich bin mir nicht sicher, ob wir es hier wirklich mit einem Freitod zu tun haben.«

»Wer hat denn das Feuer gelegt?«

»Eben. Die Zusammenhänge gilt es herauszufinden. Jedenfalls haben wir es einer aufmerksamen Wanderin zu verdanken, dass das Feuer nicht die gesamte Hütte ergriffen hat und so wohl noch einige Spuren zu sichern sein werden.«

»Wer hat denn den Brand gemeldet?«

»Eine Frau ... Moment!« Clemens wandte sich fragend an den Kollegen der Streifenpolizei. Er musste nichts sagen, denn Jana hatte bereits eine Frau am Arm einer Feuerwehrkameradin entdeckt. Offensichtlich hatte ihr die Auffindung des Toten arg zugesetzt. Nur wenige Schritte, dann war Jana bei den beiden angelangt.

»Kordula, du?«, fragte sie mitfühlend.

»Jana?« Kordula Lück hatte also den Toten gefunden.

»Erst habe ich nur gesehen, dass es da an der Hütte qualmt, und als ich die Feuerwehr anrief und gleichzeitig näher heranging, sah ich, dass sich da jemand erhängt hat«, presste sie heraus.

»Aber wieso bist du hier?«, fragte Jana verwundert.

»Ach, diese ganze Hexenthematik ist mir seit letzter Woche nicht mehr aus dem Kopf gegangen. Es kam so vieles wieder ins Bewusstsein, das Stück damals, die Konflikte untereinander, weißt du. Ich dachte, ich wandere nach Pützfeld und schaue mir den Hexenplatz hier an ...«

»Hexenplatz?«, fragte Jana befremdet.

»Ja, da hinten. Hast du den Stein gesehen? Hier wurde vielen armen Menschen der Prozess gemacht. Da steht auch etwas über eine Else, die im 17. Jahrhundert hier oben hingerichtet wurde.«

»Grausam«, antwortete Jana und wollte noch weiterfragen, als Clemens sie sanft auf die Schulter tippte.

»Darf ich unterbrechen? Sie waren doch am vergangenen Wochenende auch unter den Gästen des Hotels. Was bitte machen Sie heute hier?«

Während Kordula ihm mit beinahe denselben Worten, die sie zuvor Jana gegenüber benutzt hatte, den Grund für ihre Anwesenheit schilderte, blickte Jana zu ihrem Auto.

»Ich muss Usti rausholen, es ist viel zu warm«, entschuldigte sie sich und rannte los. Zum Glück war es im Auto dank der Klimaanlage, die während der ganzen Fahrt hierher gelaufen war, noch gut auszuhalten und so hüpfte ein unversehrter, wenn auch wegen der langen Wartezeit ein wenig verstimmter Usti aus dem Kofferraum. Kordulas Bericht über die Hexenprozesse genau an diesem Ort beschäftigte Jana und so schaute sie sich den einige Meter weiter aufgestellten Stein genauer an. Ein Steinmetz hatte in den großen Stein einen Galgen hineingemeißelt. Jana lief es bei der Vorstellung, wie viel Leid Menschen im Namen des Glaubens angetan worden war, eiskalt den Rücken herunter. Als sie zurück zu Clemens ging, beobachtete sie, wie sich die Fahrzeuge der Spurensicherung näherten. Mittlerweile hatten die Polizeibeamten das Areal weiträumig abgesperrt. Clemens hielt Jana Überziehschuhe hin und führte sie zum Tatort.

»Ich bin mir nicht sicher, ob wir es hier mit einem Freitod zu tun haben, auch wenn uns das Schreiben dies glauben lassen möchte.« Jana warf einen Blick auf das Blatt Papier, das Clemens ihr hinhielt. Es steckte in einem durchsichtigen Schutzbeutel und war von einem karierten Schreibblock abgerissen worden.

»Es lag auf der Bank. Hätte alles gebrannt, wäre es ebenfalls vernichtet worden.« Jana las die wenigen Zeilen. Jeftić nahm alle Schuld im Mordfall Antje auf sich. Er habe es Franziska zuliebe getan.

»Erkennst du die Schrift wieder, ist das die von den Briefen an die anderen?«, fragte Clemens, während Jana noch versuchte zu verstehen, was dieser Abschiedsbrief bedeutete.

»Nein, selbst wenn die anderen Briefe mit verstellter Schrift verfasst wurden, das hier hat eindeutig jemand anderes geschrieben.« Gedankenversunken drehte Jana das Blatt um. »Oh, da steht ja noch etwas. Schau mal, Clemens.«

Clemens beugte sich über die Rückseite des Blattes. In krakeligen Buchstaben war dort zu lesen: »Ich wollte sie nicht töten, nun ist auch sie tot. Es war ein Unfall.«

»Von wem spricht er?« Clemens sah Jana entgeistert an. »Wer ist jetzt auch tot?«

»Hier steht noch ein weiterer Satz: »Vergib mir, Franziska«, sagte Jana.

»Wo könnte sie sein?«, fragte Clemens hektisch.

»Ich würde zuerst in ihrem Haus suchen«, schlug Jana vor.

»Du kommst mit. Die Tatortfotografie übernimmt der Kollege. Komm«, rief er, als Jana noch immer wie angewurzelt vor der baumelnden Leiche stand. »Jana, komm!«

»Was?« Nun hatte auch sie begriffen, dass sie gemeint war. Sie rannte Clemens hinterher, streifte die Plastikschuhe ab, ließ Usti in den Kofferraum hüpfen und nahm auf dem Beifahrersitz Platz. Clemens wendete seinen Wagen und hielt Jana das Blaulicht hin, damit sie es auf dem Autodach befestigte. Als sie den asphaltierten Weg erreicht hatten, bog er nach rechts ab und fuhr in die entgegengesetzte Richtung davon.

»Kennst du den Weg?«, fragte Jana.

»Nur grob, ich hoffe, wir kommen irgendwo in Ahrbrück raus.«

Er hatte recht. Nachdem sie durch einen Wald bergab gefahren waren, hatten sie die Landesstraße erreicht, die nach Kesseling führte. Schon bald kamen sie an die Einmündung zur Bundesstraße. Erst dort schaltete Clemens das Blaulicht an.

»Rufst du bitte mal die Feuerwehr an, wir brauchen sofort jemanden, der uns die Haustür öffnet.«

Jana folgte seinen Anweisungen. »Meinst du, wir finden sie dort?«, fragte Jana, nachdem sie das Telefonat beendet hatte.

»Vielleicht haben wir ja Glück«, sagte Clemens. Als sie in Aremberg vor dem Haus von Franziska Rohleder ankamen, war die Feuerwehr bereits dort. Clemens sprang heraus, Jana ließ Usti aus dem Auto und wartete in einiger Entfernung zum Eingang. Kurze Zeit später hörte sie das Krachen der Eingangstür und nur Minuten später eilte Clemens mit dem Handy am Ohr wieder aus dem Haus. Als er bei Jana angelangt war, hatte er das Telefonat gerade beendet.

»Der Notarzt müsste gleich da sein.«, sagte er hastig.

»Lebt sie noch?«, fragte Jana aufgeregt.

»Ja, aber sie ist schwer verletzt. Kannst du Usti bitte wieder ins Auto setzen? Wir machen die Fenster weit auf. Der Wagen steht ja im Schatten. Aber ich brauche dich jetzt für die Spurenfotografie.« Jana brachte den verdutzten Terrier zurück ins Auto, holte ihre Kameraausrüstung und stieg mit klopfendem Herzen die Stufen hinauf, die zum Hauseingang führten. Drinnen sah zunächst alles ganz friedlich aus, wenn man einmal von der aufgebrochenen Eingangstür absah. Clemens führte Jana in die Küche. Dort hatte offensichtlich ein Kampf stattgefunden. Auf dem Boden nahe dem Fenster hockten zwei Feuerwehrmänner und leisteten Erste Hilfe. Jana konnte nur Franziskas Füße und einen Teil der Beine erkennen.

»Wie lange liegt sie schon da, was meinst du?«, fragte sie Clemens, während sie ihre Kamera vorbereitete.

»Stunden sicher …«

»Ist sie ansprechbar?« Jana begann, Fotos von der Situation im Zimmer zu machen.

»Kaum«, entgegnete Clemens.

»Lag sie so da, als ihr sie fandet?«

»Nein, wir mussten sie drehen. So wie es aussieht, ist sie mit dem Hinterkopf auf den Heizkörper geknallt.«

8. TAG: FRÜHER ABEND

Nachdem Franziska Rohleder abtransportiert und die Tatortarbeit beendet war, hatte sich Jana Usti geschnappt und war eine Runde durchs Dorf gelaufen. Sie brauchte frische Luft, und Usti sowieso. Clemens hatte noch im Haus zu tun. Der Notarzt hatte ihnen mitgeteilt, dass Franziska Rohleders Zustand zwar äußerst kritisch sei, es jedoch Chancen gab, dass sie überlebte. Ihnen blieb nichts anderes übrig, als abzuwarten und zu hoffen, dass sie bald ansprechbar war.

Jana kam am Haus des Ortschronisten vorbei und sah im Vorgarten Frau Effert mit einer Nachbarin sprechen. Als sie Jana kommen bemerkte, rief sie etwas ins Innere des Hauses. Daraufhin erschien ein Mann, bei dem es sich nur um Manfred Effert handeln konnte.

»Frau Vogt«, fragte der Mittfünfziger freundlich, als Jana nur noch wenige Schritte von ihnen entfernt war. Sie bejahte. »Es ist was mit Franziska Rohleder, oder?«, fragte er ehrlich betroffen. Jana nickte. »Meine Mutter sagte mir, dass Sie mich gesucht haben. Wie kann ich Ihnen behilflich sein?«

Wenn er wüsste, dass wir ihn als einen der Verdächtigen geführt haben, dachte Jana. Sie war sich nicht im Klaren, ob er das immer noch war. Im Moment bekam sie die Puzzlestücke einfach nicht zusammen. Und längst war noch nicht ausgemacht, wer Claudia auf dem Gewissen hatte und ob jemand Dr. Großmann erpresst beziehungsweise wer die Briefe geschrieben und in Claudias Kleid diesen Mummenschanz veranstaltet hatte. Wenn sie Pech hatten, handelte es sich um ganz verschiedene Delikte mit unterschiedlichen Tätern. Und war Jankos Selbstbezichtigung im Abschiedsbrief echt? Vor lauter Grübeleien hatte Jana auf die Einladung von Manfred Effert reagiert und war ihm zu einer Sitzgruppe vor dem Haus gefolgt.

»Einen netten Hund haben Sie. Ich hatte bis vor Kurzem eine Katze, aber die ist leider irgendwann nicht mehr wiedergekommen«, sagte er traurig und setzte sich auf einen der Gartenstühle. »Entschuldigen Sie bitte meine Unhöflichkeit. Aber die Fahrt war lang und ich bin sehr müde. Bitte, setzen Sie sich doch«, sagte er.

»Sie waren die ganze Zeit in Frankreich?«, fragte Jana.

»Was meinen Sie mit ›die ganze Zeit‹?«

»Sie sind nicht zwischendurch zurückgekommen?«

»Nein, natürlich nicht. Einmal im Jahr diese Strecke reicht mir. Seit einem Unfall habe ich große Probleme mit meinen Beinen. Aber warum fragen Sie?«

»Dann wissen Sie nicht, was passiert ist, oder?«

»Meine Mutter hat mir eben nur erzählt, dass in Schuld eine Frau verunglückt ist. Und eben sah ich die Einsatzwagen am Haus von Franziska stehen.« Er strich sich die schütteren Haare hinter den Ohren mit beiden Handflächen glatt.

»Kannten Sie Franziska Rohleder gut?«, fragte Jana.

»Wir gingen zusammen in die Grundschule. Aber sie war schon immer etwas seltsam.«

»Inwiefern?«

»Ihre Besessenheit in allen Belangen. Erzähl davon!«, rief Manfred Efferts Mutter, die offensichtlich gelauscht hatte.

»Na ja, Besessenheit würde ich das nicht nennen.« Er blickte zu seiner Mutter. Diese war bereits wieder in ihr Gespräch mit der Nachbarin vertieft. »Im Grunde fand sie alles schlecht«, fuhr er fort. »Wenn wir spielten, fand sie die Spiele doof. Wenn sie etwas geschenkt bekam, war es nicht gut genug. Sie war neidisch auf alles und jeden. Ja, sie fühlte sich immer benachteiligt. Und als sie dann keine Kinder bekommen konnte, da wurde sie noch seltsamer. Und dann hat sie diesen Janko geheiratet. Keine Ahnung, warum. Und dann auch noch heimlich.«

»Sie waren verheiratet?«, fragte Jana verwundert.

»Sie dachte, das bekommt hier keiner mit. Aber ihr Janko, das war schon so einer. Vor allem wenn er betrunken war. Dann erzählte er so manches.«

»Zum Beispiel?«

»Einmal saß er vor Franziskas Haus. Sie hatte ihn wieder einmal ausgesperrt. Er trank Trester und war schon ziemlich dicht. Er winkte mich zu sich, ich dachte, dass ich dem armen Kerl Gesellschaft leisten könnte.« Er blickte zu seiner Mutter, die immer noch mit der Nachbarin tratschte. »Er erzählte mir, dass es mit dieser Frau, also Franziska, manchmal nicht auszuhalten sei. Dass er doch schon so viel für sie getan habe. Dass sie es ihm zu verdanken habe, dass sie das Haus überhaupt noch halten konnten. Das Geld wächst ja nicht auf den Bäumen, hat er gemeint.«

»Können Sie sich vorstellen, dass die beiden illegal an Geld gekommen sind?«

Manfred Effert brauchte nicht lange zu überlegen.

»Oh ja, so manches Mal habe ich mir das gedacht. Er sprach an dem Abend auch von einem Professor. Was könnte er damit gemeint haben?«

Jana fiel es nicht schwer, eins und eins zusammenzuzählen. Wenn auch Dr. Großmann keine Professorenstelle innegehabt hatte, so war bestimmt er gemeint. Die Wahrscheinlichkeit war also hoch, dass die beiden ihn erpresst hatten. Dann hatten Franziska und Janko ihn am Johannisabend 1988 am Aremberg beobachtet. Aber wie waren sie an seinen Namen gekommen? Hatte Claudia Franziska gegenüber die Theaterproben und die Namen der Beteiligten erwähnt? Gut möglich, dass Franziska einige Details kannte, wenn sie als Nachbarin auf den kleinen Lutz aufgepasst hatte.

»Möchten Sie etwas trinken?«, fragte Manfred Effert. Jana nickte und blickte auf Usti, der unter dem Tisch döste. Die Sonne stand schon sehr tief.

Manfred Effert erhob sich mühselig. Eine Weile später kehrte er mit einer Flasche Wasser und Gläsern zurück.

»Ihre Mutter hat mir neulich von einem Fluch berichtet, der auf den Deckers lastet. Was hat es denn damit auf sich?«, fragte Jana, während sich Manfred Effert wieder setzte. »Wer könnte mir denn darüber Auskunft geben, wenn nicht Sie, der Ortschronist.«

Manfred Effert lächelte verschmitzt. »Hört sich gut an, der Titel, nicht wahr? Ich bin Frührentner und mir macht es einfach Spaß, in alten Akten zu stöbern. Ach so, ja, die alten Geschichten. Tatsächlich bin ich mit dem Wissen darüber hier aufgewachsen. Aber keiner konnte mir sagen, um was es dabei genau ging. Die Akten gaben auch nicht viel her. Was ich herausgefunden habe, ist für uns aus heutiger Sicht doch sehr befremdlich und müsste eigentlich längst vergessen sein. Zu Beginn existierten Streitigkeiten über den Grenzverlauf eines Grundstücks, Neid und Missgunst kamen ins Spiel. Und irgendwann war dann von diesem Fluch die Rede. Heute kaum vorstellbar. Aber manchmal bleibt so etwas über Generationen hinweg brisant und ein Funke genügt, um alles wieder zu aktivieren.«

»Können Sie mir mehr darüber berichten?«, fragte Jana, die über Manfred Efferts reflektierte Worte froh war. Sie wollte unbedingt verstehen, wie sich die Feindschaft entwickelt hatte.

»Also. Wir befinden uns im 17. Jahrhundert. Zeit der Hexenprozesse«, begann Manfred Effert seine Schilderung. »Die Vorfahren der Deckers hatten Streit mit den Vorfahren der Rohleders. Es ging um eine alte Grenzziehung, um Vieh, das plötzlich unter mysteriösen Umständen starb. Da haben die Deckers einer Vorfahrin der Rohleders unterstellt, sie stünde mit dem Teufel im Bunde und habe das Vieh der Rohleders verhext. Es kam, wie es kommen musste. Die Denunziation hatte Erfolg und der Vorfahrin von Franziska wurde der Prozess gemacht, sie wurde erhängt und ihr Leichnam verbrannt. Bevor sie starb, hat sie allerdings noch andere, vermutlich unter der Folter, des Bundes mit dem Teufel bezichtigt. Einige weibliche Angehörige der Decker-Familie hätten auf dem Aremberg unzüchtig getanzt. Ob auch sie verurteilt wurden, das geht aus den wenigen Akten nicht hervor.«

Jana wurde ganz wirr im Kopf. »Und das ist um die 400 Jahre her?«

»Befremdlich, oder? Wenn man bedenkt, wie dieser

Hass auf die Deckers immer größer wurde bei Franziska.«

»Lutz Decker erzählte uns neulich von einem Sühnekreuz. Hat es auch etwas damit zu tun, mit diesen Hexenprozessen?«

»Ah, ich weiß, welches Kreuz Sie meinen. Es stand jahrelang am Haus hier in Aremberg. Das ist aber, soweit ich weiß, kein Sühnekreuz im eigentlichen Sinn. An der Stelle, an der es ursprünglich stand, verunglückte einmal ein Vorfahr von Lutz. Wer hat denn so etwas erzählt?«

»Das wüsste ich auch gerne«, antwortete Jana, obwohl sie sich fast denken konnte, wer dieses Gerücht in die Welt gesetzt hatte, um die Tradition der Denunziation und des Hasses weiterzutreiben.

»Vermutlich Franziska Rohleder«, bestätigte Manfred Effert Janas Vermutungen. »Sie hat ja keine Gelegenheit ausgelassen, ihren Hass auf die Familie Decker in Worte zu kleiden.«

Jana erinnerte sich an die Bemerkung von Manfred Efferts Mutter. Auch sie war diesen Gerüchten und alten Anschuldigungen aufgesessen, aber Jana schwieg lieber. »Wusste Claudia Seiler davon? Ich meine, dass Franziska so schlecht über die Deckers dachte?«

Manfred Effert wurde ganz blass. »Wie kommen Sie jetzt auf Claudia Seiler?«

»Sie wissen gar nicht, was mit ihr passiert ist, oder?«, fiel es Jana plötzlich ein.

»Doch, dass sie eines Tages verschwunden ist. Sie war schon eine interessante Person. So positiv, so frei, so voller Träume.« Er kam regelrecht ins Schwärmen. »Ja, sie passte nicht hierher, aber sie war ein ganz, ganz nettes Mädchen. In einer Großstadt hätte sie es als fantasiebegabte, kreative Person zu etwas bringen können.« Er seufzte.

»Nein, das meine ich nicht. Aber es ist schön, wie Sie über sie reden.«

»Was meinen Sie denn?«

»Ach, ich hatte ganz vergessen, dir das zu erzählen«, mischte sich seine Mutter ein. Der Schwatz mit der Nachbarin war beendet. »Sie haben doch hinter der Schutzengelkapelle ein Skelett gefunden. Dort lag doch die Claudia, oder?«, wandte sie sich an Jana.

»Was?« Manfred Efferts Gesicht verfärbte sich kreidebleich. Er trank sein Glas in einem Zug leer. »Die Arme.«

So ehrlich betroffen, wie er sich gab, hatte er anscheinend wirklich nichts von den Vorgängen gewusst. Ihr Gefühl sagte Jana, dass er als Täter nicht infrage kam.

»Können Sie das bestätigen?«, fragte er, als er sich wieder gefangen hatte. Jana nickte und murmelte ein leises »Ja«.

»Wer hat sie auf dem Gewissen?« Manfred Effert wurde plötzlich wütend.

»Das werden wir hoffentlich bald herausfinden.«

»Etwa Franziska?«, fragte der Ortschronist. Es klang weniger wie eine Frage, mehr wie eine Feststellung.

EINE WOCHE SPÄTER

Obwohl es bereits auf Mittag zuging, lief Jana immer noch in ihrem Schlafanzug durch die Wohnung. Wegen der vielen Überstunden hatte ihr Clemens ein paar Tage freigegeben. Nachdem sie von Montag bis Mittwoch den Fall nachbereitet, Protokolle geschrieben und Formulare ausgefüllt hatte, war sie um jede freie Minute froh. Franziska lag im Koma, sodass man über ihre Beweggründe und das Ausmaß ihrer Tatbeteiligung nur spekulieren konnte. Nach und nach waren die Ergebnisse der Laboruntersuchungen eingetroffen. Die DNA an Antje war eindeutig Janko Jeftić zuzuordnen. Doch im Laufe der rechtsmedizinischen Untersuchung hatten sich Zweifel an dem vermuteten Tathergang ergeben. Es lag im Bereich des Möglichen, dass Antje sich nicht gewehrt hatte, sondern vielmehr versucht hatte, sich an Jeftić festzuhalten, so lautete das Fazit der Rechtsmediziner. An ihrem Körper, genauer gesagt an der Stelle, mit der sie am Aremberg auf dem Boden aufgeschlagen war, fanden sich nicht nur Rückstände von Janas Sportsalbe, sondern auch Pflanzenfasern, die bei genauerer Analyse verschiedenen Heilpflanzen zugeordnet werden konnten, darunter auch minimale Spuren des giftigen Eisenhuts. Als Jana in der Giftdatenbank nach diesem Kraut gesucht hatte, wurde sie stutzig. Eisenhut war in früheren Zeiten Bestandteil sogenannter Hexensalben gewesen. Eisenhut konnte über die Haut aufgenommen werden und rief Halluzinationen sowie ein Kribbeln auf der Haut hervor, was an das Wachsen eines Fellkleides erinnern sollte und als Nachweis der Teufelsbesessenheit galt. Jana hatte sich schütteln müssen bei dieser Vorstellung. Für den Tathergang jedoch ergab sich damit eine neue Variante: Hatten Halluzinationen zum Absturz geführt? Jana fiel nur eine Person ein, die Antje eine eisenhuthaltige Salbe hätte verabreichen können, eine Frau, die mehr und mehr in ihrer eigenen Realität gelebt hatte. Da Ruth sich am Morgen, an dem man Antje gefunden hatte, auch mit einer penetrant riechenden Salbe eingerieben hatte, hatten sie die Reste der Salbe bei ihr sichergestellt. Nicht dass sie sich damit vergiftete. Erste Tests ergaben, dass sich darin keine giftigen Substanzen befanden.

Als es an der Wohnungstür klingelte, wurde Jana aus ihren Gedanken gerissen. Usti erwachte und hob sein Köpfchen. Von außen schloss jemand auf. »Ich bin es«, rief Clemens.

»Du musst doch nicht noch klingeln«, sagte Jana und lief ihm entgegen. Doch Usti drängelte sich vor.

»Zwei Tage sind zu lang«, sagte Jana lachend.

»Für dich oder den Hund?«, fragte Clemens und streckte seine Arme nach ihr aus.

Jana ergriff seine Hände. »Für uns beide.«

»Du hast es dir aber auch gemütlich gemacht.« Er musterte sie in ihrem Schlafanzug. Im gleichen Augenblick wurde er ernst. »Franziska Rohleder ist aufgewacht.«

»Wollen wir uns auf die Terrasse setzen? Dort ist es herrlich. Ich hole uns rasch etwas Kühles zu trinken«, schlug Jana vor. Clemens war einverstanden. Bevor Jana in die Küche ging, eilte sie ins Schlafzimmer und zog sich einen BH und ein T-Shirt sowie einen Sommerrock mit buntem Muster an. Als sie mit den Getränken auf die Dachterrasse trat, war Clemens gerade dabei, die Hosenbeine hochzukrempeln. Sein Hemd hatte er bereits ausgezogen und saß im leichten T-Shirt da.

»Ja, wirklich herrlich hier oben«, seufzte er.

»Hat Franziska gestanden?«, fragte Jana, während sie Clemens das Glas mit Wasser hinhielt, in das sie einen Spritzer Zitrone gegeben hatte.

»Ja.« Clemens trank einen großen Schluck und drückte das Glas an seine Schläfe, an dessen Außenseite sich Kondenswasser gebildet hatte.

»Hat sie also keine geistigen Schäden davongetragen?«

»Das nicht, aber ich vermute, Franziska Rohleder wird einige Zeit in der Psychiatrie verbringen, wenn nicht sogar ihr ganzes Leben. Aber das müssen die Richter entscheiden.«

»Oh. Hat sie Claudia denn nun getötet?«

»Ja. Sie sagt, es sei ein Unfall gewesen. Ob Claudia nun unglücklich gestürzt ist oder ob Franziska ihr zum Beispiel einen Stein auf den Kopf geschlagen hat, wird wohl nie ganz zu beweisen sein. Die Indizien sprechen eher für einen Schlag, aber nach der langen Zeit … Es fehlen einfach die Weichteile.«

»Vielleicht ist Claudia tatsächlich gestürzt und Franziska hat mit einem Schlag nachgeholfen.«

»Auch das wäre denkbar. Jedenfalls schweigt sie über ihr Verhältnis zu Claudia.«

»Sie hat sie gehasst, da bin ich mir sicher. Ich hatte dir ja von meinem Gespräch mit Manfred Effert berichtet.«

»Ja.«

»Und wie ist Claudias Leichnam dann in das Waldstück hinter der Schutzengelkapelle gekommen?«

»Warte ab, erst kommt noch die Rückkehr von Dr. Großmann. Franziska hat ihn beobachtet und wusste aus Erzählungen von Claudia, dass er für seine Studentin schwärmte. Da bereits fasste sie den Plan, aus dieser Tatsache Kapital zu schlagen. Nachdem Dr. Großmann geflohen war, musste Franziska zunächst ebenfalls den Tatort verlassen, denn sie konnte ja nicht wissen, ob er einen Notruf absetzte. Sie lief durch den Wald zu Claudias Haus, einen Schlüssel hatte sie, und legte Lutz in sein Bettchen. Dann rief sie Janko Jeftić an, den sie von einem Job in einem der Lokale kannte. Als auch eine Stunde später weder Polizei noch Rettungsdienst auf dem Aremberg eintrafen, wussten die beiden, dass Dr. Großmann niemanden benachrichtigt hatte. Falls er es sich doch noch überlegte, mussten sie schnell handeln. Janko fuhr mit seinem Moped und einem Anhänger auf den Aremberg und transportierte damit Claudia in den Wald.«

»Dass sie so erpicht darauf war, die Leiche verschwinden zu lassen, heißt doch, dass sie ihre Beteiligung verdunkeln wollte. Mit Sicherheit hat Franziska nachgeholfen«, war Jana überzeugt.

»Aber beweisen können wir es ihr eben nicht.«

»Ich weiß. Und was ist mit der Kleidung? Warum haben wir keine Stoffreste gefunden?«

»Sie hatten Claudia entkleidet, bevor sie sie vergraben haben.«

»Und wohin haben sie die Kleider gebracht?«

»In einen Altkleidercontainer.«

»Ah, deshalb.«

»So, weiter. Franziska hat sich in der Nacht erneut ins Haus geschlichen und in Claudias Sachen gestöbert. Sie nahm einige Wertgegenstände sowie die Geldbörse mitsamt Ausweis an sich.«

»Um das Märchen erzählen zu können, dass Claudia durchgebrannt sei. Aber warum?«

»Sie sagte, sie wollte Lutz für sich haben.«

»Aber sie konnte sich doch denken, dass sich die Großeltern um den Kleinen kümmern würden.«

»Das wurde ihr dann auch klar, als diese aus dem Urlaub zurückkamen.«

»Hat sie die Erpressung gestanden?«

»Ja, sofort.«

»Und das mit den Briefen?«

»Auch.«

»Was sollte das?«

»Ein Ablenkungsmanöver, wenig durchdacht. In ihrer Psyche begründet ...«

»Schon sehr unausgereift ... Was mich nun aber interessieren würde, ist, wie Antje ums Leben kam. Wie haben sie es geschafft, dass sie sich auf diesen nächtlichen Marsch begeben hat?«

»Janko hat sie bis zum Parkplatz unterhalb des Weges mitgenommen, der zu dem Aussichtspunkt führt.«

»Warum stieg sie denn bitte überhaupt bei ihm ein?« Jana konnte es nicht fassen.

»Franziska meint, er habe sie, seine Frau, verraten wollen. Denn Antje hatte sie wiedererkannt, oben an der Martinshütte in Schuld. Franziska habe das Gespräch mit Antje in der Hotellobby gesucht und ihr eine Salbe gegeben, damit sie ihre Hämatome damit behandeln könne.«

»Daher der Eisenhut?«

»Antje habe sie zur Rede gestellt, was Janko, wohl in der Küchentür stehend, mitbekommen hatte. Ihm war, so interpretiert es Franziska, angst und bange geworden und er habe dann mit Antje ein geheimes Treffen ausgemacht. Franziska habe die beiden verfolgt und Antje, der es tatsächlich ein wenig mulmig gewesen sei, immer wieder geschubst, bis sie vom Felsen stürzte. Janko habe versucht, Antje zu halten, aber sie sei in die Tiefe gestürzt.«

»Was für eine Story«, stöhnte Jana. »Aber da ist doch ein Geländer …«

»So, wie es unsere Spurensicherung rekonstruieren konnte, ist es möglich, dass Antje über das Geländer geklettert ist, um sich vor Franziska zu schützen.«

»Oder wegen der Hexensalbe, die man auch Flugsalbe nannte.«

»Was?« Clemens verzog das Gesicht. »Davon will ich nichts hören.« Er hielt Jana das leere Glas hin. »Bitte noch einmal füllen.«

»Mit der Wirkung von Giftpflanzen sollte sich ein Kriminalist aber schon beschäftigen«, meinte sie trocken, nahm das Glas und ging in die Küche.

Eine Frage hatte sie noch, weshalb sie ihre Kamera aus dem Arbeitszimmer holte. Sie reichte Clemens das gefüllte Glas, als sie auf die Dachterrasse zurückkehrte. »Weißt du, warum Franziska das weiße Kleid später am Aremberg abgelegt hat?«, fragte sie, während sie sich setzte und die Fotos auf dem Kamerachip durchschaute.

»Sie hatte gehofft, dass Lutz es dort finden würde, um ihn da irgendwie mit reinzuziehen. Ich habe nicht verstanden, was sie damit erreichen wollte. Sie besitzt schon ein sehr schlichtes Gemüt.«

»Vielleicht hat sie einfach zu viel von ihren ganzen Hexenkräutern zu sich genommen?«, entgegnete Jana bitter.

»Jedenfalls sind Neid und Missgunst und Rachegedanken keine guten Ratgeber«, schlussfolgerte Clemens.

»Irgendwie geht es so oft um Gefühle, wenn wir die Motive für einen Mord aufdecken.«

Clemens pflichtete ihr bei.

»War sie es wirklich, die in Claudias Kleid den Mummenschanz vor uns aufgeführt hat?« Jana blickte auf. Sie hatte mittlerweile das Foto gefunden, das sie gesucht hatte. Sie hatte es zu Beginn ihrer Wanderung am Johannistag aufgenommen.

Clemens nickte. »Sie fand noch im Nachhinein, dass es eine gute Idee war.«

Jana schüttelte fassungslos den Kopf.

»Hast du noch etwas auf dem Herzen?«, fragte Clemens, während er auf die Kamera in ihrer Hand blickte.

»Was? Ach ja. Die Rose.« Jana stand auf und zeigte Clemens das Foto auf dem Display.

»Die lag vor dem Turm auf dem Aremberg, nicht wahr?«

»Ja. Ich habe mir lange Gedanken gemacht, wer mit ›A‹ gemeint sein könnte. ›C‹ für Claudia wäre doch eigentlich logischer. Aber dann fiel mir ein, dass es der Rollenname sein musste. Abigail Williams. Wusstest du, dass es diese Abigail aus Arthur Millers Stück wirklich gab?«

»So?«

»Ja, sie hat im 17. Jahrhundert in Salem, Massachusetts, gelebt und ist nur 17 Jahre alt geworden …« Jana stellte sich das furchtbare Leben in jener Zeit bildlich vor.

»Jana?«

»Ja?«

»Wer, meinst du, hat die Rose dahingelegt?«, fragte Clemens.

»Rainer Großmann, vermute ich. Um die anderen zu irgendeiner Reaktion zu bewegen. Weil er zu dem Zeitpunkt noch glaubte, einer der Studenten habe etwas mit Claudias Verschwinden zu tun«, antwortete Jana. Sie hatte ihn von Anfang an in Verdacht gehabt.

Clemens nickte. »Das kam vor einigen Tagen zur Sprache, als ich mich mit ihm unterhielt.«

Es gab noch etwas, das Jana keine Ruhe ließ. »Hat einer der beiden, Rainer oder sein Vater, etwas zu Lutz gesagt? Ich meine, könnte einer der beiden dessen leiblicher Vater sein?«

»Nein«, sagte Clemens knapp.

Vermutlich war also Lutz' Annahme zutreffend. Die Ähnlichkeit von Karl Wolter und Lutz lag in ihrer Verwandtschaft begründet.

Die Türklingel ertönte.

»Erwartest du jemanden?«, fragte Clemens müde.

»Ja, das hatte ich gar nicht erwähnt. Ich war mit Meike für heute Nachmittag verabredet.« Sie blickte auf die Uhr ihres Handys, das auf dem Tisch lag, während sie aufstand. »Was, schon so spät? Und ich habe noch nicht mal gefrühstückt.«

»Ich hätte nichts dagegen, wenn ihr euch einen schönen Nachmittag machen würdet. Darf ich mich in der

Zwischenzeit einfach hier ein wenig ausruhen, und heute Abend unternehmen wir beide etwas zusammen?«

Usti kam wie aus dem Nichts angelaufen und legte seinen Kopf auf Clemens' Schoß.

»Wir drei?«, fragte Jana lachend.

ENDE

NACHWORT/DANKSAGUNG

Die Polizeiarbeit so zu schildern, dass sie möglichst der Realität entspricht und der fiktive Kriminalfall dennoch nicht an Spannung verliert, ist eine Gratwanderung für jede Krimiautorin und jeden Krimiautor. Um die Ereignisse zu straffen, ist es zum Beispiel mitunter notwendig, ein wenig von den tatsächlichen Gegebenheiten abzuweichen. Letztendlich soll der fiktive Kriminalfall voranschreiten, sodass die Leserin und der Leser nicht durch eher unspektakuläre Routinearbeit die Freude am Weiterblättern verliert.

In Orten wie Aremberg oder Schuld kennen sich die Menschen noch untereinander. Ich möchte Ihnen versichern, dass mir niemand bei der Erschaffung der Figuren vor Augen schwebte, der in einem dieser Orte lebte oder heute noch sein Zuhause hat. Dies gilt für alle anderen auftretenden Figuren. Deren Wohnhäuser werden sie ebenfalls nicht dort finden, wo sie im Roman angesiedelt sind. Auch nicht das Hotel in Schuld. Einen Beherbergungsbetrieb unter diesem Namen werden Sie vergeblich suchen.

Das Theaterstück »The Crucible« von Arthur Miller wurde erstmals 1953 am Broadway aufgeführt und ist als

Lesestück in verschiedenen Ausgaben im Handel erhältlich. Auch heute noch hat es nichts von seiner Aktualität verloren und ist deshalb weiterhin regelmäßig auf den Theaterbühnen der Welt zu sehen.

Wollen Sie die Etappe des Ahrsteigs nachwandern? Dann empfehle ich Ihnen die Internetseite www.ahrsteig.de für Ihre Planungen.

Für diesen Krimi standen mir wieder Beraterinnen und Berater, Testleserinnen und Testleser zur Seite. Mein Dank gilt – wie immer – Heinz Schönewald sowie Stephanie Boer-Nießing, Renate E. L. Nolte und Ina Raki. Ich danke euch sowie all meinen anderen Freundinnen und Freunden, die ihr mich außerdem durch euren unermüdlichen Zuspruch unterstützt. Ein herzliches Danke auch an meine Buchhändlerin Jessica Bälz von der Buchhandlung am Ahrtor in Ahrweiler sowie an alle Buchhändlerinnen und Buchhändler, Bibliothekarinnen und Bibliothekare, die meine Bücher für ihre Leserinnen und Leser bereithalten oder mich zu Lesungen in ihre Räumlichkeiten einladen.

Mein ganz besonderer Dank gebührt dem Gmeiner-Verlag und seinem gesamten Team für die wunderbare Zusammenarbeit – eine Zusammenarbeit, die man sich als Autorin wirklich nur wünschen kann. Einen ganz besonderen Dank möchte ich meinem Lektor Sven Lang aussprechen, der mit seinem wachen Auge die eine oder andere logische Ungenauigkeit aufdeckte und aus dem Manuskript einen druckreifen Kriminalroman machte.

Vor einiger Zeit ist Lina, meine Airedale-Hündin, die die Vorlage für den Krimihund Usti darstellte, verstorben. Heute lebt mit mir Border Terrier Gustav, der zur Zeit der Entstehung des Manuskriptes von »Johannisglut« als Welpe dafür sorgte, dass ich auch ausreichend Pausen vom Schreiben machen konnte.

Liebe Leserin, lieber Leser, ich wünsche Ihnen spannende Unterhaltung mit meinem dritten Ahr-Krimi und freue mich darauf, von Ihnen zu hören. Kontaktieren können Sie mich über meine Website:

https://www.karinjoachim.de

Herzliche Grüße aus dem Ahrtal
Ihre

Karin Joachim